文学经典与当代人生

王晓明　董丽敏　孙晓忠　著

复旦大学出版社

目　录

第一讲　绪论:为什么读大学,为什么读文学

这是一门怎样的课

先介绍一下这门课的大致安排。课程名称是"文学经典与当代人生"。最初选这门课的同学将近六十人,前几天作了一次筛选测试,最后选定的是三十一个人。为什么要作这样的筛选?因为这个课是带有一点试验性质的。

具体来说,一个是老师多,有三位老师来讲:一位是董丽敏副教授,另一位是孙晓忠副教授,第三个是我,王晓明。再一个,我们有两位助理,一位负责现场录音,并且还要把录音整理成文字。另一位则负责复印上课所用的材料,所有要求大家预习或课后阅读的作品,包括长篇小说,都会预先买好书,或者是复印好,提前发给大家。更重要的一点是,这门课上的讨论会比较多。通常一年级的课程不大注重讨论,但我们这门课不同,平时上课,老师讲一半,大家讨论一半,就是老师讲,也经常会提问,请大家一起来发表看法。

正因为是这样一个注重讨论的课,每节课上同学就不能太多,太多的话没法讨论,而老师要多,因为三十一位同学要分成三个小组,需要老师分别参加各个组的讨论,但不是固定哪位老师参加哪个组,而是交叉参加。

这门课的考试的方式是,课程结束以后,每人写一篇不少于三千字的小论文。但这论文只占总评分的百分之五十,另外百分之五十是根据同学们的课堂讨论来打分。

　　这门课一共是十次课，每周一次。每次是三节课的时间，当中休息一次。第一次是绪论课，主要是我讲，但我也会提问，请大家一起讨论。以后的八次课，是和大家一起讨论作品。每一次都要预作准备，就是先把下一次课讨论的作品——比如刚才发的《史记·刺客列传》，连同讨论题目，告诉大家，请大家带着这些问题去读作品。同时还要挑选三到四位同学，先作一个小的准备。到下次上课时，先请有准备的同学分别作几分钟的读书报告，然后教师讲解——大概用一节到一节半课的时间，最后是分组讨论。八次课都是采用这样的形式。最后一次课，是从三十一位同学中挑选十几位同学，每个人上台来讲十分钟，我们一起来总结这门课的收获和不足。

绪论的基本内容是两个：一个是为什么要读大学，另一个是为什么要读文学。

　　今天是绪论课。绪论的基本内容是两个：一个是为什么要读大学，另一个是为什么要读文学。大家不用这么埋头记笔记,听我讲就行了。

大学是怎样的地方

首先我要祝贺各位。为什么呢? 因为六年小学六年中学,读得非常辛苦。我不知道各位当中,是不是也有读得兴高采烈的,但我想大多数同学这十二年的生活是非常辛苦的,而且很多时候也很无趣。但不管怎么说,各位顺利地过了高考这一关,可以进到大学的课堂里来喘一口气了,这就值得祝贺。

但是我祝贺各位的,主要还不是在可以进到大学里来喘一口气,而是在另外一点上。我想各位年纪都差不多,都是十八岁,成年了。过去大家年纪小,不能自己做主,是父母或者别的什么人,领着你走了十八年。但从现在开始,我们要自己来走人生的长途,每个人主动地自觉地来开垦自己人生的长途,这就是成年的意思。

可是,在开始自己做主、走自己的人生长途以前,我们得想一想:

在开始自己做主、走自己的人生长途以前,我们得想一想。

我要去哪里,怎么走? 做人不能太盲目。当然,你现在想好了的,以后真正开始走了,走了五年十年以后,也可能会改变,但不管怎么说,即使将来一定会改变,我们现在也应该想一想。

"想"是要有条件的,不但要有主观条件,也要有客观的环境的条件,而我们的大学校园,就正是这样一个很好的环境,一个可以让大家这样来"想"的客观的条件。大学之为大学,并不在高楼,也不在空地,而在于它是一个集中知识的地方,它集中了人类所有能够转化成书面形式的知识,至少这当中的绝大部分,是在大学里面,不但在图书馆里,更在课堂上,在老师讲课的内容和讨论里。大学的另外一个好的地方是,它大概可以说是社会的所有大型空间中最年轻的一个地方,每年不断有大批年轻人进来,川流不息地进来。更何况,在大学里,你没有工作的压力,不需要看哪个老板的眼色。一般来说,在大学读书时的经济压力也比较小,不是说没有这个压力,但在一个人成年以后的一生当中,经济压力最小的大概就是这个时候,你还有四年时间,可以把将来的生存啊、工资啊、家庭啊等等,暂时推开不管。这样一个集中了知识、富于青春气息,又在一定程度上将社会上的严酷隔在外面的地方,不正是一个适合于"想一想"的地方吗?

在今天的中国,大多数跟你们年龄相仿的人,都没有这样的"想一想"的机会。夏天的时候,我在华东师大的校园里,得到一个很深的印象。夏天嘛,总是翻修房子啊粉刷宿舍啊改造操场啊,因此就有许多民工进到校园里来。同时,也有很多外地来的学生,暑假里不回家,在学校里面玩,打篮球。有一次,我看到几个非常年轻的民工,中午时候,拿了饭碗在食堂里面吃饭,七八个人坐在那边,看着操场里面的那些学生打篮球。我就坐在他们后面,这个时候看他们,觉得这些拿着饭碗的民工和那些打球的学生,彼此很像,相貌眼神都差不多,都不是上海人,没有城市小孩的那种苍白和瘦弱,穿着也很像,打篮球的学生脏得一塌糊涂,民工还干净一点。他们有可能就是高考差了几分,有的人就进了大学,有的人就出来打工。可是,大家可以想象,几年以后,这个社会给他们安排的将会是两条完全不同的道路。

我今天在这里不讨论怎样看待这个现实,它当然是不合理的,但今天先不谈这个,我只是要指出一点:在今天的中国,有非常非常多的你们的同龄人,不能获得在开始人生长途的时候从容地"想一想"的机会。我要祝贺各位的主要是这一点。而且,这样的机会也就是在这几年,一旦你们毕业,工作了,就再没有这样的条件了。

我说进大学以后应该想一想,这就已经进入这堂课的第一个内容了:为什么读大学。但我在进一步分析之前,还想听听各位的看法,所以,现在请几位同学扼要地来说一下,你为什么要来读大学?

⋯⋯

刚才四位同学说的各不相同,这非常好,如果多请几位的话,大家的想法可能会更多样,但因为时间关系,就不多请了,我接着往下讲:为什么要读大学。

进大学以后应该思考:为什么要读大学?

现代大学:从精英教育到普及教育

人类社会有大学,最初是从欧洲开始的,到现在差不多有一千年的历史。在这一千年的时间里面,不同的地方,不同的时期,办大学的目的不一样,读大学的目的也不一样,大学本身自然也不一样。我举几个例子。

欧洲最早的大学是由原来的神学院改变而来的。在欧洲的中世纪,宗教的势力非常大,所以各个地方都建起了神学院。慢慢地有一些神学院,开始在通常的神学科目之外增加一些别的学科和别的内容,这样就形成了最早的大学的雏形。这些最早的欧洲的大学,办学目的当然是培养宗教人才。学生呢,大概大部分也都是出于对宗教的信仰去学的。不过,在这些早期的由神学院转变而来的大学里,也培养出了一些最早的对上帝的学说、对宗教观念产生怀疑的人。这就很有意思了,即使办大学教育的人想用大学来培养和灌输某种思想或信仰,一旦大学办起来了,教学的结果却有可能完全相反。

再后来,到了十九世纪,在欧洲以外的其他地方,陆陆续续也出现了大学。这些大学是怎样的呢?举一个例子。十八、十九世纪的大部分时候,英国是全世界最强大的帝国,号称"日不落帝国",什么意思呢?就是它占领了世界上太多的地方,无论太阳升起还是落下来,都在英国的殖民地的范围里。可是,英国是一个人口不多的国家,要管理那么多的殖民地,全靠英国人自己,不够,他就需要培养这些殖民地的本地人来跟英国人一起管理殖民地。但这些人要有一个共同的素质,他要喜欢英国的文化,要忠于英国的国王。这种人怎么培养呢?大学!所以,当大学从欧洲向世界其他地方发展的时候,很主要的一类,就是培养殖民地本地官员的大学。印度最老的大学——德里大学——就是这样办起来的。殖民地大学培养本地行政人才的做法，一直延续了很久。

当然，在这些培养殖民地管理人才、培养学生对宗主国及其文化的忠诚的大学里，也会出现相反的效果。往往是在它们的毕业生中间，出现了殖民地的第一代要求民族独立的斗士，譬如在印度，最早领导印度人民起来要求独立的知识分子中间，有相当多的人是在英国人办的殖民地大学，或者英国本土的大学里面接受现代教育的。

我们再来说中国的大学，中国最早的大学叫京师大学堂，也就是现在北京大学的前身。这个大学成立的时候，是当时清政府培养具有新的改革思想的官员的地方。当时已经到了清政府的末期，朝廷也知道老这样下去不行了，要改革。改革是要有人来做的，可当时一般做官的人思想都太旧，怎么办呢？就办一个京师大学堂，招一些年轻的官员来读书。这些学生都是有级别的，大致相当于县官的副职这一级，所以，许多学生都带一个跟班，早上给他倒洗脸水，干这干那，一直到给他拿课本。学生排队的时候，第一排是学生，后面一排就是他们的跟班，是这样有趣的队式。

正因为中国最早的大学是这么一个形象，我们就可以理解，蔡元培从德国留学回来，担任北京大学——当时京师大学堂已经改名为北京大学——的校长，他在第一场演说里面，为什么特别强调，要学生们一定要放弃读书做官的思想。当时已经是民国了，政治腐败，所以一般有点文化的人的观念里面，官员就几乎等于坏人，所以他说，我们的学生第一就是不要做官，不要跟那个腐败的官场搅和在一起。他之所以特意强调这一点，就是因为他这个学校原本就是一个培养官员的学校。

那蔡元培的理想是什么呢？他的理想是从德国学来的。大家都应该知道一八七一年的普法战争，本来法国是欧洲最强大的国家之一，普鲁士，就是现在的德国的东北部，是一个比较落后的国家，可是结果，

北京大学

蔡元培

普鲁士打赢了。正因为普鲁士赢了这一仗,德国才得以统一。

德国靠什么赢的?一个很重要的方面,就是靠教育!当时的普鲁士政府非常重视教育,大办教育,而在这个过程当中,洪堡特——一个很有名的德国的教育家,也是帝国的一个大臣,起了很大的作用。特别是他主管柏林大学,把柏林大学建设成为一所培养国家栋梁的大学。倒底是怎么培养呢?基本是两条,第一,在大学里面集中各种各样的知识,所以大学一定是一个有文科有理科的地方,光有一个文科或者理科的,不能称为大学(university),那只是学院(college)。第二,在大学里培养研究高深学问的能力。国家栋梁从哪里来?就是要了解各种各样的知识,再在这个基础上发展进一步研究学术的能力,这样就能够培养第一流的头脑,有了第一流的头脑,你就可以成为精英,带领国家在国际竞争中取胜。

蔡元培的理想正是这个理想,他也正是用这样一个理想,造就了北京大学的新风气。这个风气也延续了很久。北大的校园里面始终有一种精英意识的风气,觉得应该关怀天下,应该对国家的兴亡有责任。在这个意义上，可以说北京大学代表了中国大学的一个模式，就是培养精英、培养国家栋梁的大学的模式。当然，这种模式有一个前提，就是大学的数量少。当时中国的大学很少，能够读大学的，都是年轻人当中百里挑一的人，他很自然会觉得自己是一个优秀的人物。

可是到了二十世纪中叶以后，教育普及，大学越来越多，大学入学率越来越高。现在西方或者西方式的发达国家，包括日本和韩国，年轻人进大学很容易，基本上百分之九十左右的人都可以进大学。中国现在虽还达不到这个程度，但是和以前相比，大学也已经很多了。而这样一来，办大学的一个新的模式就出来了，越来越多的大学不再以培养少数的精英、栋梁为己任，读大学越来越变得跟读中学一样，是一个人人都要经历的阶段，是一个接受普及教育的阶段。普及教育是干什么的？简单地说，就是培养一个人能够胜任某一项专门的工作。在一个现代社会里，事情越来越多，分工越来越细，知识总量也越来越多。分工很细，就需要各种各样不同的专门的人才。大学呢，就相应地建立各种各样的细分的专业，也是越分越细，你学这个的，不知道那个，学现代文学的不知道古典文学，甚至学明清文学的不大知道先秦文学……你的知识面再狭窄也没关系，只要把自己的专业学好就得了，因为你将来就是专门做这个的。大学就这样变成了一个普及教育的地方，一个培养专业人才的地方。在这样的新的情况下面，读大学也就慢慢地变成不再是把自己培养成社会栋梁，而只是来学一点谋生的本领、劳动的能力，以便将来找一个好工作，赚钱。这就是二十世纪中叶以后，随着教育的普及，越来越广泛地扩散开来的一个办大学、读大学的新模式。

但是，从二十世纪中叶到现在，五十多年过去了，社会对于人才的需要又发生变化了。从根本上说，这个变化是由于资本主义再生产的深刻变化而造成的。我们都知道,今天的世界是一个资本主义主导的世界,尤其在经济领域,基本上是按照资本主义的原则在运作的。资本主义生产有一个内在的趋势,就是要不断周转,不断用新的产品取代旧的产品。到今天,这个周转的速度已经非常快,而且是加速度,越来越快。这个更新在工科领域里面特别地快。很早以前就有一个说法,说工科的教授一过五十岁就没用了,因为他原来熟悉的整个知识系统都淘汰了,被新系统取代了。这个说法当然很武断,但却可以说明资本主义所推动的这种商品、生产技能乃至知识系统的更新换代是多么剧烈。

在这种情况下,资本主义经济对人的需求就变了,不再只是要过去的那种精通一门专业的人,你辛辛苦苦学了半天,只懂一种专门的知识和技能,但很可能到你学完了出来,这整个专业都被取代了,你也就成了没用的人。所以,现在的人力市场最需要的,不是对于某一种专业的精通,而是一种综合的能力,一种自我更新的能力。今天我懂这一行,可这一行不存在了,新的一行出现了,我能够通过重新学习等方式,很快把自己调整过来,能够适应新的一行的需要。在今天,如果你是只会一种专业的人,那是低级的劳动力,随时可能被淘汰,成为一个废人。那高级的劳动力是什么?就是所谓"素质"好的人,他可以不断地自我调整、跟上劳动力市场的新的需要。

市场对于劳动力的需要发生了重大的改变,大学教育也就随之发生转变,用大家熟悉的概念来讲,就是从专业教育转向素质教育。什么叫素质教育?就是培养前面所说的那种能适应今天的全球化的资本主义经济需要的高级劳动力。当然了,有一点是非常清楚的,无论过去讲专业化,还是现在讲素质,都讲的是劳动力的训练,是培养人的谋生——用马克思的话讲,就是出卖劳动力——的本领。所以,这样的素质教育,是更增强了那种在二十世纪后半叶越来越普及的非精英教育的大学体系的。

什么是"通识教育"

　　也就在二十世纪,还出现了另外一种既不同于洪堡特和蔡元培那样的精英教育,也不同于劳动力培训的新的大学教育的模式。它的理念最先是在美国出现的,大概就是在二十世纪三十年代,差不多也就是蔡元培改造北大的二十年以后,在美国的芝加哥大学,提出了一种新的教育理念,创造了一个新的词,General Education,中文译作"通识教育"。

　　这个通识教育是什么意思呢? 简单地说是这样:人类社会已经进入了现代时期,那么,人类社会——这里是指美国式的社会,美国人觉得美国就是代表了人类,很多美国人现在还这么想——如何在现代的各种条件下面,更好地或者说比较好地延续下去,而不要被这些现代的条件给搞垮了,就成为现代教育面对的最大问题。这些"现代的条件"是什么呢? 市场经济,资本主义的市场经济是一个;宗教信仰的薄弱是一个;原来的各种传统的破坏也是一个,还有其他一些。这些条件凑到一起,就造成了现代社会的人的原子化,每一个人都是

二十世纪三十年代,在美国的芝加哥大学,提出了一种新的教育理念,创造了一个新的词,General Education,中文译作"通识教育"。

一个孤零零的原子,人跟人之间没有什么内在的关系。在这样一个原子化的情况下,按照当时那些美国教育家的看法,社会很可能要出大问题。

这大问题主要是两个,第一个大问题,人跟人的交往、关系,越来越多地是一种利益的交换,靠利益的平衡来维系。而一旦这样的话,社会就很脆弱,禁不起一点风险。各位都看过电影《泰坦尼克号》吧,无论老版还是新版,都有一个突出的细节,是根据真实情况改编成的:在这个船慢慢沉下去、最后翻掉的整个过程中,乐队一直没有停止演奏。这些人坚持演奏的意思,是希望把紧张的气氛冲淡一点,为此他们放弃了自己逃生的机会。另一个细节是,乘客逃生的时候,是老人小孩妇女先走,尽管有人不遵守这一条,但多数人还是能做到。把这两个细节放在一起,你就会看出,在这条船上,人跟人的关系并不完全是根据利益来维系的。如果人跟人之间只是利益关系的话,那大家就会你推我操,不管三七二十一,逃了再说。正因为当时在这个船上还有一些别的准则存在,才会有一些人坚持演奏,有一些人把生存的希望让给别人。我们可以想象,如果这条船上,大家都是一窝蜂逃的话,最后淹死的人一定比现在要多得多。

今天,我们可以说,这个社会很好啊,现在没问题,太平得很,但实际上,谁也不敢说这个社会没有潜在的危机,不会遭到困难。如果我们的社会只靠利益的平衡、利益的交换来维持,一旦有一点风吹草动,社会就非常容易垮掉。

第二个大问题,是和前一个密切相关的,就是随着传统的瓦解,随着整个社会生活越来越市场化,人跟人的关系变得只是一个利益关系,人和人之间、整个社会内部的共同感就没有了。我还是举刚才那个例子,为什么应该将逃生的机会让给妇人让给小孩让给老人?为什么船上的大多数人能够这样做? 就是因为大家在基本的价值观念上有共识，有一个共同的精神的认同（identity）。这个认同，简单地说，就是，活着并非人的最高的价值，人的生命还有别的比活着更高的价值，正因为那些人都接受这样的价值观念，他们才会这么做。也可以设想一下，如果那条船上一半的人是这样想的，另外一半的人却觉得，不对，我个人的生命最重要，谁要挡住我，我就跟他拼命，那么，这就是没有共同的文化，没有共同的认同，结果就一定是大乱，互相残杀，死的人更多。一条船是这样，一个社会也是这样，如果没有共同的文化，没有共同的价值观念，一有风吹草动，社会一定乱。

　　那么，如何克服人类社会在现代条件下必然要出现的这些大问题、大困难呢？这就是二十世纪早期美国那些提倡通识教育的学者们考虑的主要问题。在他们看来，通识教育是能够使社会培养起应对这些问题和困难的能力的。大学越是普及，就越应该让每一个受教育的人，在开始自己人生的长途之前，对人类社会在现代条件下必然要遭遇的这些问题和困难有一个清楚的了解；应该让他知道，第一，这些是要克服的问题，是现代生活的弊病，而不是理当如此、应该追求的方向；其次，更要帮助他建立起一个信念，个人也好，整个社会也好，是必须、也有可能克服这些弊病的。这两条相加，就是通识教育的基本内容，正是通过这样的教育，来培养一种使每一个个人，同时也使整个社会能够在现代条件下比较好地生存下去的基本品质。正是出于这样的认识，这些教育家认为，大学的主要意义，就在于实行这样的通识教育，而不是教给学生一套谋生的技能。在芝加哥大学，曾经有一个时期，从本科课程里面砍掉大量的专业课，强调四年本科、各个专业，全部实行通识教育，是非常彻底的改革。

　　具体怎么做呢？很简单，读经典。通识教育的主要方式，是建立一套核心课程,这课程的主要内容就是读书,比方说,两百本经典,从古希腊悲剧、荷马史诗开始,亚里士多德、柏拉图,到中世纪重要的哲学著作,到马克思的《资本论》,陀思妥耶夫斯基的小说,一直到当时最新的弗洛伊德的著作,当然还要读《圣经》。为什么要读这些书?当时的这些教育家认为,所谓经典,不管是文学经典、历史学经典,还是什么别的经典,只要是经过时间长久淘洗过的经典,就一定是表现了人的生存和人类社会所面对的某些重大的问题,同时也一定是以非常特别的方式,表现了对于这些问题的某种深刻的理解和回答。当代人读这些经典,就可以大大地扩展对人生的理解。

在现代社会里,人的生活视野很容易变得狭小,觉得人生的内容就是找一个好工作,钱要多一点,接着建立一个"温馨"的家庭,然后去国外旅行,诸如此类,就是那种中产阶级的鸵鸟式的生活理想。可是,我们稍微多读一点书,就会知道,如果你就这么来理解人的生活,那实在是把"人"看得太小了。人的生活、人的世界,内容远比这个多得多、丰富得多,你在这个世界上活一辈子,会碰到非常多的问题,很多你觉得和你没有关系的事情,其实却是你人生的一部分。

比方说个人和历史的关系。你也许会说,历史跟我有什么关系?我只要知道我的工作需要我干什么,我的老板怎么样就行了,我的工资就是从这里来的,其他关我什么事?可是实际上,每一个人今天所以会有这样的生活,很大的一个原因就是因为他活在历史当中,是我们的历史使我们今天处在这样的生活当中。历史,不单是本国的历史,也是别国和世界的历史,并不是在你的个人生活之外的,它就是你的生活的一部分。这就是为什么,托尔斯泰的《战争与和平》,总是欧洲和美国所有一流大学的通识教育课上的必读书,因为这部伟大小说处理的一个核心问题,正是个人和历史的关系。

通过读经典,使年轻人直接接触人类文化的精华,由此培养他对人生的丰富内容的领会，建立一个开阔的精神的基础，这样，他以后进入社会，承受现实规则的那些压力和诱惑——赚钱、享受物质、往上爬等等——的时候，他就会知道，这只是人生的一部分内容，一个好的人生、一个好的社会，是不能仅仅只有这些的，他就能不被它们迷惑住，而且有能力去抵抗和克服它们，这就是通识教育建立核心课程的用意所在。

显然，这跟我前面讲的那一种认为大学是培养劳动力、培养专业人才的教育模式是尖锐对立的。所以在欧洲、在美国，像芝加哥大学那样的做法必然遇到激烈的抵制，两种教育模式冲突得很厉害。几十年冲突、妥协下来，现在就变成这样，比如在美国，越是好的大学，比如哥伦比亚大学，它的本科生的通识教育的时间就越长，通常是两年，就是一二年级，学生基本上不学专业课，大部分时间就是读经典，到三四年级再开始学专业课。越是社会和大学认为重要的专业，通识教育的时间越长。

这里我再举一个例子。在美国的大学里，法学是很重要的专业，它主要是培养法官和律师的，而美国是一个所谓的法律的国家，宪法是美国最神圣的东西。正因为如此，对美国人来说，不是每个人都能做法官的。不是说你聪明、功课好、考分高，就可以做法官了，做法官首先一条你要知道什么是法，知道 constitution law 是什么东西。所以在美国，越是法学院，它的通识教育的时间就越长，这意思是说，先要用通识教育的课程把你教成一个堂堂正正的人，一个忠于司法公正的人，这样你做法官、做律师才不会乱来。但即使这样，在美国，还是有一个说法，说有两种人的话是最不可信的，一种是政治家，一种是律师。前几年有一个有名的例子，就是那个黑人球星辛普森的案子。大多数美国人都认为他是凶手，可是他有钱，请了最好的律师，结果搞成了一个无罪释放，无法定他的罪。这个事情对美国人的打击非常大,为什么呢?美国人以为法律是美国国家的基础,可是搞到最后,明明知道他是罪人,结果却判他无罪。不过,我们也要知道,从开国到现在,美国有很多律师是不向权势和金钱低头的。美国的法官,整体的情况更要比律师好得多。他们为什么能这样?除了制度的制约,很大一个原因就是他们的教育,保证了相当多的以后要做法官的人,对法律和社会有一些基本的信念,这些信念是在他读大学的时候就在心里形成的,很牢固,所以他以后不会做一些太下三滥的事情。这就是通识教育的作用,它能帮助你形成一种精神的底蕴,有了这种底蕴,你就能看出现代社会的局限和负面因素,从而努力不做它们的俘虏。

上面非常粗略地介绍了现代世界三种大学教育的模式以后,我们来看看中国的情况。大体而言,今天中国的大多数大学是走的培养专业技术人才的路子,也有一部分大学开始转向了培养高级劳动力的素质教育,这个素质教育,简单地说,就是文科的人学点理科,理科的人学点文科,知识面宽了,许多东西都知道一点,虽然都是皮毛,但毕竟比那种除了专业就什么都不知道的人要强一点,在职场上的适应性也高一点。还有少数比较好的大学或者说比较好的系科,开始尝试我前面介绍的那种通识教育。比如最近两年来,复旦大学一年级新生主要就是接受通识教育,专业课都放到后面去了。我们上海大学呢,校长钱伟长自己就是一个视野很宽的学者。我们都知道,他是一个很有名的物理学家,但当年他在北京报考大学的时候,本来却是选的中文,后来有老师跟他说,现在抗日了,国家最需要的是科学技术,他才转学物理的。他现在已是九十多岁的人,不大走得动了,但有时候会约文科的教授聊聊天,他跟比如像我这样的文学系的教授谈话的内容,不是谈物理学,而是谈中国古代文学、历史和文化,他在这些方面同样有自己的看法。正因为是这样一个学者当校长,上海大学一直强调要采用通识教育的模式。当然，从大的形式上看，这个通识教育和那种培养高级劳动力的素质教育很接近，所以很多时候，有些中国的大学，讲的是通识教育，实际做的还是素质教育，就是培养高级劳动力的那一套。但是就上海大学来说，在总的倾向上、在学科的设置上，是努力往通识教育的方向走的，这也就是为什么我们今天会在这里上这一门课。你们当中有些以后可能是学中文的，有些是学历史的，还有些是学社会学的，或者学档案学的，但大家今天会一起来选读这一门讲文学经典的课，就是在实践通识教育的模式。

在欧美，通识教育已经有八十年的历史，在中国却刚刚起步。但是，对中国这样的被动现代化的国家来说，通识教育的意义却特别重大。今天时间不够，我没有办法详细展开来说，只能简略地说两点。今天的中国社会，人和人之间的关系，整个社会的内部的联系，越来越变成只是利益的交换、利益的平衡，那种超出眼前利益的共同的价值观念、文化的影响力，越来越少。偏偏中国又是这么一个人口众多的大国，处在这样快速的、深刻的变化之中，利益的平衡非常难维持，如果这种情况不改变，风险就会很大。我们在自己每天的日常生活里，只要稍微注意一下，就会看到这种风险的大大小小的表现。而越是处在这样的严峻的现实当中，教育，特别是大学教育就越应该重视通识教育，这是一。其次，像中国这样一个有悠久的历史和文化传统的国家，一旦被动地被"西方列强"逼着走上现代化的道路，就势必会碰到一个大难题，这个难题就是：一方面，你是学着西方的样子进入现代的，可另一方面，各种主客观的条件又决定了，你不可能完全变成一个西方式的国家，也就是说，中国必须要在现代化的过程中摸索出一条与西方不同的、但同样是现代的发展道路，没有任何现成的模式可以照搬。对不起，这是说得比较复杂了。我简单地归纳一下，就是说,我们不但要克服一般意义上的现代社会的弊病,这些弊病我们有,人家也有,我们还要同时克服一些我们有,但别人不一定有的更麻烦的困难,这些困难是因为我们要创造中国自己的现代化道路而产生的,也就是说,我们中国的现代化道路可能要比西方更加难走。在这种情况下,我们就更不能像世界上有些没出息的国家那样,把自己的国民训练成只想赚钱、没有头脑的"经济动物",心甘情愿地跟在西方发达国家的屁股后面,给它们打下手,受了剥削还沾沾自喜,就像鲁迅当年所讽刺的,因为"做稳了奴隶"而沾沾自喜。相反,今天的中国人一定要培养自己的大的眼光,要能够了解世界大势,知道在这个全球化的世界上,中国、中国人是在什么样的位置上,我们应该往哪里去。这样的思考别人不会帮你做,只有靠我们自己努力。而大学的通识教育,正是要教会我们这样的了解和思考的能力。顺便说一下,正因为是这样来理解通识教育的意义,我们的通识教育的叫法就不应该完全照搬欧美的模式,比如核心课程,就不应该只是读西方的经典,而应该多读中国自己的经典,还要选读一些欧美以外的别的国家的经典,这样才能建立起真正世界性的眼光。

我们如何读大学

讲了各种各样的大学,各种各样的大学模式,大学的不同的意义,再回到开头的问题,为什么读大学? 现在实际上是有好几种不同的求学的道路可供选择,希望各位能用心来选择。如果说进大学是为了认真想一想我们将来怎么走自己的人生长途,而读书就正是一种"想"的好方式,那么,我就想在这里提供一点我自己的理解,供你们参考。第一,大学的确可以教给你们一些将来谋生的知识,但是,如果真的要讲谋生,说老实话,大学里教的知识太少了,不够用,特别是现在的知识更替那么快。你要谋生，你要学一辈子，大学里教的很多东西都太旧，没有用。工科的学生大概对这一点感触特别多，考大学时你选一个专业，可能它当时很热门，可四年下来，你毕业出去的时候，它已经不再热门，甚至可能变成冷门，不需要这么多人了。所以，我就觉得，如果大学四年都用来学谋生的本领，太可惜了这个环境，也可惜了这么宝贵的四年时间。第二，越是社会变化快、更新周期短，我们就越需要把自己的脑子磨炼好，要在精神上早一点成形。各位现在人是进入大学了，但精神基本上是散的，没有成形。这也很自然，我们的中学教育、高中教育，它只是让你怎么适应高考，不教你精神上怎么成形。因此，这个成形的过程，换句话说就是要在精神上成人的过程，不光是生理上到十八岁，精神上也要做成年人，这个成年成形成人的过程都应该是在大学里面完成，或者说要初步地在大学里面完成的。也就是说，要在大学里面初步地形成你对社会、自己，再推而广之对整个人类的基本看法。不是说你们现在没有看法，你们有，但这些看法，不是你自己主动地思考以后形成的看法。很多

为什么读大学？现在实际上是有好几种不同的求学的道路可供选择。

想法不是你自己的想法，是你父母、学校、社会教给你的。而大学，是我们自己想的地方。我们自己来想一想，通过学习，通过掌握尽可能多的知识，通过讨论，通过主动的思考，来形成我们对于个人、对国家、对社会、对人类的看法。只有在这样一个主动思考的基础之上，我们才能形成一个我自己应该做什么的判断，知道我该怎么走，而把这个想明白了，我们就可以在踏上自己的人生长途的时候，前面有一个自己选定的目标。当然这个目标以后可能会改变，你的想法会有变化，但是，你毕竟一开始就有了主动性，你从大学里出去时的第一个人生目标，不是别人给你的，是你自己选的，这太重要了。

为什么要学文学

现在我们接着讲第二个问题，为什么学文学，换句话来说，在我们这个社会，文学的意义和价值是什么，或者换一种更俗的话来讲，学文学有什么用？还是请几位同学先来讲一讲自己的看法。

……

也许过了一段时间，两年三年，你们可能会觉得我们不应该这样来提问：学文学有什么用？你们可能会觉得这样的问题很愚蠢，不应该对文学发生这样的疑问。我也相信很多别的地方的选修文学课程的学生，不会像我们这样来讨论问题。我曾经拿这个问题问过几个哈佛大学的学生。五年前我在哈佛大学东亚系，给学生上课，同时我也去听别的系的课。有一门是英文系的课，一位很有名的教授，在一个很大的梯形教室讲，内容是讲解十七世纪英国的一个很有名的诗人华兹华斯的作品，有的同学可能读过或者知道他的一些作品。这个诗人在欧美影响很大，在中国呢，大概二十世纪八十年代的年轻人读得比较多,现在似乎感兴趣的人少了。我是出于好奇而去听的,也没有听完,大概听了半个学期的课,每次教室里都坐了将近一百人,来自各个系,英文系的大概十分之一都不到。年级也很杂,博士生、硕士生、本科生都有,每个人夹了一大本从图书馆借来的《华兹华斯全集》,那个教授就哇哇地讲那个诗,用那种文学性很强的抒情的语言,学生们全神贯注,教室里安静极了。中间休息的时候,我故意问坐在我周围的几个学生:你们为什么选这个课?记得印象特别深的是一个物理系的硕士生,他一脸茫然,觉得很奇怪为什么你会这么问!所以我想,也许你们过了若干年之后,也会觉得这样问很愚蠢。但是在今天这样一种凡事都要问"对我有什么用?"的社会风气里,我相信,在你们刚刚进入大学的时候,我们还是不妨就用这样的提问方式,来谈谈文学对我们当代社会的意义。

不同的地方和时代:文学的不同的意义

人有精神生活,就需要用一些形式来表达,音乐、绘画、戏曲都是这样的形式,文学也是,而且是人类精神生活最古老的形式之一,差不多是跟神话、绘画同样古老的。人类活到现在,生活变化非常大,很多在以前非常重要的人的精神生活的形式,慢慢地消失掉了,可是文学,一直延续到现在。而且它不像有些形式,例如一些舞蹈、宗教仪式和一些古老的戏曲,虽然保留到现在,但却是像博物馆里的展品一样,和人的现实生活关系很远。文学不是这样,它一直是人的生活的一部分,虽然它的重要性有起有落。每个稍微大一点的国家,都有一个或大或小的"文学人口",就是打仗了,也总有人写诗歌、写小说,有的就在战壕里面写,当然更有人读诗歌、读小说。上海,就在最近这几年,还建立了两个新的中文系,一个在交通大学,一个在同济大学,这两个学校原来都没有中文系。大家想一想,在人类的生活当中,有没有可能说,某一样东西是没有什么用的,可有可无的,却能延续这么长时间? 所以,文学这么古老的一种形式,能够延续到现在,一定有它的重要意义和价值。

当然,仔细看,在不同的时代,文学对于人类的意义价值是不同的。就拿中国来讲,我们都知道,孔子有一句话:"不学诗,无以言。"这个诗指的是《诗经》,他的意思是说,如果一个人不把《诗经》学得滚瓜烂熟,就没法说话。为什么这样说呢? 原来在周代,在孔子那个时代,有文化的上层的人物,他们说话有一个约定俗成的方式,就是大量引用《诗经》里的诗,如果你不懂《诗经》,你就没法在这些人物活动的场合说话,人家说话你也不懂。《诗经》是中国最早整理成文、流传下来的一部诗选,而在当时,它却有这么一个上流社会人际交流的意义。在唐代,皇帝选拔读书人做官的时候,一定有一门考试是考做诗,所以说唐代是"以诗取仕",当时的读书人一定要会做诗,你要不会做诗,就当不成官。这是诗在当时,除了一般所谓文学的意义之外,对读书人的一个特别的,但是非常重要的价值。

到了近代以后,文学又产生出各种不同的其他意义。举一个外国的例子,捷克斯洛伐克,它现在已经分成两个国家了,一个捷克,另一个斯洛伐克,但在二十世纪七十年代它们还是一个国家。在那个时候,特别是在首都布拉格,捷克的文学和摇滚乐一起,成为当时的捷克人民反抗专制的最重要的形式。也因为这样,在当时那些被政府压制、不能够公开出版作品的作家当中,出了两位重要的世界级的作家,一个是叫米兰·昆德拉,写作小说《生命中不能承受之轻》的那一位,另外一个叫哈维尔,剧作家,后来当了捷克的总统。从"不学诗,无以言"到布拉格的地下文学,我们可以知道,在不同的时间和不同的地方,文学的意义是在不断发生变化的。

那么在今天的中国，文学的意义是什么呢？我想第一个就是，文学可以谋生。为什么这么说呢？这就稍微要说一点人类生活的文明史。在原始时代，人的生活里面最重要的就是体力，你胳膊粗，就可以生活得比较好，那些老弱病残，就要被淘汰掉。很多古代部族都有这样的习俗，把老人丢到山里去，让他自己死掉。有一个非常有名的日本电影，用汉字表达好像是《楢山节考》，就是讲一户贫苦农民，已经到了十九世纪了，还是不得不

按日本的习俗规定把老人丢到山里去。尽管老人知道的事情很多，有知识，可是没用，那个时候物资匮乏，需要的就是身强力壮的劳动力，是胳膊粗。慢慢地人类的生活得到改善了，文明发展了，生活也复杂了，就变成谁钱多、谁有权力，谁就生活得好。再往下，物质环境进一步改善，生活越来越复杂了，就到了靠脑子的时代，谁的脑子好，就能在竞争中获胜。

在今天的世界上，还有很多的地方，非常贫困，还是处于谁钱多、权力大甚至是谁胳膊粗，谁就日子好过的恶劣环境里。可是就整体而言，或者就变化的趋势而言，今天的人类的生活，已经进入了越来越倚重脑子的时代。说得简单一点，就是在这样一个所谓全球竞争的时代，其实是文化决定一切，是你所拥有的文化的力量的大小，决定了一个国家、一个地区乃至一个人所占有的位置。既然是这样一个时代，文化的各种构成和表达形式，就会根据它的容量的大小，在社会生活中占据不同的位置。比较起来，文学可能是文化的各种构成和表达形式当中，包容量最大的一种。这不奇怪，因为文学是语言文字活动的最丰富、也最复杂的一种形式，而越是复杂的文化，容量大

的文化，它的语言文字体系就越复杂。简单说，你从一种语言的词汇量的多少，可以看出这个文化的丰富程度。所以，作为语言文字、因而也是文化的一个具有最大容量的构成和表达形式，文学必然会在一个文化决定一切的时代，占有非常重要的地位。越是一个看上去好像和平、繁荣的时代，所有的社会冲突和矛盾，都通过非暴力的形式，或者越来越通过非暴力的形式来表达，不但压迫越来越多地会采取一种文化的形式，反抗也越来越多地采取文化的形式，那么，在这样的时代，文学就一定有它的重要意义。

当文学在一个社会生活里有它的重要性的时候，作为这种重要性的功利的表现，它就一定会提供一系列的职业。在今天，至少在今天的中国，大致来说，文学可以提供这样三类职业，第一类职业是创作者，作家、诗人、剧作家——包括通俗小说的作家、广告撰写人、歌词的作者，所有这些人，他都是在创造文学，同时也靠这个谋生。第二类呢，是处理那些文学作品的人，编辑、记者、批评家，研究者。第三种呢，是教文学的，像我这样就是教文学的。小学有教语文的老师，中学有教语文的老师，大学有中文系，有各种各样的教文学的人。这些人，就是因为文学是社会生活当中一个重要的部分，才会有这样的不同的职业可以进入。只要有文学在，就可以有一些人，靠这个吃饭。所以说，文学可以谋生。

不过，我说文学对于今天中国人的生活来说有意义，却主要不是在这个可以靠它谋生的角度讲的。文学能够使一部分人谋生，但是文学最主要的意义，却是在别的地方。要讲清楚文学的这个意义，我们还得先说一说，我们今天过的是一种什么样的生活，然后就可以知道，对于我们这样的生活而言，文学有什么意义。

我们今天的精神生活

今天的中国,同时存在着两个相反的情况,第一个是贫富的差异越来越大,读一些社会学家、经济学家的书,包括政府部门的报告,你可以很清楚地看到,最近的二十年,贫富差距扩大了不少,不是说以前就没有差别,但是现在越来越明显。当然,这个贫富差距扩大的趋势,不光是表现在中国,其他很多国家也一样,但中国是一个突出的例子。另外一个,在这个贫富差距急剧扩大的同时,我们这个社会的一般人的脑子,和我们的生活的衣食住行等等的形式,却越来越趋同。比方说什么是好的生活,穷人跟有钱人想法差不多,都是觉得好的生活就是有钱,有权力,能支配别人,或者令别人羡慕,诸如此类。问一个班的小学生,你长大了干什么? 大概都会回答你:"我长大要当总经理!"处境这么不同的人,对生活的想象却一样。

有一次我在印度坐出租车,跟司机聊,这个司机四十来岁,是一个国大党党员——国大党是印度两个主要的政党之一,执政纲领有明显的社会主义倾向,曾经执政多年。这司机讲,那些有钱人,他们的生活并不好,为什么呢,他们成天要操心那些钱,活着没有意义。他说我自己开出租车,有两个孩子,我觉得我的生活好,为什么呢?因为 life is work,那些 businessmen 是靠欺诈靠剥削,那个不是工作。他说的 work 的意思是自己诚实地劳动,赚自己应得的那部分钱。我当时印象特别深,在孟买,这样一个司机,生活并不富裕,这从他穿的衣服可以看出来,但是他很自尊,因为他对什么是好的生活,有跟那些 businessmen 不一样的理解。在我跟印度人,从知识分子到街头的小店主的交谈中,我不止一次感觉到这种对什么是幸福的基本认识的多样性。可我们今天的中国人呢? 怎么一谈起幸福,就像是只有一个脑子了呢?

和头脑的千篇一律相伴随的,是社会提供给人的生活的形式,也越来越千篇一律。比方说住房,它是我们生活的基本形式之一,从理想的角度说,人对住房的要求是不一样,因此,应该要有各种各样不同的房子让人们选择,这个选择越多越好。可我们现在情况完全不同,我最近看了一个材料,是国家建筑部的一个调查报告,说全国十六个大城市里造的新房子,别的问题不说了,光说面积,这十六个大城市造的新房子里,单套面积在一百二十平方米以上的占了一半以上。根据中国今天的城市居民的实际购买力,他们最需要的其实是各种各样的比较小的房子,但现在,房地产业却强迫大家去买大房子住,你没有别的选择。

我再举一个例子,就是上海的商店。我是上海人,在我小的时候,上海的商店是各种各样的,可现在呢,好像只剩下两种商店了,一种是专卖店,再一种就是超市,包括大卖场式的和便利店式的。你们女孩子现在去买衣服,到这个购物中心去,是一堆专卖店,换一个购物中心,还是这一堆专卖店,几乎没有差别。很早以前,好像是五六十年代吧,美国就有一个说法,说全美国人的日常用品,都是到超市里面用一个一个牛皮纸袋装回来的。美国人觉得这很恐怖。仔细想想也对。比方说花,是美好的东西,可如果所有的花都是一个样子,那就成了恐怖电影的画面了。我们现在坐在这里,之所以不觉得是在看恐怖电影,就因为到目前为止,我们看到的大多数东西还是不一样的,而且我们已经习惯了这种不一样。可是我们想一想,如果全世界的人,或者说一个地方的人,生活越来越相似,如果我们住房、购物等等都越来越一样,这是多么恐怖啊!生活形式的千篇一律,意味着我们从日常生活中获得的信息越来越千篇一律,而最后的结果,就是我们的脑子也会变得千篇一律。

说到脑子,就再讲一个电影的例子。很多人都说二十世纪六十和七十年代是世界电影的黄金时代,为什么呢? 因为那个时代,全世界有多种多样不同的电影,当然,有好莱坞电影。但是在美洲,除了好莱坞电影之外,还有墨西哥电影,就是美国吧,除了好莱坞式的大公司电影之外,还有很多小的独立电影制片厂、制片人,制作各种有独特风格的影片,像伍迪·埃伦这样的电影人,就是出自这个独立制片的传统。在美国之外,在欧洲,波兰电影、捷克电影——这些都是当时的社会主义国家的电影,英国电影、法国电影、意大利电影,都是不一样的。而苏联电影、中国电影、印度电影、日本电影,更是差异非常大。同时有这么多不一样的电影模式的存在,互相竞争,那真是一个电影的黄金时代! 五十年过去了,今天大家再看,好莱坞电影一统天下。在亚洲,现在唯一在市场份额上,本国电影还占据着一半份额的是韩国和印度。可是你仔细去看印度和韩国的电影,你就会发现,它也大面积地好莱坞化了,它是印度电影、韩国电影,可是它是好莱坞式的印度电影、韩国电影。所以,当这样的韩国电影、印度电影占据自己国家的一半的电影市场,甚至还向周边国家出口的时候(例如韩国电影),这同样体现了好莱坞模式的胜利。一般来说,好莱坞电影是商业电影的代表,八十年代以后,随着资本主义文化生产的新模式的出现,这个说来话长,就不展开了,好莱坞式的"大片"越来越成为"滥片"。可恰恰是这个滥片化的好莱坞征服了全世界,单是这一点,也可以说明,中国也好,世界其他地方也好,我们人类的脑子正在怎样快速地千篇一律。

这种从衣食住行到头脑的千篇一律,可能是我们今天的生活当中最令人担心的问题,或者说,是从长远的方面讲,对我们损害最长久的事情。现在很多地方还有专制,有贫穷,有污染,这都是很严重的问题,但是相比而言,这些事情,还是比较容易解决的。你把专制政府推翻了,换一个政府,政治状况就会好一点。污染,真的去治理了,很多污染也是可以改变的,大自然的再生能力,目前还没有被人类完全摧毁。但是,发生在精神和脑子里面的变异,后患却很长久。所以我这里要特别跟大家多讨论这一点。我觉得我们的当代生活当中,有一些精神的问题已经相当严重,改变起来很难了。其中一个是感性的粗糙,另一个是精神的多样性的丧失。

大家都知道,我们现在的社会风气是看重物质的实际的东西,对形而上的精神的事情则避之唯恐不及。有一个普遍的想法是,虽然我在精神方面想得少了,但我在物质方面的收获却多了;我的精神生活过得少了,但我的物质生活丰富了。可是实际上,当我们远离抽象的东西、远离形而上的精神世界的时候,我们的物质生活,我们对物质生活的感性的体验,同样会变得粗糙、贫乏。有一部很有名的电影,叫《饮食男女》,主角是一个厨师,是台湾最有名的一家大旅馆的大厨师长。它里面有很多烧菜的镜头,一盘盘菜端上桌子,非常诱人,肚子饿的时候不能去看。电影是从这个厨师长退休拍起的,他闲在家里,就老想给儿女们烧一点好菜让他们吃,可是这些年轻人根本没兴趣吃他的饭,他们成天在外面奔波,要个人发达啊,同事间竞争啊,回家吃饭都是马马虎虎、心不在焉的,结果他经常就是烧了一桌好菜坐在那里等,孩子们迟迟不来。有一天他突然想明白了,说:我干吗烧得这么细致啊,今天的人心都粗糙了,这些细致的菜他们已经不能享用了。这句经典的台词令人印象深刻,它说的不只是饭菜、饮食,而是我们整个的生活,我觉得我们现在好像就是这样的,人心很粗糙,对生活的感受很粗,不会分辨生活当中的那些细微的差别。这跟我们前面讲的千篇一律有关,老是给你看一样的东西,你分辨细微差异的能力自然就弱了。可是,什么叫享受物质生活?它最基本的一点就是感性,就是分辨差异。感性的分辨力弱了,还谈什么物质享受?你可以花很多的钱买无数的奢侈品,但你的物质生活的水平却还是很低。所以,疏远精神世界的结果,是你在精神和物质两个方面都丧失丰富性。

另外一个是精神的多样性的丧失,我先讲自己的一些体会。那是很多年前了,有一次,我去杭州边上的莫干山,那是风景非常好的一座山,所以我带了女儿一块去。上山以后,晚上,往天上一看,真是群星闪烁,一片亮闪闪的,在上海是早已经看不到星星了。我女儿当时才七八岁,大概出生之后就没有看到过满天星斗的景象,所以我赶紧叫她过来看星星,她就从屋子里出来了,敷衍地往天上扫了一眼,扭头跑回房去。为什么呢?原来电视里正在放日本动画片《阿童木》,她觉得这个阿童木是最吸引人的东西,对群星闪烁的天空,她没兴趣。

我女儿的这个反应,清楚地表现了今天的人,特别是城市里的人,感知的范围已经越来越局限于四堵墙以内。就连读小说,看电影,如果故事情节是发生在房子里面的,我们就比较容易体会,比较容易进入情景;如果故事是发生在房子以外的,发生在与我们熟悉的环境不同的另外的环境里面的,我们就不大容易进入。我们能感受的范围很窄,对于跟我们习惯的天天看见的事物不一样的东西,我们的理解力太弱,而我们看惯的范围呢,又那么窄。这就是一个恶性循环了:你感知的范围小,看见的又都是千篇一律的东西,你就会养成单一的理解力,无论什么你都是这么一套思路;你越是脑子里一根筋,看世界就越会只看见相似之处,越不能注意和分辨那些实际存在的不同之处。这也就意味着,在生活当中有可能被我们看到和体会的那些细微的差别,那些实际存在的多样性,你都看不到。我们越不能体会,那些东西就消失得越快,它们消失得越快,我们就越是一根筋。

我觉得这样一个恶性循环,是我们今天的生活当中真正令人恐怖的。它是无形的,不像贫穷、专制、污染,能比较直观地被人感觉到,所以很容易被忽视,可是实际上,它对我们今后长远的生活的影响又非常深远,也更难被改善。而且它的后果今天也已经表现出来了,其中一个就是,我们今天的人的头脑越来越简单,一旦面对一个比较复杂的问题,往往就不太容易理解。我举一个很直观的例子来说明这一点,就是演讲。

严复

大家都知道严复,就是《天演论》的译者,一九〇七年他在上海连续作了十场演讲,介绍当时英国的政治学理论。当时听讲的都是中国的士绅,我们都知道,在一九〇七年的时候,一般中国士绅对西方的理论是了解很少的,绝大多数也不懂英文。可你看严复的讲稿,非常理论化,十天里面,他就是直接讲那些基本的理论和概念。严复的口才是很差的,他绝对不是现在那种很会表演的演说家,但他的这些演讲却发生了很大的影响,我们可以推想,当时的那些听讲者,真是很不错,他们中一定是有一些人,从那么枯燥的政治理论的介绍中体会到了严复的苦心,也体会到

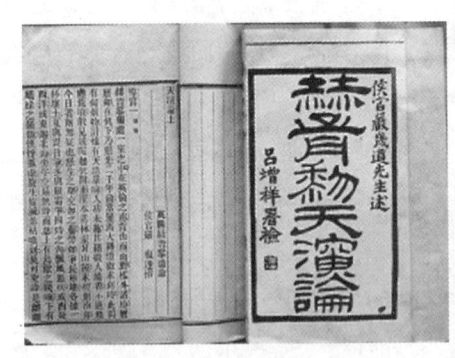

《天演论》书影

了这些抽象概念和中国当时的政治现实的直接关联。可是现在呢，我举自己亲历的一个例子，凤凰卫视的《世纪大讲堂》节目找我去做一场演讲，他们在华东师大找了一批研究生，其中有不少博士生，坐了满满一堂，担任听讲者。有意思的是，节目编导在跟我设计演讲内容的时候，翻来覆去强调，不要讲得太理论了，不要讲太深了，尽量往浅里讲。我理解他的担心，如今做演讲，上课，如果你讲得深一些，听的人就会觉得难以理解，听不进去。不但听演讲，读书、看戏、看电影，都是一样，只能接受非常浅显的东西、搞笑的东西，稍微复杂一点、深一点，就不行。不要说古希腊的那些演讲了，就是看看现代人的那些演讲稿，看看五十年前、甚至就是二十年前的那些老师的讲稿，我真是觉得惊讶，我们今天怎么会落到了对研究生演讲都最好要带上相声的样子才行的地步呢？中国人不笨，可以说十分聪明，可是我们的聪明更多地是用在——比方说大家都排队，我就想一个什么法子去插队——这类思考上。可是，碰到一个复杂的问题，一个理论问题，要作一个分析，一碰到这个时候，我们就不行了，为什么会这样？

这就可以明白，为什么今天的中国人非常容易跟着流行的东西走。你知道的东西太少，独立地分析复杂事情的能力弱，头脑简单，就那么一根筋——在这种情况下，随便来一个东西，就能把你忽悠了，来一股潮流，就能把你卷走。

这就是我们今天的生活的现实，我们的精神生活的现实。

文学对于我们的意义

正是在这样一个现实面前，我们可以来讲文学的意义了。人如果不想被这样的生活淹没，而是要反过来改变它，那首先要做的事情之一,就是将当代生活中残存的多样而细微的部分,有力地表现出来,通过这种表现来保存,并且进一步发展人的生活和精神的丰富性。而文学,正是实践这个事情的主要形式之一。音乐和绘画也都是这样的形式,但是音乐表现的范围比较窄,绘画则在深度上有较大的限制。哲学,也是这样的一种形式,可是非常糟糕的一件事情是,在今天的中国,哲学系经常招不到足够的优秀的学生。这是非常丢脸的一件事情,中国这么一个古老文明的大国,有这么悠久的文化传统,居然今天只有那么少的年轻人对哲学有兴趣。但是,哲学也有它的限制,就是不能直观地表达,这在今天这样的所谓图像和快餐文化的时代,尤其明显。而文学呢,与哲学相比,同样是以文字为媒介,在直观性上就明显占有优势。所以,与音乐、绘画和哲学等相比,我们可以看出,文学具有某种综合的弹性的优势,它似乎可以同时是音乐、绘画、历史和哲学,当然,更是文学。这里我举一部长篇小说来说,是葡萄牙当代作家萨拉马戈的作品,这个人后来得了诺贝尔文学奖,小说有中文译本,名叫《失明症漫记》。

故事梗概是这样的:一天早上,欧洲某一个大城市,小说没有写明是哪一个城市,车水马龙,前面路口是红灯,车子排队等候。红灯转绿了,可是排在第一辆的汽车不动,后面的人按喇叭,没用,有人就下车到前面去看,看见那车里的驾驶人很激动地在车里手舞足蹈,但他就是不开车。大家只好拉开车门,才知道他是在说:我看不见了,我眼睛看出去一片白茫茫,红灯亮的时候,我眼睛还好好的,就是在等红灯的这个时候眼睛看不见了……这时候有一个路人说,好吧,我送你回家去。于是坐进去,开车,把这个失明者送回家。送回他家,扶他上楼,关了门,下来,这人一想,哎,车钥匙在我这里,那人又瞎了,不知道我是谁,这车我可以开走啊,于是就开了车走了。驶在路上,毕竟偷人家的车嘛,心里有点虚,一看见路口有警察,就赶快拐弯,找一个僻静的地方,把车子停下来,锁了门,出来。好,没走两步,突然就发现,眼前一片白茫茫,他也瞎了。小说再补叙回去,讲那第一个瞎的人,到家以后,赶快打电话把太太叫回家,送他去看医生。眼科医生检查了半天,眼睛好好的,可就是看不见,就说,算了,你们先回家吧,我晚上查查书。晚上他就查最新的医学书,查了半天,也看不到有记载这个怪病的,他就把书放回书架,而就在这个时候,他发现自己瞎了。他最后记得的,是自己的手往书架上插书的那个瞬间。

就这样,这个毛病,在这个大城市里迅速流传。甲传到乙,乙传到丙,失明者越来越多了。于是政府出手了,腾空一个郊区的学校,把眼瞎的人全部送去,关在里面。这个怪病是要传染的,所以没有人愿意去给他们服务,就让他们在里面自生自灭,外面只是定期把食物和水送进去。谁要想逃出来,守卫的警察就开枪把他打回去。不断有新的失明者被送进来,只有一个人,就是那个眼科医生的太太,她没有瞎,但为了照顾丈夫,她就说自己是瞎子,于是也被送进这学校。

在这个类似于集中营的地方,情况越来越糟,所有的人都很恐慌,不知道自己为什么会失明,也很绝望,不知道将来会如何。于是,原来内心里的那些被正常生活形态压抑住的东西,全都爆发出来。人跟人的关系,男人和女人的关系,老人和孩子的关系,全部改变了。人生活当中的那些可怕的东西,病态的东西,那些当他们眼睛没有瞎的时候都看不见的东西,在他们眼睛瞎了的时候,都出来了。不单是这个学校里面，外面的地方，政府、电台、军队，都因为同样的原因而混乱起来，所有坏的东西统统大暴露。在这个过程当中，也有一些在"正常"情况底下不被重视的人，却出人意料地表现出一些好的品质。到最后，整个城市沦为一座死城，所有的人都是瞎子，大街上到处是粪便，食品污染得一塌糊涂，所有的秩序都乱了，家的概念、私有财产的概念也都没有了。这最早生病的一群人，因为彼此之间还认识，就互相搀扶着到了一幢空房子里。就在这个时候，他们突然发现，自己又看得见了。而也就在同时，那一直跟他们在一起的唯一的不瞎的医生太太，发现自己瞎了。小说到这里结束。

这个小说非常有意思。故事很奇特，表现出强大的想象能力。萨拉马戈一度眼睛不好，去看眼科，被医生要求戴眼罩，就是这样一个很短暂的眼睛被蒙住的经历，触发他写了这部作品。很多人都说，现在是一个视觉的时代，电影、电视、电脑，似乎所有的东西都是以视觉图像的形式而存在。人体有五官，但现在是视觉这一官，把其他的官都压下去了。我们都知道，人从读具体的图像发展到读抽象的符号（文字），是一个艰难而巨大的进步，比如读小说，你一定要在脑子里做一个视觉的转化，将一个一个字的含义转化为具体的图像，或者转化为更为抽象的概念。这显然比单纯看图难得多，对脑力的要求更高，所覆盖的智力领域也宽广得多。因此，一旦重新回到看图的时代，视觉压倒人的其他感觉，我们的智力和精神其实是退化了，对生活的感知和理解是收窄了，弱化了。

萨拉马戈这部小说表达的意思之一，正是在这里，而且是以非常极端的方式表达的：只有当人的眼睛瞎了之后，他才看见了生活里真正的内容，当人的眼睛都很明亮的时候，他反而是瞎的。当然，这只是对小说寓意的一个分析，还可以有其他的分析，一部好的小说的有意思的地方，正在于它包含了非常丰富的内容，读者可以从不同的角度去体会。但就是从我们刚才分析的这一点看,你读了这个小说以后,再到大街上去,看到满街的图像、广告、鲜艳的色彩,熙熙攘攘,你的感觉会不会发生变化,和没读这个小说以前不一样了? 我想是会不一样的,你读了这个小说和没读这个小说,你被这个小说感动了和没有被它感动,是不一样的。一部好的小说,就像一个你从来没有去过、但非常动人的地方,你去过这个地方以后,再回来面对你熟悉的生活,你的感受会发生变化。有很多事情,你平常熟视无睹,可是当你读了某一些小说之后,再来面对这些事情,你会觉得不可忍受。我有一个朋友说得很有意思,他说他不敢听贝多芬的音乐,因为你要是用心听了,你会被他感动,可是被贝多芬的音乐感动过之后,再回到生活里来,我这个朋友说,生活会变得困难。有些事情他平常干起来没有什么障碍,可当他被音乐感动过之后,再来做这个事情,他自己会觉得不舒服。

　　好的艺术作品都是相通的,音乐、绘画、诗、小说、戏曲,都一样。你读了很多好的小说之后,你的脑子自然而然就会复杂起来,你对生活的感受会变得细腻而强烈,很多平常没什么感觉的东西,都会变得重大起来。文学这个世界是非常广大的,从古到今有这么多伟大的文学经典,它们所组成的世界里面有很多很多东西,有历史、有道德、有哲学,简直可以说什么都有。但是我想,对今天的中国人来说,文学里面更值得我们注意的一点是,它保存了人类生活,特别是精神生活中的丰富性,比如《失明症漫记》,就表现出了对于今天的生活世界的一种非常特别的感受和洞察,这种感受和洞察正构成了我们的精神生活的一部分。文学世界的最大的特点,就是多样,每一个好的作家,每一部好的作品,都是与众不同的,绝对不单一的。在这样的世界里,你能收获的最大的东西,就是对于千篇一律的厌恶,和对于复杂、细微和多样的意味的敏感。

回到我们刚才的问题上,文学对于今天的生活,或者说得更具体一点,文学对于各位这样刚刚进入大学、知道在大学里不仅可以学到谋生的技能,更可以从容地思考将来的人生之路的学生来说,有什么意义?我想,其中的一个意义——当然还有别的意义,我这里只是特别强调这一个意义——是它能够帮助我们发展对于人生的丰富的感受,使我们不容易被利用,不是你说一个什么东西我就相信了,我要想一想,要问一个为什么:为什么你要这么说,为什么事情会这样……我总是要自己拿主意。我们都知道,老是要问为什么的人,是让人讨厌的,因为你很麻烦,可是如果不问为什么,你就非常容易被人家牵着鼻子走。

我就想,在今天,我们这个人哪,都是非常务实,头脑呢,也慢慢地越来越简单,没什么自己的想法,容易跟着别人走。在这样一个时代,说中文系的人太容易幻想,太自以为是,脑子太复杂,我觉得真可以说是最高的褒奖了。这既是对文学的褒奖,也是对学文学的人的褒奖。

今天我要讲的绪论就是这些了。大家有什么想法,下一次课可以再谈。现在下课。

(主讲:王晓明。根据课堂录音记录整理改定)

第二讲 《刺客列传》：不计成败的英雄之志

　　这一讲中我们要讲到一组作品，除了《刺客列传》，还有两个别的作品，一个是瑞士作家迪伦玛特的《老妇还乡》，这个剧本是非常有名的，在欧洲常演不衰，在中国也演过。迪伦玛特是一个很特别的人，既是戏剧作家，还写了不少散文和小说。另一个推荐给大家的是中国作家艾芜的短篇小说《山峡中》，艾芜是四川人，已经去世了。这个作品我稍微讲一下。艾芜这个作家是非常有意思的，他现在活着的话，应该有一百岁了。他出生在成都平原上的一户农民家里，成都平原田野肥沃，气候也很好，夏天不热，冬天也不太冷，所以，这个地方很富足。艾芜从小很聪明，书读得不错。他读完高中的时候，正遇上新文化运动从北京向全国蔓延，他很向往，他家里又替他包办了一门婚姻，他也不愿意，于是他就采取当时进步青年当中流行的做法，和同伴一起，后来干脆一个人，步行出门远游。从成都一直往南，最后走到缅甸。过去不像现在这样麻烦，要签证要护照的，他就一个人走，一边打工一边写作，前前后后好几年，就在山野里走，吃尽了苦头，完全就是一个衣衫褴褛的苦力的样子。但他也积累了很多印象和经验，写了一些小说的草稿。艾芜还在缅甸参加当时缅甸人抵抗英国殖民当局的运动，被抓捕后遣送回上海。他就在上海住下，成为一名左翼作家。他发表的第一篇有名的小说，就是《山峡中》，写他遇到的一群强盗，有很残酷的人际关系，也有令人感动的儿女情长。这些大家可以自己看，我今天就不讲了。

《史记》的两个伟大之处

今天我们主要是分析《刺客列传》。我先简单介绍一下司马迁和《史记》。对司马迁，大家都不陌生吧。他父亲司马谈，西汉时期担任汉武帝的太史令，太史令就是史官。司马谈曾想一个人写一部历史书，但他没有做到，这个愿望就由他的儿子司马迁来完成，所以司马迁写《史记》是子继父志。司马迁二十岁的时候就开始准备，四处游历，一个是实地查看山川形势，另外他要了解街谈巷议，那个时代不像现在，有很多口口相传的故事，司马迁就到处去打听，就这样做了好多年准备。三十八岁那年，他担任了他父亲的职位，也是太史令了，名正言顺地可以写历史了。他四十二岁开始写，可是写了一半，就因为一件事触怒了汉武帝，受了宫刑。遭受了宫刑之后，他的官位变成了中书令，就是朝廷里的文书，中书令是专门由宦官担任的，所以这是奇耻大辱。可是司马迁不自杀，接受了宫刑，也接受了中书令的新位置，为什么？就为了写《史记》。五十五岁那年，他终于完成了《史记》。整部《史记》，包括本纪、世家、列传、书、表五大类，总共一百三十篇，差不多有五十二万字。那个时代，成书的文字都是刻在木简上的，五十二万字，木简堆起来，这屋子都堆不下，真是鸿篇巨制了。在《史记》以前，中国还没有过这样巨大篇幅的个人著作。

大家都说《史记》是中国最伟大的历史著作。但它所以伟大，却主要不是因为篇幅。上次课结束以后，有个同学说，他本来打算通读《二十四史》，但一位古典文学的教授建议他先读《二十四史》中的前面两部，就是《史记》和《汉书》，后面的可以不看。我想这个建议是很好的，为什么？我们都知道，中国跟世界上其他文明古国相比，一个最大的特色，就是我们有非常详细的历史记述。印度的历史比中国还长,可是他们没有留下系统的历史记述,现代印度人可以看到的关于古代印度的记叙,都是杂在宗教典籍中,乱七八糟的,说不清楚,他们能说清楚的,只是最近几百年的历史。不像中国,从古到今近几千年的事情,一朝一朝写下来,清清楚楚。可另一方面,《二十四史》的绝大多数,都是在朝廷的主持下写出来的,往往是新朝修前朝的历史,是官修本——中国人习惯将记述历史说成是修史。官修的好处是记述者有比较好的条件,可以用官府的力量调用各种资料,但有一个极大的坏处,就是为当朝者讳,甚至歌功颂德,马屁溜溜。在这种情况下,中国史家就特别强调要秉笔直书,不管你皇帝喜欢不喜欢,事情是怎样,我就怎样写。在南北朝,就发生过这样一件事情,一个皇帝做了一件坏事,史官就如实记了下来,皇帝大怒,把他杀了,换了一个人写,那个人还是如实写,于是再杀,再换人,可第三个人还是那样写,皇帝没办法,只好算了!这正体现了中国历史记述的最高境界:不管你皇帝喜欢不喜欢,也不管我会不会掉脑袋,你做了什么事,我就写下来,因为有这个历史在,而且这个历史是有道德的,是能惩恶扬善

司马迁像

位于陕西韩城的太史公祠

的,所以必须如实写,这是忠于历史,也是忠于道德。也正因为中国历史记述里面,有这样一种对历史的尊重,所以当官的人,还有皇帝,他天不怕地不怕,就是怕历史记述,怕遗臭万年。中国的历史记述就有这样一个特别的力量。

但是,司马迁写《史记》的立意,却要比刚才所说的那个秉笔直书,还要高一些。司马迁自己有过一个解释,他说,我写《史记》的目的,是要"究天人之际,通古今之变,成一家之言"——这是大家都知道的名言了。所谓"究天人之际",就是说,从古代中国人的宇宙观、世界观来看,人是处在天和地之间的,所以人的历史变迁,同时也和天、地有关,和宇宙有关,这个视野就相当大了,不光是写人事,还要探讨天道。而"成一家之言",就是说,他并不满足于秉笔直书,这个只是前提,他是要进一步探究古今、天人之变的原因,不仅是记述,更是解释,不仅是记下发生了什么,更是要解释为什么发生这些事,这些事情又为什么这样发生。正因为是要解释历史,所以他才说,要"成一家之言",看上去很谦虚,其实却很骄傲:毕竟是要"成"一家之言哪!

我举一个例子来说明这一点:司马迁怎么写刘邦和项羽。刘邦是西汉的开国皇帝,他所以能建立西汉王朝,是因为最后打败了项羽,而司马迁是在西汉写《史记》,以一般人的做法,他应该是尊刘邦而贬项羽。可他不是,他没有把《高祖本纪》放在第一,而是把《项羽本纪》放第一位,放在《高祖本纪》之前。不用说,这肯定是当时的汉朝皇帝不喜欢的,但他就是这么摆了。司马迁为什么这么摆?他不是那种以成败论英雄的人,相反,他是从优劣来怀疑成败,他觉得项羽明明是英雄,相貌堂堂、勇敢善战,每次打仗身先士卒,做事从不鬼鬼祟祟,不然鸿门宴上早就把刘邦杀了,而刘邦差不多就是一个无赖,一个有气度的无赖。无论从哪方面说,英雄气质、道德、勇力,项羽各方面都比刘邦强,明显是一个更优秀的人物,为什么结果却是项羽失败,刘邦胜利呢? 如果天有公道,在这个事情上,天道何在? 这就是司马迁内心的大疑惑,他把《项羽本纪》放在《高祖本纪》之前,正是要凸现这个疑惑。我想他心里一定积存了非常多的类似的疑惑,他那个"究天人之际,通古今之变,成一家之言"的抱负,正是这样产生的。他似乎并不相信历史是公道的,相反,在他眼里,历史常常是令人困惑的,不公道的。为什么司马迁会成为一个伟大的历史学家?这种看待历史的充满疑惑的态度,正是一个重要的原因。

《史记》的第二个过人之处,是对历史中的人的重视。大家看《史记》的各篇的体裁,本纪是帝王的传记,世家是贵族、外戚的传记,列传是其他各种人物的传记,表相当于我们现在的年表,书相当于专题报告,记述某一方面的情况的。表和书就像是经线和纬线,司马迁用这两种体裁的篇章,记述了先秦至西汉的大致情况,但这只是一个背景,他着重写的,是另外三种体裁的篇章,是在这个大致的历史背景之上的从皇帝到普通人的故事。所以,《史记》的历史记述是以人物传记为主体,这就跟后来的史书很不一样了。后来的史家大都盯着宫廷政治、朝代更迭、你争我斗,这些写得很详细,别的方面就简略得很。现代以来的历史记述呢,又是另外一种模式,政治、经济、历史规律这一套,突出的是大线索,缺乏细节。司马迁的《史记》和这两个都不同,似乎在他看来,重要的不是宫廷政治史,他更没有现代人的那种对"规律"的崇拜,他眼中的历史就是这些人物,是这些人的活动,这些人的喜怒哀乐,这些人的可歌可泣的一生。如果你想到《史记》里面去找历史规律,你一定失望,司马迁讲不来这个的,他给你看的是一个一个的人,一个一个的人的命运。

特别难得的是,《史记》的人物传记,绝不只是帝王将相的传记,还包括了大量别类的人物传记。司马迁有一句非常有意思的话,叫做"不欺其志,名垂后世"。我前面说过,他不是那种以成败论英雄的庸人，他看重的是人物的"志"，哪怕你失败了，哪怕你无名无势，只要是有志之人，是优秀的人，都尽可能把他们的故事写下来，不要被历史埋没了。比方说隐士，这些人没有功名，只有他的亲戚、朋友知道一些线索，有些口口相传的逸事，按照一般历史记述的规矩，这些都是不能写进历史的，但司马迁写下了很多这类嘴上流传的故事，当然他也有取舍，这个我后面会讲到。

正因为司马迁是这样看历史、这样写历史的，反而使《史记》保存了非常丰富的历史细节，很多先秦的历史人物，都是因为《史记》而流传下来的。在《史记》之后，有二十三史，照理说，越到后来，印刷术越发达，可用的材料越多，后面的史书的内容应该比《史记》更丰富，可我们今天读起来的感觉却相反，《二十四史》当中，保留下最丰富内容的还是《史记》。

对司马迁和整个《史记》的简单的介绍，就到这里。

司马迁写《刺客列传》的四个方法

《史记》除了是中国最伟大的历史著作，它还是中国文学，包括小说、记叙性散文的重要源头。这也很可以理解，因为司马迁是写人的故事、人的命运，而一般所谓小说，或者说记叙性散文的最核心的内容，不就是写人、讲人的命运、讲人的故事么？正因为司马迁写的是这样的一部以人的故事为中心的历史书，我们今天才会在一门文学课上，选读《刺客列传》。那么，把它当作一部文学作品来读，我们会读出一些什么样的东西呢？

这五个刺客的故事，都是发生在司马迁的时代以前的。它们能流传到司马迁的时代，大概是通过两个途径：一是史书，在司马迁以前已经有不少历史书了，像《春秋》、《左传》等等。还有一个是口口相传,司马迁自己也讲到过,他的有些记述是从哪里听来的。所以,我们现在要做的,就是看司马迁怎样处理这些素材。从他讲故事的方式来看,我觉得他大概是用了四个方法。

第一个是"详写",刚才有同学已经分析过,他有些地方写得非常详细,比如讲专诸的一节——这里我要插进来讲几句,就是曹沫这个人物的名字,以前的中学课本里有一篇《曹刿论战》,最近有一个考证,说《曹刿论战》里的曹刿和这个曹沫是同一个人,这里牵涉到的一个问题是汉字的古今发音不同,这个说起来太复杂,我也不是这方面的专家,就不多说了,大家知道有这个说法就是了。回到前面讲的,专诸的这一节总体是比较短的,但有的地方却写得很详细,比如有一处讲吴王传位的事情,怎样一个一个位子往下传,就讲得很详细。为什么如此?显然是为了配合后面对公子光的叙述,说明公子光取代吴王僚是有道理的,无论你根据什么惯例,父传子也好,兄弟相传也好,无论哪一条,吴王僚都是不该做吴王的,倒是公子光更有理由当吴王,不用说,公子光的正当性建立起来了,专诸刺吴王的行为道义上的正当性,也就有了。另外,写到吴王僚赴宴的时候,怎么从家门口就排列武装的侍卫,一层一层排列到公子光的家里,那家里又是怎么样刀剑林立,这些非常详细的描写,都是为了烘托气氛,表现专诸这个刺客在刀剑丛中如入无人之境的气概。

更能显示司马迁的详写的,是那些人物对话。像聂政那一篇里面,有不少长篇大论,到了荆轲那一篇,对话就更多。有意思的是,如果从历史记述的真实性来看,很多对话都是两个人密谈,没有第三人记录下来,时间上又隔了那么久,司马迁怎么会知道呢?所以,我们可以推测,这些大段的对话,有些大概是出自传闻,有些可能就是司马迁根据其他材料自己造出来的。比如聂政,最早严仲子找他的时候他不去,后来他母亲死了,他就去找严仲子——司马迁能肯定的事

荆轲

豫让

实最多就是这些,至于那些对话,聂政为什么先是拒绝,后面又主动出去做,当时不会有人给他作记录,严仲子更不会把这些密谈的内容写下来,显然,这里就有司马迁以推论而创作的极大可能。在这里,就可以很清楚地看到《刺客列传》所显示的文学的特质,虽然这个事情并不一定真的发生过,但是从事理来看是合理、可信的,因此,我们读者也不用读一般历史书的态度去推敲:聂政真是这么说的吗? 我们不会这样疑问,我们就顺顺当当地接受了,在这里,作者和读者的这种文学的交流,发生得非常自然。司马迁的这些文学式的详写的做法,不但这一篇《刺客列传》里用得很多,其他各篇传记里也都常常用。后来的历史小说里,也常常使用,例如《三国演义》,就有很多这类的写法。

有详,就必定有略,这也就是司马迁的第二个做法,刚才有同学也提到了,我再多举几个例子来分析一下。先看豫让这一节。豫让的事迹,《史记》以前的历史书上有不少记载,有的还很详细,比如他第一次刺杀失败后,毁自己形状的过程,先是用生漆涂在身上,皮肤过敏,把皮肤搞坏了,然后到城里去,那时候的城市都很小,一走就给他的妻子认出来了,说这个人我不认识,但声音怎么像我丈夫的呀。于是他再回去,吞炭,把喉咙弄哑。这个过程很曲折,但到了司马迁手里,几句话就交代了。同样,写聂政这一节时,他完全不提严仲子为什么跟韩相侠累交恶,按理说,这是整个故事的起源,是因为有这个交恶,才要雇人当刺客,才有后面的故事,但司马迁就是不写,因为他关心的不是严仲子雇刺客是不是正当,他要写的是聂政,所以,他要把篇幅腾出来写聂政的心理变化。再比如荆轲这一节,以前的史书上讲到田光推荐荆轲的时候,有一大段话,说你太子丹周围也有许多勇士,其中有的发怒时满脸通红,那是"血勇",有的则是"骨勇",只有荆轲,他发怒时看不出来,跟平常人一样,这种人是"神勇",是真正的勇士,所以我推荐给你,等等。这段话很有趣,写出来会引人入胜,但是司马迁却整个删掉了,一字不留。把这几处联起来,大家可以看出,司马迁在详略的处理上,是有一个原则的,那就是一切围绕着刺客写——更准确地说,是他认为刺客身上的那些的重要的方面——凡跟这些方面关系不大的,统统略掉,当然,反过来讲,凡对说明刺客的这些方面有重要作用的细节,就大加渲染。

司马迁用的第三个方法,借用《论语》里的一句话,就是"不语怪力乱神"。司马迁搜集的素材里面,本来是有许多怪力乱神的神秘兮兮的东西的。比如豫让刺赵襄子的故事的结尾,豫让跳起来刺了一次赵襄子的衣服,然后自尽而死。在司马迁以前的历史书上,故事到这里还没完,还有个神秘的结尾:就在豫让自杀,赵襄子回宫的途中,他的随从发现,那被刺过的衣服上有血流出来,回到宫里不久,赵襄子莫名其妙就死掉了。这个材料《史记》的注释里有,大家可以看。这个结尾很精彩吧,但司马迁不写。为什么?他后来在讲燕太子丹的时候说,传说燕太子丹出生时天有异象,什么天上下谷子、马生角之类,但是这些说法不可信。从这里可以看出,他是有意不写怪力乱神之事的,他不信这个,觉得不能从这样的角度去解说历史,解说人的命运。

　　司马迁的第四个有意为之的做法是,太戏剧性的细节,有时候他也不写。比如太子丹用好酒好饭养着荆轲,本来也有一些这方面的细节流传到司马迁的时代的,包括这样血淋淋的细节:一个美女给他送吃的,荆轲赞叹说,呀,这手臂多漂亮,过一会,盘子送过来,那手臂已经被砍下来,放在盘子里了;另一次荆轲说,这马很不错,太子丹立刻叫人把马杀了,把马肝挑出来端给荆轲。可在司马迁笔下,这些都不见了。荆轲的时代距离司马迁的时代不远,这些传闻他不会不知道,他不写,显然和他前面的那几个做法一致,是有意取舍的。

两种做人之道

　　从司马迁上面的这样一些写法,我们大概就可以明白,他是要说什么、突出什么了。

　　我们最初读这五个故事,很容易把里面的人物,按照派遣者、刺客、被杀者这样三组人来区分。可是司马迁的具体的描写,却会让你觉得,还有另外一种区分法。比如五个刺客,我不知道你们的感受如何——这待会儿可以讨论,我的感受是,前面四位和后面的荆轲是不同的。聂政、豫让、曹沫他们,做人的原则很单纯,没有那种等价交换的意思在里面,不是你给我什么东西,我就给你什么东西,至少可以说,他的交换的原则跟别人不一样。你严仲子尊重我,尊重我母亲,我就对你以命相偿,如果说这也是交换,那这个交换,按照我们今天的标准,是完全不对等的。他不就是带了点金子来看么?你还把金子退回去了,可在聂政看来,金子不重要,重要的是你的态度和情意,既然你有了那份情意,我就要偿还,而我别无所长,就以命相抵。这就是前面这四位刺客的做人之道。但荆轲就复杂得多了,他的犹豫、拖延,最后的发怒,包括那一番著名的喟叹:"风萧萧……"都说明他的心理很复杂,并没有聂政那样的义无反顾的赤诚。

刚才是从刺客这里讲。现在再看那些派遣者和被杀者,他们至少可以被分为两类,一类是齐桓公这样的,他摆脱了曹沫的刀子、坐回原来位子上以后,本来完全可以反悔,是你用刀逼着我答应的,并非我自愿的,按照现在一般人的想法,这有什么不可以反悔的?就是当初自愿说的,还不是说不算就不算了?可是齐桓公最后没有反悔,尽管他想反悔,但被别人一劝,就放弃了。这就可以看到,曹沫作为刺客,齐桓公作为被刺者,他们其实有共通的价值观念,是互相保证的,如果没有齐桓公这样的一诺千金的君王,就不会有曹沫那样的天真的刺客。同样,豫让和赵襄子之间,也是这样的关系。豫让对知遇之恩的报答,和赵襄子对报答"知遇之恩"的人的尊重,这是互相联系在一起的,如果说豫让做了一件非常人能做的了不起的事情,那么,这事情其实也是赵襄子和他共同做成的。豫让的不肯伪装忠诚以行刺,赵襄子的一再容忍和成全,这样的为臣之道和为君之道,正是互相配合,共同成就了豫让的忠义之举。从这个角度看,应该说齐桓公、赵襄子其实是应该和曹沫、聂政划为一类的。

另外一类呢,就是那些凡事从利害出发的人。这当中包括公子光和严仲子,公子光的做法很简单,你帮我杀了吴王僚,我给你高官厚禄,你死了,我就把高官厚禄给你儿子;严仲子更赤裸裸,直接带了黄金来购买聂政。到了太子丹和荆轲这一节,这种人更多了,为了和荆轲达成交易,太子丹什么残暴的事都做,好像是把荆轲捧到天上了,可一旦要用了,就天天催,而荆轲就故意拖延,活像是一场讨价还价一样。更可怕的是,最后秦兵打来了,燕王居然杀了太子丹,把他的人头送给秦军,想再用他做一笔交易。对比樊於期和高渐离——这两位都应该归到聂政一类人里去,那差别真是天上地下。

读聂政的故事,不知道各位怎样,我是感觉很不好受的。为了保护严仲子,聂政临死还不忘毁容;为了成全聂政的英名,他的姐姐冒死认尸,最后自杀在旁边。可其实,严仲子对聂政究竟怎么样呢?刚才有同学已经说得很清楚了,严仲子他根本不配有聂政这样的刺客!可是,人的生命、人世间的事情,就这么的残酷,真是令人不平,令人悲哀。"自曹沫至荆轲五人,此其义或成或不成,然其立意较然,不欺其志,名垂后世,岂妄也哉!"这是司马迁非常深刻的感慨。他就好像聂政的姐姐一样,要让豫让、专诸、聂政这样的人物名垂千古。可同时,他也写出了,在这些人周围,还活动着各种各样其他的人,其中有些是跟他们差不多的,可也有一些,完全是根据另外的价值观念、另外的人生态度,或者利用他们,或者残害他们。特别是,从曹沫的时代到荆轲的时代,质朴忠义之士越来越少,功利叵测之人越来越多,把这样一种精神和心理的变化显示出来,大概就是《刺客列传》的另一个重要的内容吧。司马迁最后会发那样的感慨,显然是因为深切地体会到了这一点。

我们分析到这里,就可以知道,《刺客列传》并不只是记述几个历史人物的事迹,它更是通过这些记述,表现了对那个时代的人的精神和心理变化的敏感。正是后面这一个特点,使我们可以很放心地说,它既是历史著作,也是文学作品。

《老妇还乡》和《刺客列传》的一点比较

最后简单地说一下《老妇还乡》。它也是表现两种不同的价值观念、做人方式的冲突。老妇人回来报仇了,要用钱买下这个穷困潦倒的镇子,要所有的居民一起,除掉镇上的某一个人,而当初正是这些居民,帮助那个人严重地伤害了老妇人——当时她还是年轻的姑娘。

所以,老妇人不但是要用钱买他们去杀那个人,也同时是用钱买他们杀死自己的过去。一开始所有的人都义愤填膺:我们是有良心、有正义感的人,我们怎么能被你的金钱收买! 可是,这个剧本——如果看戏的话,那更惊心动魄——详细展示的,恰恰是镇上这些人的心理的变化过程,他们怎样在金钱的持续诱惑下,逐步转变,到最后,连那个要被杀的人的妻子和女儿,也开始盘算怎样用老妇人的钱给自己买衣服了。对比《刺客列传》,《老妇还乡》里的气氛是更压抑

的,荆轲的故事里还有樊於期和高渐离,可在这个小镇上,只有人的尊严、坚持怎样在金钱和利益的压力下慢慢崩溃,没有一个高渐离式的人物出来对抗。荆轲之后有高渐离,说明两种做人之道的冲突还在继续,但在这个小镇上,冲突最后是完全结束了。

古代刺客的英雄之志和现代人的功利逻辑

这就有许多问题可以讨论了。如果光看我们现在的生活中的感受,你会说,现在的中国人,大多数的中国人,并不勇敢,很懦弱,也很自私,只管自己,等等。可是我们看《刺客列传》,就可以看到,中国古代其实是有完全不一样的社会风气的,像聂政、专诸这些人,都是普通老百姓,他们非常勇敢,完全不是那种“好死不如赖活着”的人。他们好像不把生命当作一回事,却对信义、尊严,对这种说不清、道不明的抽象的价值,有特别的忠诚,把命搭上去都无所谓。而且不是个别人如此,许多许多人都是这样看待自己的生命,看待生活的意义的。司马迁写《史记》,非常突出的一点是,他不以成败论英雄。中国的一

句老话叫"成者王侯败者寇",因为刘邦做了皇帝,项羽就变得很可笑,被后来的史书刻画成一个有勇无谋的可笑的人,对刘邦呢,许多流氓无赖的习气都不说了,光宣传他的《大风歌》。可是《史记》不同,从头到尾贯串着对人的品格和志向的重视,像这些刺客,包括荆轲,都是以自己个人的英雄力量,以一把剑、一把刀去对抗千军万马保护的权贵和君王,而不像现代的杀手,躲在墙角里、高楼顶上,偷偷给你一枪,逃得无影无踪。刚才有同学讲,司马迁写刺客的重点不在刺杀行动本身,这是看得很准的,司马迁关心的重点是刺客的精神,那种以个人微小的力量反抗强权、完全不计成败的英雄之志。

现代社会的一个基本特点,就是资本主义市场逐渐占领整个的社会生活,而资本主义市场的基本原则就是投入—产出,怎么样以最少的投入获得最大的产出。我们生活在这样一个社会条件下,不可避免地越来越会受到市场逻辑的支配。什么事情该做,什么事情不该做,都很难做到不受这个逻辑的支配。一事当前,本能地就会想:这个事情对我有什么好处?比方现在的一个小孩子,成天就在课堂里面,回家深更半夜还要做功课,他为什么这样做,为什么要这样拼命来考大学?就是因为他相信这是一个划得来的交易,我现在辛苦,将来可以不受穷,可以当总经理,诸如此类。现在的人,一进入社会,就进入了这样的交易的体系,人和人之间更多的是利益交换、利益平衡。正是因为处在这样的社会现实里,我们今天特别要来读这些作品,看看在像司马迁这样的历史学家、艾芜这样的中国现代作家、迪伦玛特这样的欧洲现代作家笔下,人与人的关系是怎样的,人的选择是怎样的,是根据怎样的原则来决定什么事情可以做,什么事情不能做的。就好像是建立一些不同的参照系,帮助我们回过头来看自己,看我们自己的人生。

现在下课。

（主讲：王晓明。根据课堂录音记录整理改定）

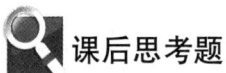 **课后思考题**

1. 司马迁写《刺客列传》的方法,除了授课教师分析的四点以外,你是不是还能分析出其他的方法?

2. 以现代人的通常的行为准则来看,司马迁笔下的这些刺客——特别是荆轲之前的四位——都是有点"愚忠"的,你对这一点怎么看?

3. 无论是这一篇《刺客列传》,还是《史记》的其他篇章,似乎都让人觉得,司马迁并不觉得历史是公道的。那么,你怎样看待历史的"公道"呢?

第三讲 《变形记》:温情的面纱撕破之后

上节课王晓明老师给大家讲了人类社会中利益交换的问题,大家可以从《老妇还乡》、《刺客列传》等作品中清楚地看到,利益交换关系如何取代原来很单纯的人际关系,成为现代社会比较通行的人际交往的法则。而我们当代社会中间,这样的一套法则可以说是越来越严重,越来越为大家所信赖,这样的一套准则会不会产生一定问题呢?我们今天要讲另外一部作品,就是卡夫卡的《变形记》,来看一看建立在利益交换基础上的人际关系所产生的问题,是如何在日常生活领域中得到延伸并暴露出来的。

卡夫卡其人

卡夫卡,一八八三年出生于奥匈帝国布拉格的一个犹太人家庭。他的出生其实蕴含着后来他的很多人生观念在里面。他的人生及创作观念主要受以下几个方面的影响比较大。

首先是父亲对他的影响。我们知道犹太人家庭的尊卑观念比较严重,而卡夫卡的家庭最讲究犹太教规,这样的家庭从小对卡夫卡产生了比较大的影响,而他的父亲又是一个非常严厉的人,性格暴烈,是一家之主,也是整个家庭行为准则的制定者、执行者。卡夫卡从小就是一个天性很敏感的孩子，很脆弱，身体也不好，在他的成长过程中，父亲对他很大程度上不是关怀而是对他进行严厉教育。两人的冲突，从小到大都很严重。这种冲突最明显体现在卡夫卡在进入大学时的专业选择上。由于卡夫卡的家庭在当地是一个中产阶级家庭，地位、收入都可以说是不错的。所以当时他的父亲就希望他继承这样一个中产阶级传统，希望他在大学里学法律，我们知道律师、医生都是非常体面的职业。但卡夫卡本人的看法并不是这样的，他的爱好是文学，而我们知道文学在历朝历代都不是能挣钱的专业，所以父子俩在这件事上发生了激烈的冲突。最后在父亲非常强硬的态度之下，卡夫卡最终选择了法律。这个选择对他终身产生的阴影是非常强烈的。大家可以看到，卡夫卡在后来把大部分时间用于文学阅读和文学创作，而他的法律专业仅仅成为他的职业，一个饭碗。

卡夫卡

关于他的父亲以及父亲对他的粗暴干涉，后来就成为卡夫卡作品的资源。大家可以在他许多作品中看到这样一个严厉的、不可一世的、非常冷酷的父亲形象。这个"父亲"构成了卡夫卡大多数小说的资源，构成了一种想要向他挑战的、非常强硬的外在世界的游戏规则的象征。大家可以感觉在小说描

布拉格城中的卡夫卡雕像

写中,子一代总是处于软弱的位置之上,总是屈从于父亲的意志,所以父子冲突的结尾往往是悲剧,这构成了卡夫卡小说的一种基本格局。

他的作品基本是忧郁的,以绝望、悲伤著称。我想大家应该有这样的体会,因为中国社会从古到今也是一个父权社会,父亲在家庭中扮演的角色也非常类似于犹太人父亲的形象,在某种程度上,卡夫卡作品中对父子冲突的处理,也成为中国当代小说抒写的主题——总是要表现子一代如何叛逆,父一代如何崩溃,以及如何在历史中颓败而退出这样的过程。

在卡夫卡一生中,另一个值得注意的是他的爱情。文学家可能跟爱情都有不解之缘,而卡夫卡处理爱情的方式非常独特。如果大家去看卡夫卡的照片的话,可以看到卡夫卡非常英俊,而且家世也不错,本人也是很有前途的样子。所以他非常招女孩子的喜欢,但他在爱情中总是失败者。我们知道卡夫卡一生当中曾经三次订婚,又三次退婚,这是非常罕见的。所以有研究者认为卡夫卡有一种婚姻恐惧症,或者说他心目中的爱情和现实生活中婚姻是有很大距离的,所以他是一个典型的婚姻逃跑者。我们可以看到这样的爱情关系对他创作产生的影响。但这种影响对于卡夫卡来说,不是消极的而是积极的,每一次恋爱失败之后,退婚之后,卡夫卡都能写出一部杰作。可以说那种爱情幻灭的感觉,那种孤独的感觉,恰恰成就了卡夫卡。当然在晚年的时候,他有一段美满的爱情。他那时已经四十一岁左右,又有一个十九岁的小姑娘很狂热地爱上了他,这是他一生当中最甜蜜的爱情,而得到最后这段爱情以后,卡夫卡得了很严重的喉结核,很快就逝世了。他一生只活了四十一岁。也许应该庆幸这段美满的婚姻来得恰如其分,假如来得比较早的话,类似《审判》、《城堡》这样的优秀作品大家可能就看不见了,也许只能看见一些因生活的完美而丧失了对人间最悲哀体验的平庸之作。

卡夫卡创作的基本特点

卡夫卡在世界文学史上的地位是非常崇高的。某种意义上，可以称之为现代派文学的鼻祖。称为"鼻祖"，意味着他对文学的开创性是非常大的。我们看文学史公认的现代派鼻祖只有两个：一个是卡夫卡，另外一个就是陀思妥耶夫斯基。他们从文学角度开创了人类看待世界的"现代性"的方式。

纵观卡夫卡的创作，我们从思想观念上大致将他的作品分为以下几类。

第一类作品描写了人性的压抑和扭曲。有《判决》、《变形记》等。可以举《判决》为例。《判决》是短篇小说，主要描写父子冲突。父亲和儿子激烈的冲突之后，父亲判决儿子："你应该马上去死"，结果儿子居然从桥上跳下水里而自杀了。父亲的这句话居然具有法律审判的权威效果。这种效果，让我们看到了人与人之间的极度冷漠，看到人性被压抑的强烈程度。这是他的作品致力表现的一个层面。如果将现代社会与农业社会相比较的话，会发现这种压抑和扭曲可能是无处不在的。因为我们都知道小农经济自给自足，生活状态、生活方式相对比较单纯，某种程度上可以单个家庭、家族来控制。而现代社会大家可以感觉到，一方面你的物质享受非常丰富，但另一方面你会发现你是受制于他人的，有点像萨特讲的"他人即地狱"的状态。你吃的穿的用的，包括行走的工具，这些物品没有一样是你自己可以控制的，都是需要别人提供给你的，你是跟他以某种方式交换的。在这样的交换当中，人慢慢丧失了自己，卡夫卡比较早地预示了这一点，他通过父子由伦理关系向物质关系这一蜕变过程的描写，将人性扭曲的关系作了最初的象征性的说明。我们后面要讲的《变形记》也可以纳入这样的思路之下。

第二方面的主题是揭示世界的荒谬和无理性。这类作品有《乡村医生》、《地洞》等。《乡村医生》某种程度上可以被看作是寓言型的作品。它讲述了一个乡村医生的故事。他每天孜孜不倦地帮病人看病,热情地寻找生活的价值。但是,有一天晚上,有一个人要他在风雨交加之夜去出诊。救死扶伤是医生的天职,所以他义不容辞出去了。出去以后,他发现这个世界其实并不像他想象的,他误入了一个圈套,这个圈套将他拉到了陌生的地方,在这个地方他经历了一些恐怖的事情。突然他发现自己再也回不去了,再也回不到那种非常平淡但充满乐趣的乡村生活了。正是这些突然发生的事情,使他裂变了,将他背后无法控制的力量非常淋漓尽致地表现出来。医生看到了他自己与世界之间的断裂。卡夫卡将世界的荒谬和无理性用这样的寓言故事揭示出来。假如我们用常规的现实主义观念去衡量的话,可能不一定能够了解故事的内涵,但是,我想如果把它放在整个人类当代生活的层面上的话,你应该看到他那些寓言是非常准确的——我们这个世界已经非常的发达,我们已经发展到了能够造宇宙飞船上天入地,但是整个人类社会真的像我们想象的那样越来越好吗? 是不是我们也可能不知不觉地在走向一个我们无法控制的毁灭呢? 这样的盲目性,这样被毁灭的预感,应该每一个人心中都有,但大家都不能也不愿意把它说出来,而卡夫卡是比较早的用文学的方式把它说出来的,这是他的作品的一种价值。

第三方面的主题是对规则体制的揭露和反省。这类作品有《审判》、《城堡》、《在流放地》等。卡夫卡一生为规则所束缚,他特别能感觉到,一个人要想做自己的事是多么困难,各种各样的事物都会围困他,让他不能动弹。他把这种感受写到他的小说里,用夸张的方式、用极端的方式将"体制"、"秩序"这样一些外在的非常强有力的力量，呈现出来。现代人很大程度上都是规则中人，大家都能享受到规则给我们带来的好处。我们知道，只要我们不违反某些规则，你就能获得一定的回报，所以大家已经习惯在规则中生活，哪天如果没有规则的话，大家会变得不知所措。但是，这些规则的存在有利有弊，大家可以感觉到，繁琐的规则越来越使人成为没有棱角的人，成为套中人，成为一个没有灵魂的空心的人。

这一点，卡夫卡在他作品中表现得很明显。可以看一看《审判》。《审判》也具有寓言性。小说主人公叫 K——K 是卡夫卡名字的第一个缩写，他作品的主角都有一种自喻所在。K 是循规蹈矩的银行小职员，每天都在做庸庸碌碌的工作，但是非常胆小怕事。他从来没有做过伤害他人或者是能够引起他人注意的事情，是那种在人群中你立刻就会把他忘记的非常善良的好人。但是 K 有一天就接到法院一纸判决，让他去应诉，说有人告他犯了法。但具体犯了什么法，什么人去告他，一概没有。然后 K 就觉得大难临头，非常恐怖，他四处托人想搞清楚谁在陷害他。但最终的结果是还是不知道，事情还是非常糊涂，作为当事人的 K 只能处在听天由命的位置上，惶惶不可终日，终于法院的一纸判决到了，没有经过任何审判，就判决 K 被枪决，然后 K 就被枪决了。在这个故事里面。我们看到包括官僚体制、法律制度在内的社会规则与小人物之间莫大的距离。小人物在这强大体制面前的软弱无力是令人同情的，同时也是无可奈何的，卡夫卡的大多数小说都是通过揭示强大的外在力量同小人物悲惨命运之间的强大反差来展示外在规则的无所不在的。《城堡》也是一样，"城堡"是一个统治者居住的地方,小人物 K 想尽各种方法想要进"城堡",甚至荒谬地伪装成土地测量员想通过和城堡中某要人的情妇打得火热混进去等,想了各种各样的方法最终还是进不了城堡。"城堡"成为一种遥不可及、但时时刻刻威胁着他而强有力的存在者。这样,卡夫卡就通过展示人和世界分离的状态,将规则强大的荒谬性表现了出来。

最后一个主题是充满了对超脱、对希望的绝望,他认为任何人都不能逃出这荒谬的世界,也不可能逃出荒谬的规则,人生就是绝望。他的整个小说充满了世纪末的黑暗情绪。这样小说有《饥饿艺术家》、《女歌手约瑟芬或耗子民族》等。作为一个文学家,卡夫卡将人能够对抗世界的力量寄托在文学艺术上,他认为文学艺术能在一定程度上帮助大家认清世界的荒谬的本质,但另一方面又让人清楚地意识到,即使你清楚看到世界荒谬本质,你也逃脱不了。他将这种绝望心境写在以艺术为主题的小说中,《饥饿艺术家》将这一点表现得很充分。有一个艺术家最喜欢做行为艺术,他能够把自己关在笼子里饿许多天。他把这当作严肃的行为,希望用不吃不喝的方式和普通人保持距离,所有人都要吃,这是人类物质层面的一个本质的东西。刚开始时有许多人来看他表演,也佩服他,有些人甚至跟他开些玩笑,让他吃东西,他就坚持理想,就要坚持四十天,刚开始大家很感兴趣,可是后来他们就觉得没劲了,无非就是关在笼子中间做沉思状的哲学家,没什么其他的看法 ,所以后来就没有人去看他了。所有人都去看那斗兽表演,这种表演很好看。饥饿艺术家最后死掉了,他不是因为饥饿而饿死的,而是因为别人对他的冷落,觉得内心中的信仰土崩瓦解而死掉。通过这个故事,基本上可以看到艺术、艺术家在当代生活中的命运。卡夫卡认为当代生活是不需要艺术的,具有独创性的超越世俗意味的艺术,都被当代生活无情地抹杀掉了。我们现在需要的不是严肃艺术而只是需要商业性的娱乐,所以"严肃艺术"尽管被他看作是超脱现实的某种方向,但他又清醒地意识到这种方向是不可能实现的,所以他的小说弥漫着世纪末荒凉的情绪,卡夫卡的小说大致可以收拢在上面四种观念下。

《变形记》解读

在解读之前,首先,我们来讨论几个问题:第一个问题:格里高尔为什么要消灭自己?

第二个问题,我让同学理解一下格里高尔·萨姆莎的家庭为什么在他死后很快乐? 怎么评价这种快乐?

最后一个问题,我们留到小说结束来谈,假如你是他的家人,你怎样处理家人变成甲虫的问题。

下面我们进入作品。《变形记》这部作品不长,一共有三大段,但每一段的安排可以说有张有弛,我们可以看到作者极具有节奏地控制故事叙述的能力。

首先来看第一段,第一段重在展示"震惊":"一天早晨格里高尔在不安的睡梦中醒来,发现自己躺在床上变成一只巨大的甲虫。"这是值得大家注意的一句话。就小说而言,第一句话是非常关键的,整个小说的叙事力度、情感基调往往在第一段第一句话就显示出来了。为什么说《变形记》这句话是重要的呢? 因为整个故事情节就设立在这句话的前提之下:格里高尔变成一只甲虫。假如没有这样一个前提的话,所有故事都是站不住脚的。然后我们可以想一想这句话的奥妙所在,设想一下,假如你是格里高尔,你变成了甲虫。

我觉得你就会产生一种特别的心情，非常震惊——你本来是人，现在突然变成了另外一种东西。你忽然发现世界上很多东西可能从此就失去了，你无法掌握了。这种无力感、创伤感构成了全文的叙事基调，这是一种震惊叙事。

第二，我们可以看到作品对主人公格里高尔的定位。进入现代社会之前，在农业社会的时候，我们会发现，小说主人公往往是生机勃勃的个人英雄。像《鲁滨孙漂流记》、《红与黑》一类的小说，他们的主人公哪怕是小人物最终仍然会成就一番事业，可以成为英雄，有可能改变历史。他们对这个世界、对他们所处的时代有极大的控制力。而在《变形记》中，我们看不到这一点，格里高尔对于这个世界来说，是很软弱的。他变成一只甲虫，变成甲虫的过程是不受他的主观意志控制的，他是被迫变成甲虫的，是被外界挤压的，这里就有一个主体性消退的问题。资本主义上升的十七、十八世纪，某种意义上，可以说是一个主体性建构的时期。反映在这一时期的作品中，你会发现，主人公往往都有能力控制世界，他通过征服这个世界来表现自己是强有力的主体。但二十世纪以后，这个主体越来越退化，人越来越发现在这个世界庞大的统治机器转动之下，他只是微不足道的，被消灭是很容易的。人在这个世界上就像泡沫一样，存在或不存在甚至都是看不出任何痕迹的。格里高尔就是这样的人。在这种存在状态下，我们可以感觉到生存的危机感，主体性的消退带来生存的危机，人会感到很茫然——我为什么要活在这个世界上，活在这个世界上有什么意义呢？这个世界和我有什么关系呢？这样一系列问题就会诞生，这个问题很严重，用海德格尔的话来讲，这就是人"被抛"的感觉。海德格尔二十世纪最著名的存在主义哲学家，他的"被抛"的概念，是用来解释大多数的人和这个世界的关系的：你不是出于自愿来到这个世界上，你来到这个世界本来就是浑浑噩噩的，你根本不知道你要成为什么样的人。这种状态,这种所谓的自在而不是自为的状态,在他这里被称为"被抛"。"被抛"这个"抛"不是你意识控制的,也不是你愿意的。格里高尔就处在这样的状态,他是"被抛"而沦落到"甲虫"这个境遇的,他的无奈,他作为小人物的状态在这里就很明显表现出来了。

最后一点,这句话暗含着叙事的视角,作者在这里运用了第三人称叙述视角。卡夫卡没有用第一人称,没有采用说我(格里高尔)怎么样这种方式。用第三人称方式,可以让人明显感觉到叙述人采取了一种非常冷静客观的态度。读完整个《变形记》,你会对这个冷静叙述印象深刻,你根本看不出他到底对格里高尔的悲惨境况以及对格里高尔家人采取了什么立场,你看到的只是叙事人非常平静甚至是无意识地把这个故事完完全全地讲出来,这里放弃了在十八、十九世纪那种现实主义写法,大家可以作一下比较。比如说巴尔扎克写巴黎故事时,他的基本立场态度大家还是可以感觉到的,他对资产阶级暴发户的批判,对吝啬者的批判,你会感觉得非常明显。但到十九世纪后半叶之后,大家可以感觉到,随着主体性的消退,随着知识分子对现实处境产生的焦虑感,他的批判主体性慢慢消失了。在《变形记》中,卡夫卡采取了冷淡叙述,从而在一定程度上暗示,外在于格里高尔的世界是如此冷漠无情,他有双重意味在里面。当然,你也可以通过他这种叙述,建构你非常安全的阅读态度,你对格里高尔可以同情,可以肯定,也可以批判,完全取决于你自己的感受而不是完全受叙事视角影响。

第一段,除了这个第一句还有其他地方可以值得关注。第二个地方就是格里高尔房子的装饰。他的房子是个普通人住的房间,他是个旅行推销员,床上挂着一幅画,是一个贵妇人的像,这个是室内环境的设计。大多数人读小说可能只是读个故事,假如前五页不够

纳博科夫

《文学讲稿》书影

吸引人，就没有兴趣读，就会转到另一本小说。文学专业的同学该怎样读小说呢？我比较认同纳博科夫《文学讲稿》所谈论的阅读理念。纳博科夫，二十世纪的文学巨匠之一。他最有名的作品，就是《洛丽塔》。这部小说由于离经叛道，成为二十世纪最有争议的小说之一。《文学讲稿》是纳博科夫对世界文学经典作的一个梳理，他采取了案例分析的方式。我很认同他的一个观点，这就是：文学作品传达给大家的不只是思想观点，而是一种结构和风格。纳博科夫的个案分析很少分析主题思想，也很少分析人物的内涵，却花很多精力去分析为什么会出现这个道具，这个道具在整个小说中起了一个什么作用，是伏笔还是一种氛围暗示，它和作者的写作特点有什么关系。这种分析是一个新型思路，我们可以参照一下。假如借助纳博科夫的观点去分析格利高尔的房间布置，你可以看到格里高尔实际上是一个庸庸碌碌的中产阶级的象征，他的趣味非常贫乏，他是一个最底层的人，没有很高要求，缺少我们想象的高远志向，他的世界是很狭小的。通过这样的人物设计，作者无疑将主人公定位为我们中的一员，他的故事某种程度上也具有普遍性。小说中描写了一段格里高尔变成甲虫后的思想变化,在这个心理变化过程中,我们可以感到格里高尔是被时间驱赶、为时间压迫的一类人,他几点钟该干什么完全为生存的艰难所规定,所以这一天他变成甲虫不能上班以后,他的心里是极其不安的。这样的感觉,不知道大家能不能体会,我们的社会是一个快节奏的社会,大家每天有很多事情要做,然后会感觉充实;假如很悠闲没事干,会感觉人生很苍白,特别没有意义。但是,其实人生的很多要义、乐趣就是在忙忙碌碌的追求中消失了,人成为时间的奴隶。格里高尔没变成甲虫前的状态就是这样,他是时间和生活的双重奴隶。一旦离开他的工作职责,他忽然不知道怎样安排自己的生活,那种在激烈的社会结构中被挤压的状态是很明显的。这是一点。第二点,他为什么感到不安的另一个原因,是他公司给他的压力非常大,所有人都可以指责他,驱赶他,而他是万万不能失去这份工作的。从这个意义上来讲,可以感觉到格里高尔的生存目标是非常单纯的,就是保住饭碗,养活一家人。因为他是家里的顶梁柱,所以格里高尔就把他生活的全部意义价值维系在可以赚钱,挣钱以后可以让家里人满意这样一个前提之下,这是他生活的逻辑。在他变成甲虫以后,他生活的价值体系就受到挑战,这也让他感觉到焦躁不安。

第三个值得关注的地方,是格里高尔变成甲虫以后碰到的困难。作者用了非常现实的手法,讲他怎么下床,很细小的问题,但对格里高尔来说,却很艰难。他有许多细脚,但不是每只脚都能够被他控制,他的胳膊和腿向四面八方挥动,他想屈腿,可他偏偏伸得笔直,他完全变成一个无法控制自己的人。特别分析细节,可以让大家理解寓言小说和象征小说的区别。寓言性小说是指思想溢出形象的小说,主题观念先行的小说,比如说鲁迅的《阿Q正传》。作为国民劣根性的代表,阿Q的个性极其匮乏,他主要的特点就是国民劣根性,胆小、懦弱、保守、欺压他人,这些都是人的普遍性的特点,作者把这种普遍性特点放到阿Q身上，就压倒了阿Q本身的个性，这就是寓言性小说。寓言性小说往往被认为是有缺陷的，往往主题先行，人物往往比较干瘪。所谓象征性的小说，它所覆盖的主题思想和他的外在形象是同一的、对等的、和谐的，按爱摩·福斯特的话来讲就是圆形人物。在《变形记》中，作者给格里高尔设置的形象是往象征的方向发展的，这段描写非常逼真，他想要转动身体，却是那样困难，所以他尽管有人的思想，但是他的行为完全是动物化的，作者写出了这种矛盾性。这样写有什么好处呢？这样就让我们体会到他想写的悲剧不只是格里高尔变成甲虫的悲剧，假如就是人变成甲虫，他的思想生命也是甲虫，他的生命体验就不会出现问题，因为甲虫不是人，甲虫没有人的七情六欲，没有人的心理需要，这样就不会产生任何问题。而反过来说，假如他没有变成甲虫，仍然延续那种生活的话，他也不会意识到，原来自己变成甲虫会遇到家人唾弃、生活困顿等一系列问题，就不会发现这个世界隐藏在所谓的温情、道德、伦理背后令人绝望的真相。所以《变形记》最精妙的地方在于格里高尔这个"甲虫人"身上的分裂，当然这种分裂是比较和谐的分裂，他的头脑是人的头脑，有人的思想，人的灵魂，而恰恰身体是动物的，他把这两点结合在一起。

所以在第一段的时候，有一个冲突性的场景，父亲敲门催格里高尔上班，意味着时间对甲虫世界的侵入，但这时间，是变成甲虫的格里高尔无法控制的。最后公司的人也来了，家里人都很着急要把门撞开，最后真相暴露出来，这真相是以令人恐怖的形态揭示出来的，所有人都无法接受这样的事实——在真相揭示之后，母亲疯狂地逃窜；公司的主任赶紧逃跑了，立刻消失；父亲在震惊之下，无情地把他往后赶，而且对着他嘘嘘叫着，简直像驱赶一个野人，但是格里高尔无法控制自己的身体，他很艰难，但他父亲根本不能体谅他的处境，最后他在拼命往外挤的时候受伤了。这样，在第一段的时候格里高尔完成了一个人生的大逆转，他从一个家庭的顶梁柱变成一个需要掩盖的丑闻，从一个能够带来荣誉的好儿子、好哥哥、好职员的形象变成一个累赘。在这里，作者采取了正面描写与侧面描写同时进行的方法，正面描写就是格里高尔一系列的心理过程，而这心理活动，我认为仍然是属于人的正常的感觉——他一直在忧虑自己：变成甲虫以后无法完成工作，无法完成职业，该怎么办？他仍然要完成生活赋予他的职责，这是属于人的正常的而且是非常高尚的想法。但是大家看到，侧面描写这一面恰恰揭示，格里高尔已经被大家看成怪物，大家已经不在乎他想什么，而仅仅从形体的变化给他下判断，将他视为一个异己之物，是一个完全跟我们不一样的东西，是让我们感觉很羞愧很耻辱的一种存在。这里就是一个自我认定和他人认定的矛盾，这是第一段告诉给我们的主要内容。

如果说第一段重在展示"震惊"的话，第二段我们可以把他定位为"焦虑"。当家人看到格里高尔变成甲虫的事实已经无法改变后，大家陷入到如何对待格里高尔，以及如何对待格里高尔变成甲虫之后家庭陷入的难以维持的生存困境这一系列棘手问题上。在这里，家里人和格里高尔的关系开始发生变化，第一就是妹妹和他的关系。在变成甲虫之前，他们关系非常好，妹妹成为他的骄傲，因为她是一个有前途的可以考上音乐学院的好学生，哥哥也许很大程度上会把维持家庭生存看成负担，但是在妹妹这里他感到的是欢乐，这是两个层次。但是妹妹在哥哥变成甲虫以后，她有怎样的变化呢？我们可以分成几个阶段来看。

第一阶段，妹妹对他不错，仍然把他当成人来处理，这从她给他的食物可以看出。她放了一个盛满甜牛奶的盆子，上面浮着切碎的白面包，这是人吃的，但是格里高尔变成甲虫以后，不要吃这东西，他完全变成了动物形象,口味已变化,这一段通过细节提醒他妹妹——你的哥哥已经不是一个人,而是甲虫,这是通过食物暗示出来的。

第二阶段,妹妹给他送的,就是动物吃的东西了:"腐烂的苹果,昨天剩的肉,已经变成稠的硬结的白酱油,葡萄干,杏仁,一块两天前格里高尔准会说吃不得的乳酪",这样一些剩下不要吃的东西塞给他,而格里高尔的确爱吃动物吃的很脏很臭的剩下的东西,这个地方印证了他妹妹的想法,就是格里高尔的确已经变成动物了,已经不再是人了。但妹妹的变化不是从这里开始的,一开始变化其实就已经潜伏着了。就算她给他吃人吃的东西时,也可以看到她的态度在发生变化,她飞快地塞进去,飞快地走掉,心中已经开始嫌弃。但是第二次送食物进去之后,通过格里高尔的视角就可以清清楚楚看见他妹妹的变化:"他望着没有察觉任何情况的妹妹在用扫帚扫去他剩下的食物,甚至包括他没碰的食物,仿佛这些东西根本没人要,扫完之后,倒进桶里,把桶盖盖上就走了"。这些细节可以说比较无情地揭露了妹妹心中对甲虫的态度,很显然哥哥吃这些剩下的食物就是他完全变成一只甲虫的标志,她收拾残羹冷炙的时候并没有顾及哥哥也许还有人的情感和人的思想,她已经完全把他看成动物。

最明显的是第三阶段。他妹妹决定把他房里的家具全部搬走,以便他更好地爬行,当然他的母亲持相反意见。"母亲"形象在卡夫卡小说中,也是一以贯之的,比较软弱——和卡夫卡现实生活中的真实母亲形象是比较接近的。她在暴君父亲面前,唯唯诺诺,往往没有一个明确的个人立场,但她内心中还是很爱儿子的。在这地方,大家可以感觉到,随着妹妹慢慢淡出哥哥的视野,母亲的爱成为他的支撑之一,母亲成为最能理解他的人,但母亲在家庭中,是没有多少发言权的。当妹妹大发雷霆之后,她就如愿以偿地把家具搬走。从吃饭到生活细节,妹妹通过一系列行为把他变成一个不需要任何人关怀的动物型的存在,在中间可以体会到格里高尔悲哀苍凉的心情,他在这一系列的行动中,被迫完成一个自我认同,即成为一只甲虫。

在这样的前提下,在第三段结尾,就出现了激烈的父子冲突。父亲在他将母亲吓晕之后,开始和他展开一场大战,当然主要是父亲打儿子,最后还将一个苹果砸中了他。可以看一下这一段的最后一句话:"母亲最后围在父亲脖子上,叫他别伤了儿子的性命,可是这时格里高尔的眼光已经逐渐暗淡。"我们应该理解一下,为什么最后发生这场恶战?我们觉得格里高尔这场大战的意义在于想保留自己作为人的最后权利,保留房间的旧有摆设实际上是为了保留以往的记忆,这个房间的摆设都是他以前作为人的时候留下的印记,而妹妹要把他曾经作为人的印记全部扫除,在某种程度上就断绝了他作为人和这世界发生的最后联系。在这地方,格里高尔反对妹妹搬家具的行为,很大程度上可以说是为了维护人最后的尊严,可是这行为,在妹妹在父亲那里,甚至在母亲那里,是不能被理解的。他们是一步步要剥夺他作为人曾经有过的存在意义。因此从第二段开始,我们就可以感觉到作者将人世间的某种残酷性表现出来,大家注意到,格里高尔丧失了挣钱能力,这是他家人对他产生不满的一点。第二点,格里高尔变成甲虫是家庭的耻辱,所以整个家庭陷入到焦虑之中。但焦虑的结果不是帮助格里高尔恢复人的形状,而是一步步驱赶他,塑造他,要将他坐实成为一只实实在在的甲虫。所以,尽管第一段告诉大家格里高尔变成了一只甲虫,但格里高尔具有的思想行为可能并没有让他自己彻底认同这一形象,他要做最后挣扎,虽然这挣扎是无望的,但是在家人的"帮助"下,他越来越意识到,他除了变成一只彻底的甲虫以外,无路可走。

然后是第三段,家庭经济日益陷入困境,所有人都在惨淡中苟且偷生。在这里,人与人之间的关系已经降到冰点,格里高尔常常"整夜整夜望着纽扣,望着金光闪闪外套上面一摊摊油迹,老人整天穿着这件外套极不舒服,却是极安宁地沉入了梦乡"。这是父亲形象,父亲现在年纪大了,却为生活所迫做一个低下的门卫,然后他始终穿这件衣服,这个地方有深意,实际上就是暗示他内心的委屈——我就是要以这种形象提醒你,我是如何度过晚年时光的;我是被迫成为这种人的,我做这事就是对你的心灵上的一种折磨。所以望着这样的父亲,格里高尔内心极度失落。父亲不时提醒他曾经犯下的罪过,母亲疲劳不堪地和妹妹做着针线活,所有人都在困境中,还要时时激励,在黑暗之中把门关起来,然后把家庭陷入黑暗绝境的情绪表现出来。在表现这种情绪的时候,作者特别描写了一个细节:门是半掩的,能够让甲虫看到门里面家人生活的一切情形。通过这扇门,可以让人领悟到,一方面他们的确是为自己陷入困境自艾自怜,但另一方面他父亲穿制服,又是不断地提醒格里高尔,不断挤压格里高尔。终于,他妹妹再也不考虑拿他喜欢的东西来喂他,只是在中午上班前匆匆忙忙把东西用脚踢进去,手头有什么就给他吃什么,到晚上,用扫把一下子扫出去,也不管他尝了几口,还是一动没动,而经常的情况是一动也没动;给他打扫是不能再马虎了,墙上到处是灰尘、脏东西。格里高尔想要提醒他们,所以故意呆在黑暗角落里,但他们只是视而不见。从这里作者着力描写的吃和住的细节来看,可以发现,格里高尔背负着沉重的心理压力,他在家中的地位基本没有了,他成为一个可有可无的存在,这应该也是他消灭自己的一个前奏——本来你很珍视这个群落的人,但却发现,在这个群落的视野中,你是不重要,甚至可以被视而不见,你当然会感觉到自己的无意义和无价值。在这之前我们已经发现格里高尔是一个小人物,他没有高远理想,他存在的价值就是挣钱养活一家人,在家人表扬中得到满足,这是他的认同方式,他发现在这时候,他完全找不到自己的价值归宿,他成为一个在角落之间可有可无的存在，这样，很大程度上，支撑他活下去的精神支柱就崩溃了。

然后，作者设置了一个场景来达到作品结构的平衡。在第一段的时候，除了格里高尔和他家里三个人以外，有一个外界的代表，这就是公司的主任；第二段全部在家庭内部发生；第三段再次引入外部的人，有一个老妈子和三个房客。在这里作者把格里高尔崩溃的过程分若干层次来考察，从而很完整地勾勒了各种势力是如何打击格里高尔的。最后一段无疑是最大的打击：妹妹演奏起美妙的音乐，这曾经是格里高尔心中最大的梦想，一个与他作为普通人的庸庸碌碌生活不太一样的生命华彩的乐章。所有人不懂他妹妹的演奏，只有他怀着亲情和感激，怀着曾经有过的梦想，慢慢爬过来，然后却收获了最大的侮辱，他妹妹发疯似地把他驱赶出去，然后狠狠地发了一通火，妹妹这样说："事情不能这样拖下去了，你们也许不明白，我可明白，对着这个怪物，我无法开口叫他哥哥，所以我的意思是：我们一定得把他弄走。我们照顾过他，已经对他仁至义尽，我想谁也不能责怪我们有半分不是。"这个时候，父亲同意她说的；母亲因为喘不过气而憋得难受，眼睛露出疯狂的神色，她的态度其实也不言自明。全家发出共鸣，要把格里高尔驱赶到某个死亡的境地，在这里，大家可以很分明地感受到，格里高尔除了死，已经无路可走，因为他完全变成一个无所事事、而且总是带来麻烦的累赘的怪物。他只剩下两种方式：一种是自己消灭自己，一种是被别人消灭。当格里高尔选择了自己消灭自己时，仍然让人有震撼，因为选择自己消灭自己，让我们感觉到他仍然是作为人的选择，而且是一个有想法有自尊心的人，不是完全等着别人来消灭的，因为只有有羞耻感有尊严的人才会自己消灭自己，这本身就是人的行为。从这一点上讲，我们看到悲剧的内涵就一点点浮现出来了：格里高尔不是作为虫被消灭，而在很大程度上是作为"人"被另外一群"人"杀掉，尽管他采取的行动是自己消灭自己。

在这样的前提下，我们来看最后一段，格里高尔死掉以后，父母赶紧把老妈子辞掉，分别请假，决定去郊游。春天就要到来了，他们带着极其欢乐的心情，准备买房子，准备谈谈前途。看到女儿虽然经过这么多忧患，却已经成为一个身材丰满的美丽少女，他们心里定下主意要给她找一个好女婿，一切都向美丽的方向发展。而格里高尔，在这段美丽考虑中间是完全没有的。这一段非常欢乐的心情，我们怎么理解呢？之前讲过，这段结尾写出了人生被揭开盖子之后的某种残酷，而这残酷恰恰来自于温情脉脉面纱掩盖之下人的自私性、残酷性。在正常语境中，人是受法律、道德、舆论等一系列东西约束的，是这些东西使你成为这样的人，但是格里高尔成为甲虫这件事恰恰给他们提供了一个借口，也提供了一个窗口，让他们撕开了温情脉脉的伦理面纱，让他们看出每个人其实只是为自己活着。在他们的世界当中，每个人的既得利益是最重要的；其他人即便是你的兄长，曾经给你很大帮助；或者是你的儿子，曾经赡养过你，但是这些和你自己的利益相比仍然是不能相提并论的。所以，即使他们是潜在做了一回凶手，仍然心安理得，因为他们的出发点完全是出于个人主义。我们分析某些东西，是不能脱离其得以产生的具体语境的，比如"群体文化"。中国传统文化是压抑个人存在的群体文化，每个人都不能自己自由地发展，我们会把这看成中国传统文化的弱点，但是我们同时也会产生一种疑问：完全抛弃这一切，完全用个人主义作为个人行为准则，是否完全没有问题？在格里高尔这里，可以看到个人主义的弊端非常明显。每个人都是孤独的、利己的、自私的，每个人其实都无法得到救赎。欢乐的心情用残酷的东西烘托出来，而欢乐本身也反衬了这个残酷，人生的真相无非如此。局中人可能体会不到，发现不了，而艺术家的价值却在于他总能在幸福、欢乐中发掘出被遮蔽、被忽视的人类生存的真相,尽管这种真相也许是惨不忍睹的。

甲虫的象征性内涵

可以说,甲虫首先象征着被压抑的物质化的人。在格里高尔身上,最明显体现甲虫特征的是他的外表、他的细腿、他的饮食习惯、他的行为,比如爬来爬去,这象征人的动物性的一面。人和动物最大共同点就是都有生理性需要,比如衣食住行,动物也要吃饭、走路、繁衍后代,在这些方面,人和动物没有根本性区别。作者在小说中,将人的生物性特征放到现代生活当中,让它放大。格里高尔变成甲虫,实际上是为生存、为这些生理性需要奔波而造成的。而作者之所以让他变成甲虫而又在行文中不让我们感觉到不可信,其合理性就在于,格里高尔在变成甲虫之前的所作所为,其实就和一个为了生存而拼命攫取的动物在本质上并没有多大区别。从这个意义上可以说,让格里高尔变成甲虫,实际上体现了作者对于资本主义发展时期西方社会中人的异化的生存状态的一种深刻洞察。如果说,在正常的语境中,我们也许还不太那么容易发掘人的异化现实的话,那么,把人变成甲虫,应该就是一种令人震惊的方式强行为我们剥离出了这种现实的真相。荒诞的笔法的背后,其实有着作者自觉地直面现实的勇气与责任感在里头。之所以要强调这一点,是不想让大家维持一种对于西方现代文学的一种错误判断——以为西方现代文学就是个人的文学、颓废的文学,这种所谓的"常识"很大程度上可以说是一种误读,至少在西方现代文学的鼻祖卡夫卡这里,我们还看到了代表着社会良知的"作者"。这一点希望引起大家的关注。

第二点,甲虫象征的是阴暗的内心世界,通过甲虫,作者提供了一个观照现实生活的角度。一个人假如不是站在非正常语境之中,他是看不到生活的真相的。文学作品中经常可以发现疯子视角——假如不是疯子,他是看不到正常生活原来是这样疯狂的。也就是说,文学作品中的"疯子"实际上是比正常人更为清醒的,他是站在正常之外发现了正常世界骨子里的疯狂与变态。在这方面,大家可以去看一看鲁迅先生著名的小说《狂人日记》,小说中的"我"(狂人)翻开古书一看,表面上写满了仁义道德,但仔细一看,却看到了"吃人"的字样。这种对于"吃人"的发现,既是一种疯子的话语,同时却也未尝不可以看作是一种人所未见的真理。同样,假如格里高尔没有变成甲虫,他不可能看到,在家人的视角中原来他仅仅只是挣钱的工具。因此,通过人变形为甲虫,卡夫卡就将人内心的黑暗,将血缘、亲情、人性掩盖下的人的冷酷的一面淋漓尽致地揭示了出来。甲虫的出现,代表着卡夫卡内心中对于人性的一种绝望;而甲虫的出现所导致的亲情、伦理等出现的不可弥合的裂缝,又代表着卡夫卡作为现代人对于传统的家庭/亲人的一种反省和颠覆。可以说,在传统社会中,家庭被当作是人能退居到最后的栖居地和庇护所,这一点我们中国人可能感受较深。五柳先生陶渊明之所以在饱受现实打击后,还能悠然吟出"采菊东篱下,悠然见南山",其实就是有温暖的家/家人作为后盾的。但现代工业社会的到来,将大批的人从土地、自然和家庭中驱赶出来,让他们成为流水线上日复一日单调劳作的工人,家/家人的重要性由此被降低了,家人之间的血浓于水的亲情也被瓦解了。卡夫卡对格里高尔家人对甲虫的冷漠与厌弃的描写,可以说是揭示了现代工业社会中家/家人的真相。这种真相的呈现,应该是非常具有"现代性"的。

第三点,甲虫是一种无语的存在,我们注意到在小说中,格里高尔与外在的交流和沟通是很成问题的。假如甲虫有人的语言能力,也许它的境遇会不同,大家还可能把它当作一个人而不是把他完全变成一只甲虫。在这里巧妙的是:让甲虫有人的思想,但不能用人的话说出来,他说的话别人不理解,格里高尔的悲剧也可以说是语言权丧失所带来的悲剧,这也是非常典型的现代人的困境。大家感觉到当人成为"个人"之后,沟通交流成为很大的问题。我们经常讲好像隔一两岁就成为两代人,因为交流起来比较困难,这里也是一样。即便是家人之间,一旦发生变故,沟通仍然是问题。当你不能把你内心的困惑、焦虑乃至绝望表达出来,不能通过沟通交流使你的困惑焦虑得以缓和、稀释的话,那么,你内心的问题就永远只是困扰你个人的问题,将成为你内心最脆弱的地方,成为你内心的黑洞。无语的个人必然会最终走向崩溃。这成为格里高尔最后必须以孤独的甲虫形象死去的又一个原因。

世纪病——孤独

最后讨论一下"孤独"的问题。在《变形记》中,"孤独"可以说是主人公遇到的核心问题,那么怎么来理解"孤独"呢? 在现代社会中,"孤独"好像成为一种普遍的现象,越是现代化程度高、文明程度高的地方,比如像上海这样的国际大都市,就越能产生"孤独"的人群。那么,我们怎么来面对"孤独"、评价"孤独"呢? 是不是我们应该很骄傲地说,"孤独"是一种高层次人群的标志,是"现代"个人确立的一种体现?

推荐大家看一下《变形记》之外的另两部文学作品作为参照,也许我们可以理解"孤独"的不同内涵、不同层次。这两篇作品一篇是鲁迅的《孤独者》,一篇是陈子昂的《登幽州台歌》。《登幽州台歌》代表古人处在这种孤独境遇之中的想法。大家还记得那首诗吗? "前不见古人,后不见来者,念天地之悠悠,独怆然而涕下。"大家感受他的孤独是建立在人与自然的对立之中,而对无边无际的时空产生出来的怅惘感觉,所以这种孤独是审美的孤独,是人在自然中间产生的孤独,我们可以感觉到它是一种美的存在。大多数中国古代的诗歌尤其是山水诗,会有一种孤独感,会给人一种诗情画意的享受,这样的孤独是不会产生什么人生问题的。因为,你在自然面前产生一种孤独情感之后,你有足够的伦理情感在抚慰着你的心灵,在古代人生活里面是不会碰到伦理情感崩溃所体现出来的孤独的问题。二十世纪初的"五四"时期,鲁迅的《在酒楼上》、《孤独者》是写人的信仰失落的孤独,一个人怀着宏大的理想去改造社会,改造世界,最终发现自己像一只苍蝇一样飞了一圈又回到原点。这是一种因为追逐自己认定的责任使命失败而产生的孤独,这种孤独不是让人产生悲凉感的,而是一种悲壮的孤独,而悲壮感往往又是属于英雄的,因为他有一种宏伟目标,要拯救这社会,所以他们最终失败之后,站在你面前的孤独者,仍然是一个失败的英雄形象。

而在卡夫卡这个地方,孤独成为一种病症,是现代社会人类的民族、血缘、文化、伦理、亲情等被割裂、被瓦解后所产生的彻底无依无靠的那样一种孤独的感觉。卡夫卡所设计的格里高尔已经没有陈子昂那样的一种对自然的征服感,那样一种超越感,或者像鲁迅设计的孤独者那样一种悲壮感、崇高感,他只是想过一个普通人的生活,但他却成为一个不可能融入社会的也不能和家人沟通的怪物存在。所以"孤独"其实是一种病症,一种互相隔阂的现代人在现代社会中遭遇到的一种普遍化的病症,某种程度上,是和"荒谬"、"异化"等概念联系在一起的,是扭曲化、平面化、零碎化的现代人人生的一种体现。

今天的课就讲到这里。

(主讲:董丽敏。根据课堂录音记录整理改定)

课后思考题

1. 你是否喜欢《变形记》这样的作品？谈谈你的理由。

2.《变形记》是否对你以往对于文学作品的审美标准提出了某种挑战？

3. 如何理解"孤独"在古今中外的文学作品中的不同内涵？

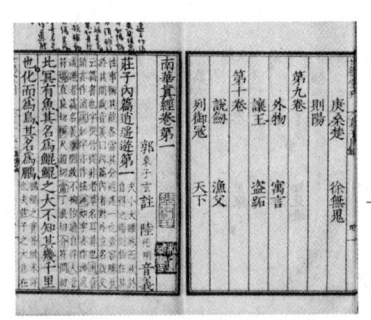

第四讲　《逍遥游》:地上的人生的大境界

今天是讲庄子的《逍遥游》,有三个问题请大家谈一谈。第一个是,有人说《逍遥游》的主题是赞扬鲲鹏的壮大和高远,你同意吗? 第二个问题是,庄子所谓的逍遥状态是什么? 第三个问题是,如何理解"无用之用有大用"?

……

刚才三位同学谈了他们的看法,这三个问题是理解庄子《逍遥游》的核心所在,把这三个问题搞清了,你对《逍遥游》就有了自己基本的看法。

下面我们具体来看看《逍遥游》。中国散文有不同的起源,像《史记》,是纪事式散文的重要源头之一。而表达情感、表达一种志向或者说一种道理,庄子的这部书,都起了一个非常重要的开启道路的作用。为什么我们说庄子不但在思想史上有重要地位,在文学史上也有重要地位? 就是因为他开创了抒情、表意的文章的新方法。事实上,庄子同时代就有人这样总结庄子,说他写文章有三种方式,第一种是寓言,讲一个故事,以此来表达一个意思,这个大家都熟悉,不用多说。第二种方法是重言,这个"重"字有多种读音,在这里读 zhòng,也有人主张应该读 chóng,有不同说法。不管怎么读,意思是引用别人的说法,而这"别人"通常是年纪比较大的人,有威信的人。第三种是卮言,卮这个字,《词源》的解释是,一个人不是根据自己,而是根据别人的意思来说话,但在庄子这里,卮言的意思却和现在《词源》的解释不同,是指自己说自己的话。也就是说,庄子写文章的时候,有时候讲故事,用故事来表达一个道理,有时候引用别人的话,用前人的话表达他的意思,剩下的时候呢,就干脆是自己来说了。比如他一开始讲鲲鹏,就是在讲故事,接下来讲《齐谐》,就是重言,引前人的话,到他讲"野马也,尘埃也"的时候,就是用卮言的方式,直接讲了。比较起来,三种方法当中,用得最多的是寓言,其次重言,最少的是卮言。当时有人还评价说,他的寓言用得最好,最能说服人,重言就差一点,卮言最差。

什么是"小大之辨"

我们读庄子,特别是《逍遥游》,一上来感受最强烈的,多半是他那种天马行空的气度吧。他讲的都是些非常奇怪、非常大的事物,想象力非常丰富,完全不按照当时一般习惯的讲法。这是我们读庄子特别要注意的一点。庄子讲小大之辨,说这个世界上的事物,有小的有大的,而大的只有在相对意义上才能算大,因为还有比它更大的。比如彭祖这个人,不得了,太长寿了,一活就活八百年,不过还有一种树,这种树以八千岁为春,八千岁为秋,在寿命如此长的大树面前,彭祖的八百岁算得了什么? 所以,庄子的小大之辨,并不是在强调有大有小,他的意思其实可以说是相反的,是说大小都是相对的,你在这个位置上是大,但到另一个位置上,还有更大的,就像我们经常说的山外有山、天外有天那样,你就又变成小了。正是从这个基点出发,他说,人不应该被小大之辨束缚住,你鲲鹏拿小麻雀来比,当然觉得自己了不起,但如果跟比你还大的事物来比,你就会发现,你那个比

庄子

位于河南商丘的庄子故里

小麻雀的大,是有条件的,是在一定的条件下,一定的范围内,你才显得大,一旦到了一个更大的范围里,你的大就变成小了。庄子所谓"有待",就是说你的大也好,小也好,都是有条件的,在"有条件"这一点上,其实一样。庄子思想的一个核心观念——齐物,就是从这里发展起来的——这个说来话长,这次不讲。可是,一般人往往忘记了自己的这个"有待",只看见别人的"有待",所谓井底之蛙,并不是说见识小,而是说他看不见自己的局限,因而觉得别人很小自己很大。如果鲲鹏自以为了不起了,在庄子看来,它也就是井底之蛙。所以,庄子的小大之辨,就是要唤起人对于自己的"有待"的自觉,人一旦意识到自己有待,就从蒙昧状态走到了它的边缘,有可能突破这蒙昧,进入一个更高的"无待"的境界了。你把你的局限性看得很透彻了,你就有可能进入一个更高的境界。

其实这个道理,我们今天来讲,并不觉得很复杂。我把它庸俗化一下来说,现在社会上有很多人,有了一点钱、买了一个别墅,就很神气,觉得自己很"成功",可是,你无论怎么"成功",总会发现有人比你钱更多,房子比你更豪华。一旦你看清楚这种世俗的追求是没有尽头的,你就容易跳出来,来想一想这种方向的拼命追求到底值不值得?而到这一步,你也就有可能转到另一个人生境界了。

什么是"至人无己,神人无功,圣人无名"

我们再回到《逍遥游》。庄子接下来举了一个许由的例子,许由是当时的一个隐士。尧,中国古代的圣君,中国史书都把他看成皇帝的楷模。尧对许由说,你了不起,我把天下让给你来管理。可是许由说,你已经把天下按照你的方式治理了,你现在又要我代替你,那我为了什么要来做呢?是为了"名"吗?许由讲的是国君实际的名分,这里我稍微解释一下,在中国古代社会,特别是从儒家的角度来讲,这个"名"是非常重要的,中国人历来讲究名分,因为这名分不是空的,它标志着非常实在的社会秩序地位。我在锦州看了一个辽代造的,据当地人说是目前中国保存下来的最大的皇家寺庙,它的正面阔度是九间房,侧面厚度是五间房,中国人讲九五之尊,能够有这个尺寸,必定是皇家寺庙,这就是名分之重要的一个例子,它其实起着一个规范现实生活——从有形的器物、建筑,一直到无形的态度、语气,等等——的作用,像九五之尊这样的名分,其实是规定了、体现了实际的权力和地位。但是,这一套名分的东西,许由并不看重。他把名看得很低,名,不过是实之宾也,实之宾,就是实的附属品,什么是实?就是人的日常生活,这才是最重要的。这里就可以看出许由与一般儒家的不同,他完全不按照尧的思路来想问题,因此,他不觉得治理国家的这个权力和位置特别重要,所以他说,为什么我要来求这个不重要的附属品呢?他还说,一般人就像鸟一样,在这么大一片林子里,不过是占了一根树枝而已;水老鼠喝水,也不就是喝一肚子水。算了,你回去吧,要我治理国家的事,不要再谈了。许由这一番话,寓言的意思就出来了,树林、河,都是非常大的事物,人的生活,人生呢,本来也就是像森林一样大,跟河一样大。可是我们活在世界上的人,却看不到森林的广大,只是斤斤计较自己占的那一根树枝,那个树枝上的窝;那个水老鼠呢,也根本不懂得河的广大,一门心思只想喝饱一肚子水,觉得这就是"成功"了。这个话其实是说,你尧在这里治理天下,把君王的位置看得这样重要,还要把它让给我,其实是和小鸟老鼠一样,只看到一个非常小的范围,不懂得生活的实际的广大,你差得远呢!

庄子在前面讲一番道理,然后又讲一个许由的故事——寓言,来说明什么是无待。这无待并不是真的跟神仙一样,飘在天上的,而是一种我们在地上的实际生活中能够达到的状态,就像老鼠明白了河的广大,尧懂得了生命的广大一样,是突破了束缚以后的状态。我理解,这就是庄子说的"至人无已,神人无功,圣人无名"的意思。

什么是"逍遥"

现在来看什么是"逍遥"?

庄子讲逍遥的时候,有一个具体的描述,就是肩吾与连叔说的:在远远的姑射山,有神人居焉,而神人肌肤若冰雪,淖约若处子——这几句是后来被广泛引用的,"不食五谷,吸风饮露,乘云气,游乎四海之外",请特别注意这一句:"其神凝,使物不疵疠而年谷熟"。这些神人,不食人间烟火,好像与世事人间无关,可实际上不是,他是能够把他的能量积聚下来,使天下为物,什么叫"为物"? 第一,使万物不生病,第二,使它们按自己的方式生长。所以,庄子的神人并不是要修炼得离开人世，他的"逍遥"，说得夸张一点，是另外一种对待万事万物的方式，或者说引领万事万物的方式。他反对从儒家、法家的那些路子来对待人事，他说的是，你只要到了一定的境界，你就自然而然具有巨大的力量，能够影响万事万物，保护万事万物，使它们很好地生长。正因为是这样，所以庄子接着说，尧见了这些神人之后，幡然醒悟，就丢下天下不管了。为什么呢？因为尧发现，神人用"凝神"的方式来化育万物，比他那种辛辛苦苦的管理天下的方式要好得多。这当然也是庄子编出来的故事，把儒家推崇的圣人说得像迷途的小孩。但我们却可以看得很清楚，逍遥并非消极无为，而恰恰是一种好像是无为，其实却"为"得更有效、更正确的方式，是以无为而实现了大为。

什么是"无用之用"

　　讲到这里，我们已经讲到无用之用的问题了。在庄子活着的时候，真正能够与他对话、形成辩论的，就是惠子，其他人庄子都瞧不起，他大多只和惠子对话。庄子和惠子在这里的对话有两层意思，第一层意思，就是刚才那位同学说的，世上没有无用的东西，只有放错了地方的东西。比如那个药，用在这个人手里，不过就是使手不裂，但他还是要继续织网、打鱼；可用在吴王手里，就可以攻城略地，拓展疆土，所以同样的东西，在不同人手里，有不同的用法，就看你用得是否得当。可是，庄子真正要讲的是第二层意思，就是那个结尾，惠子讲他有一棵大树，枝干非常臃肿，很大很长，但是歪歪扭扭，派不上实际的用场，就是丢在路中间木匠看也不看，看了也不拣。说了这个寓言之后，惠子严厉批评庄子了：你就跟这大树一样，大而无用。然后庄子说：你呀，既然有这个树，又觉得没有用，为什么不把他搬到无何有之乡,广莫之野,让它"不夭斤斧,物无害者。无所可用,安所困苦哉?"无何有之乡、广莫之野,就是什么都没有、广阔无边的地方,你把它放到这样一个地方,在它旁边休息一下,这个树也不用担心斧头来砍,不会受到损害,岂不是很好吗? 这个话说得非常玄妙,却清楚地体现了庄子与惠子的一个很大的区别。惠子所以批评庄子,是觉得庄子那一套虽然玄妙,却没有实际的用处,就好像我们第一次课上讨论的那个问题一样:学文学没有用。正因为满脑子是这么个"用"的标准,惠子一看见一个无用的东西,就很担心,怎么用它啊? 庄子恰恰相反,他不是按照惠子的标准来辩解,说那树怎么怎么有用,而是相反,顺着无用的方向一路说下去。你不是说没用吗,那正好,就把它放到一个无用的不存在的地方,就在它旁边呆着,什么也不做!

庄子这种顺着无用的方向一路推下去的做法,一下子点拨通了惠子。看先秦的书,我常觉得现在的人的脑子还不如古人,古人的脑子要比我们的好使,庄子这么一讲,惠子马上明白了:啊,懂了,是我自己太"小"了。什么意思呢? 这世上所谓的有用无用,只是一种标准而已,惠子所以担心树没用,是因为他这个"用"的标准很狭小,他的标准就是要中绳墨,要直,直了,就可以把它锯下来,做桌子,做板凳,惠子的"用"就这么小。而庄子的"用"的范围,就大多了,人生的事情有那么多,做板凳只是很小很小的一件,不能拿来做板凳的,可以用来做别的,而且人生不光是做什么,也包括不做什么,一旦眼光放大一点,你就会知道,很多在这个角度好像无用的东西,换一个层面会大有用;更何况,人生那么广阔,哪里都可以放进这有用无用的框子里的?

最后,我们对《逍遥游》做个小结。庄子的所有道理,归结到一点,就是要开拓一个大的精神境界。有意思的是,他能用非常动人的方式,用寓言、重言和卮言混杂的方式,让我们感受到——而不只是逻辑上认识到——他开拓的那个境界,不知不觉会对它着迷。我们都知道,秦汉以后的正统思想,是排斥庄子这一套或者把他庸俗化的。我们今天的人,也都很清楚,我们达不到他所说的那种境界,我们就是比他小,没办法。但尽管如此,我们还是能感觉到他文章的境界很大,会因此感动。他的文章的这种力量从哪里来? 我觉得,主要就是从他这种汪洋恣肆无所顾忌的表达方式中来的。他上天入地,完全无拘无束,让你清楚地感到,他写这东西时,心灵是非常自由的,无拘无束的。他的文字,他的故事,他引的那些奇怪的话,每一句都汇成这样一个境界,把你带进去,你在情感上进去了,再理解他的话,你很自然会接受,会起共鸣。所以,读庄子,不光是用理智去读那些道理,更是用整个心灵和情感去读他说话的方式,他写文章的方式,是因为喜欢他这些方式,慢慢被它们一步一步带动着,最后接受那些道理,进入它们共同形成的那个精神境界的。所以,《逍遥游》既是哲学作品,也是文学作品,或者说它正因为是文学,才成为了哲学。这是《庄子》这部书真正的魅力所在。

墨家的逻辑的道德力量

我这次请大家读的还有墨子、陶渊明和龚自珍的三篇文章,大家有没有看? 我也简单说一下吧。

墨子在他的那个时代影响非常大,在当时,春秋战国时代,诸子百家当中,影响最大的一个是儒家,一个就是墨家了。而儒与墨正好是两种相反的立场和做法,儒家首先是去找君王,希望替君王办事,利用君王推行自己的社会理想。这个君王不采纳我,就去找另一个,实在没有君王能采纳,那就当教师,招学生,形成自己的学说,用这个方式来宣传自己的看法,所以,儒家总是跟官府牵涉在一起的,他的

墨子

位于山东滕州的墨子故里

志向当然比官府高,但他要借官府的力量来实现自己的志向。墨家呢,他是讲平等、讲兼爱的,兼爱就是爱所有人,特别是要爱穷人,所以,墨子也到处奔波,但他奔波的目的是替社会的弱小的一边着想。如果说儒家总是和统治阶级牵涉在一起,墨子和墨家则总是和弱势群体、和老百姓站在一边,这是很了不起的人,了不起的学派。但也因为这样,秦以后,墨家学派很快就衰落了,而且以后也再没有出现过像墨家那样在当时有那么大影响的、站在弱势群体的立场上来说事情的学派了。所以,我觉得墨家非常了不起。秦以后差不多两千年时间,墨子一直被埋没,直到清代晚期,才有人把墨家著作重新整理出来,产生影响。

墨子不但是一个社会活动家、政治理论家、道德家,还是一个用现代术语来说了不起的逻辑学家,墨子著作的一大特点,就是逻辑推理。他对逻辑的运用和解释有时候很复杂，所以一般都认为，他代表了当时中国逻辑思想的最高水平。

现在来看《非攻》，乍一看，我们会觉得他用的是最基本的逻辑方法，很简单。可是，请大家想一想，为什么公输般也好，楚王也好，他们一方面都同意，抢人家东西，把邻居家的猪杀了，这都是坏事；但另一方面，他们又觉得，发兵去打别国是很正当的事情？为什么两种判断在他这里可以并存，不打架？

从行为上讲，攻城略地跟到邻居家里偷猪，是一样的，对这一点，公输般和楚王其实也不反对，这是他们和墨子可以彼此辩论的基础。但是，公输般他们又认为，行为虽然一样，目的却不同，你偷人家东西，行为不好，目的也不好，可是攻城略地，完成霸业，楚王的这个目的却是天经地义的，而且也不是楚王一个君王这样，那个时代所有的强国，都是要把弱小国家打掉，甚至要把除自己以外的所有国家都打掉。而一旦肯定了楚王目的的正当性，那么，他为了实现这个目的所用的所有手段，也就获得了正当性。这就是为什么公输般他们可以理直气壮去攻城的主要原因。在这里，就可以看到一种承认目的的意义可以覆盖手段的意义的思维逻辑，正是这种思维逻辑将偷猪和攻城略地区分为两种不同的行为。

我们想一想，古往今来，多少罪恶都是在这种思想逻辑的支持下发生的，战争就是最典型的例子，还有其他许多和战争差不多、或者比战争更残酷的事情，都是拿出一面非常正面的目的的旗帜，然后放肆做出来的。正是在这里，我们可以看出墨子的逻辑的力量，我不管你的目的是什么，我就揪住你的行为本身来讲，只要你的行为跟他们一样，你就是不义！这是一种非常朴素的逻辑推论，就好像今天的和平主义者反战一样，你不要跟我讲什么正义不正义，正义不正义这都是说出来的，谁掌握了舆论工具，谁就可以说一大套，你说你正义，他说他正义，这说不清楚，但事情本身，比如说打仗，是很实在的，你一发炮弹打过去，那边就可能死人，你再说正义战争，也不能否认，仗打起来要死很多人。墨子的逻辑的力量，它不仅仅是一种好像客观的、中性的，你可以用，我也可以用的思维方式，而是同时包含着思想、伦理的涵义。墨子这一场辩论的胜利，绝不只是形式逻辑的胜利，而是同时打破了那些关于目的的云山雾罩的意识形态言说，打破了它们对于朴素的伦理道德的压制。

陶渊明散文的最难得之处

接下来再讲一下陶渊明。大家在中学里都读过《桃花源记》吧？《归去来兮辞》呢？都读过，好！那我问一下，你们今天读这篇文章，最喜欢的是哪几句？

……

两位同学选了那种比较抽象的句子，"善万物之得时，感吾生之行休"呀，"悟以往之不谏，知来者之可追"呀，另外一位同学却选了"舟遥遥以轻扬，风飘飘而吹衣"这样既是描绘又表现了心情的句子。陶渊明有一个特别有意思的地方，你读他的《归去来兮辞》，会感觉到，他是真喜欢归隐的生活，他实在不是一个适合待在官位上的人，他把当官看得很猥琐，很无聊：我是没有饭吃，才去当官的。中国古代有那么多隐士，有那么多人当了官以后又辞官了，为什么陶渊明的这些话流传得最广？当然陶渊明有才华，会写文章，但还有一个原因，就是他不当官了以后，真的很开心，他用他的才华，把这种开心表现得非常自然。比如刚才这个同学举出的那两句，"舟遥遥以轻扬，风飘飘而吹衣"，我读了这两句，脑子里立刻会浮现出这样的景象：在天亮未亮那个时候，船在水上很轻快地驶过去，像一幅画一样，整个画面渗透了一种轻松愉快的情绪，像这种以景物描写传达心情的词句，是《归去来兮辞》最动人的地方。我再引几句，"园日涉已成趣，门虽设而长关"，还有前面的，"倚南窗以寄傲，审容膝之易安"，都充满了快乐的情趣。门应该是开的吧，但它不，它常关，房子这么窄小，他却很安心，而且因为小而安心，正是这些好像与常态常情悖反的细微的感觉和体会，非常强烈、也非常自然地让你明白了，他真是很快乐。因为是真的轻松和愉快，他才能有这些体会，才能将他回家后非常简朴、甚至可以说有点贫困的生活，写得这么引人入胜。因为有这些具体的情趣在前面开路，他后面的那些抽象的、有哲理意味的话，才会自然而然打动你。这个情形，和庄子《逍遥游》里的情形是差不多的，我们都是先被那一股渗透了全文的情绪打动了，和他的文字亲近了，再不知不觉接受了他的抽象议论的。

《桃花源记》也是如此，比如经常被人引用的那几句："土地平旷，屋舍俨然，有良田美池桑竹之属；阡陌交通，鸡犬相闻。其中往来种作，男女衣著，悉如外人；黄发垂髫，并怡然自乐"，就是这么简单的几句话，每一句每一字挑出来讲，都很平淡，没什么深意，可是放在一起，我们就觉得有说不出的好。为什么，就是因为，他是带着真切的情感写出来的文字，情真意切，就不需要雕琢，自自然然写下来，这些字句汇集到一起，自己就会造成一种动人的氛围。所以，陶渊明最难得的，我觉得不是他的文字才华，而是他那种对农家生活的真心喜爱。是这种喜爱让他敏感，让他别具慧眼，体会出许多一般人不容易体会的人生的诗意。我推荐你们读这两篇散文，就是希望请大家能体会这一点。

从龚自珍看中国人观察世道的特别眼光

　　最后讲一下龚自珍这组短文,特别是《乙丙之际著议第九》,可能大家来不及看,文章很短,我把大致意思讲一下。他说,通常历史分为三种情况,一种是天下大治,称为治世,一种是乱世,还有一种叫衰世,衰老的衰,他说衰世跟治世很像,各方面都很像,但是有个很大的不同,就是衰世没有人才。怎么叫没有人才? 在皇帝面前,在朝廷上,没有才相,宰相的相;也没有才史,御史大夫的史;边关上没有才将,没有能打仗的将军守卫边疆;学校里面呢,没有才士,没有优秀的读书人;乡村里呢,没有才民,没有能把田地种得很好的农民;集市上没有心灵手巧的工匠,比如铁匠、钉马掌的,等等,水平都很差;店铺里面没有才商,商人都很笨;也没有才偷,小偷都很笨,甚至山里面没有才盗,连有本事的强盗也没有! 总之,不但君子很少,连货真价实的小人也很少,社会上上下下,左左右右,无论是什么角色,统统都是次品、等外品,这就是龚自珍说的没有人才。然后他说,其实每一个朝代都有有才能的人,只是有才能的人到了衰世就会受到各种打击,持续不断地打击,打击到最后,有才能的人就没了。最后他得到一个结论,衰世的景象要比乱世更可怕,他有一句话:“未雨之鸟,戚于飘摇”,大雨将下未下、黑云压城的时候,鸟的惊惶的样子,是比大雨真下下来的时候更凄惨。衰世是乱世将来未来的时候,朝野上下一片愚笨,这种情况是最可怕的。

大家知道他的名诗:"我劝天公重抖擞,不拘一格降人才",看起来他是要求天公降人才,其实是暗指现实社会当中已经不可能有人才,于是只有企求天公降人才了。那什么是人才呢？他说,第一,要有"能忧心",就是范仲淹说的那种"先天下之忧而忧"的心;其次是"能愤心"、"能思虑心",这个都好理解,不解释了;还要有"能作为心",不光是心里想,还要能付诸实践,有作为,能起来改变这社会;然后是"有廉耻心",知道什么是坏事情,什么事情不能做;最后一条是,"无渣滓心",内心没有乱七八糟的东西,纯洁、纯正。在龚自珍看来,人有了这些品质,才是人才。显然,他这个人才的概念,跟我们今天人才市场上的概念完全不同,他不是指专业型、智能型人才,而是指有良好的精神状态的人,他举出的那些条件,没有一条是讲智商,讲技能,全是讲的精神品质。

为什么向大家推荐这篇文章？一个是龚自珍的文章好,从晚清到民国,很多人都学他,包括毛泽东,写起文章来,都是走龚自珍的那一路,才气横溢,有一股气势,也有人说是"霸气",不容分说的那种气势。但更重要的,是这篇文章提供了一个看世界的角度,这个角度好像是中国人特有的,就是判断世事,看一个社会好不好,是从人才、从精英人物的精神状态来看的。社会再乱,只要有优秀的人才,朝廷再坏,只要江湖上有人才,那么就都有希望,最可怕的是人才没了,那社会就没救了。章太炎判断晚清气数已尽,就是举人才的例子,说,二十年前那些封疆大吏,曾国藩、左宗棠,那是何等人物;可现在的中枢大臣们——他指的是张之洞、刘坤一等人——虽也算一时之雄,可跟曾、左相比,差得太远了,一个社会,一个朝廷,弄到让张之洞这样的人来领袖,这个天下也差不多要完了。这就是通过精英人物的气度、才具和气质,来判断一个社会的气数的眼光。这是中国文化培养出来的特殊的一种眼光,很厉害,看得很深。

中国人还有一种比较特别的判断世事的视角,我顺便也讲一下,就是从器物看人心,从人心看天下。器物是指日常用品,一个社会,如果日常用品都很粗陋,工匠做事都很马虎,只要能用就行,不肯精益求精,不求完美,那就说明一般人做事情的心态是急功近利的,没出息的,而一般人做事的心态如此,整个社会的状态就好不了。这也是中国人看事情很特别的一个角度。大家可以从自己看到的情景来琢磨一下,看是不是有道理?

重建文化的自觉

今天跟大家讲这几篇文章,我是有一个意图的。我们是中国人,在当今世界,像中国这样的大国是不多的,我们作为中国人,很多地方是值得骄傲的。为什么呢? 因为世界上,像中国这样,有这么长的文明历史、而且这文明基本没有断过,大概就中国一个了,其他像埃及、意大利、波斯、印度,文明史可能比我们还要早,但是当中都断了,比如现在的埃及,和古代那个法老的埃及,在文化上是完全不同的。所以,作为当代的中国人,站在世界上,要有一个文化的自觉,就是知道我们有一个值得自豪的文化和文明的历史,正是这个历史给了我们许多其他人很难有的精神深度和高度。这个道理很简单,只要想想一个有家乡记忆的人,跟一个没有家乡记忆的人,精神上的差别有多大。但同时,我们也一定要看到,近代以来,特别是二十世纪后面这几十年,我们跟自己的文化传统断裂得很厉害。现在搞的这一套应试教育,把历史文化慢慢变成应付考试的知识,不是通过读这些书、这些文章,一点一点地建立起今人与古人的精神的融会,而是把它们变成鲁迅说的"敲门砖",一敲开大学的门,就忘得一干二净。今天社会上的流行风气,是跟欧美"接轨",可是,你如果没有自己的东西,光是去学人家的——我决不是说不要学,而是说一个更大的问题,你以什么身份去学? 你就是再努力,再聪明,也只能学个二流的水平,因为那是人家血液里的东西,当然是人家做得最好。中国有一句老话,东施效颦,鲁迅后来也说,邯郸学步,别人的没学好,自己原来的也丢了,怎么办? 只好爬了。如果今天的中国人,真是跟自己的文化传统完全断了,那就惨了,很可能就会落入只能"爬"的地步。

今天我们读这几篇作品,只是举个例子,让大家从一个小小的角度,看古代中国人,在世界观、哲学的本体论上,在逻辑上、在人生的情趣上,在看待世界的眼光上,都有怎样值得珍贵的特点,是别国的人不大有、也不容易理解的特点。今天的中国人,要想在世界上和别人平等相处,获得尊严,非常重要的一个基本功就是要深切地体会自己丰厚的文化传统,真正在精神上接续它,将它转化为创造中国的,而不仅仅是西方翻版的现代文化的基础。既能学得西方人看世界的眼光,又不忘中国古人看世界、看人生、看自我的另外一副眼光,一个人能拥有两副不同的眼光,境界就会比较大,就不容易被那些眼前的蝇头小利给蒙住了。所以,很希望大家能细细地体味这些靠文字流传下来,浸透在这些各具特色文字意蕴里的而不仅仅是字面意思中的前人的精神和灵魂。

今天的课就讲到这里。

(主讲:王晓明。根据课堂录音记录整理改定)

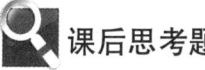 **课后思考题**

1. 你听了授课老师对于庄子及其《逍遥游》的解读,你有什么不同的意见吗?

2. 一般人常将老庄并列,你读过老子的《道德经》吗? 有人说

《道德经》过于阴冷，不像庄子的文字那样热情洋溢，你的感觉如何呢？

3. 你是否认为庄子的著作值得——或者适合——推荐给今天中国的年轻人阅读？为什么？

第五讲 | 《边城》：曾经拥有的世外桃源

　　在人类历史的长河中，"自然"一直是一个非常重要的存在，它是人类得以生存得以发展的物质前提，它是人类的情感最初得以寄寓的空间，同时，它也构成了人类最重要最恒久的审美对象。

　　但是，从古到今，人类对于自然的情感、立场和态度并不是一成不变的，而是经历了相当大的变化。特别是由于现代社会的到来，"自然"似乎失去了它原先在我们文化/文学中的优越性，逐步退出了我们的感知视野。当代人的感知能力越来越局限于室内，往往不愿意走出狭小的钢筋水泥的森林，也越来越习惯于在各种屏幕上、依照人工编定的方式去感知那一切。这后果是人的感知范围的大幅缩小：不仅是对自然景色没有感觉，审美大面积的迟钝，而且是对这景色所能启发的所有思维的丧失，整个头脑被挤扁了。古代社会中人与自然和谐相处的那种"世外桃源"的景观，逐渐成为我们的历史记忆，成为我们怀旧的对象。

　　沈从文的《边城》大概可以说是在这样的层面上，拨动了我们的心弦。

沈从文与《边城》

沈从文

沈从文与张兆和

沈从文在中国现代文学史或者说在二十世纪中国文学史上，是一个鼎鼎大名的人物。大家都知道，中国有好几个人被列为诺贝尔文学奖的候选人，他就是其中之一。可见他在二十世纪中国文学上的巨大影响。但是，沈从文所走过的道路跟很多的知识分子不一样，这也决定了他的文学是以这样的一种形式出现——我们知道，沈从文一辈子给自己命名的一个东西是我们今天大家都很难想象到的，那就是——"乡下人"。"五四"以来，"乡村"往往代表着落后、愚昧、前文明——中国几千年来的社会常常被命名成农村社会、乡土社会，而都市则象征着现代、文明、时尚、先锋这样一些东西，所以在现代文学中间，很少有作家愿意称自己是乡下人，大家都以告别自己的乡村、告别自己的家乡作为一种荣耀，作为一种比较现代的文明的姿态。大多数知识分子都特别愿意把自己当作一个都市人，一个都市的知识分子。所以"都市性"就构成中国现代文学的一个重要组成部分。然而在这样一个话语之下，我们也就知道中国文学所走的道路基本上是西方文学的一个翻版。这一点并不是随便说的，至少是上世纪八十年代，一九八五年之后到一九九○年左右，文学界流行着这样一句话，叫做"中国文学用十年走完西方文学百年的历史"。这就是说，整个八十年代我们的文学都是西方化的,西方流行什么,我们马上就搬进来,基本上没有自己的想象力和创造力。所以我们现在要讲到这样一个问题:"五四"以来,我们文学道路的方向抉择其实是很有问题的。我们是以西方文学作为中国现代文学学习的榜样的,我们一直认为欧洲的文学象征着整个人类文学的最高峰。比如它经历了十八世纪的浪漫主义,十九世纪的现实主义,二十世纪初期的自然主义等等一系列的过程,所以我们认为整个人类的文学的道路都应该是从浪漫主义、现实主义到自然主义再到现代主义这样一个路径发展而来。"五四"时期,我们在制定二十世纪中国文学发展道路时已经基本上以它为蓝本了,中国"现代文学"的发展严格遵循了西方的基本行进路径。在这样一个前提之下,和这种路径不太一样的其他文学想象的可能性其实就被压抑掉了,被边缘化了。这样的压抑和边缘化的结果,使得我们中国文学在很长一段时间之内非常单调,只有一种声音,一种样式,就是把符合西方文学"现代性"、"文学性"的作品当作我们文学的追求目标,当作我们应该有的主流文学,来大加肯定,来确立文学史的基本脉络。所以,假如把沈从文的文学作品放在这样一个背景下来讲的话,就非常有意思。因为它的写作格局,包括沈从文个人的

沈从文作品的格局与"五四"以来的许多作品是不一样的。

背景,跟我们刚才讲的"五四"以来受欧化影响比较大的那些现代知识分子是非常不一样的,这也就是我们为什么要特别突出他的"乡下人"这一点的原因所在。

那么沈从文为什么一直认为自己是乡下人呢?简单讲一下他的一些经历。沈从文从小其实没有受过完整的教育。他只是粗浅地读了几年书,所以他一直很谦虚地说自己相当于小学水平。他的家境也不是很好,而且湖南这个地方,晚清以来,武风很盛,这个地方崇武不尚文。在沈从文的家乡凤凰,这种风气特别浓厚,所以家里人不指望他读书,他高小毕业之后,就被送到相当于民防团的地方武装里去当兵了。他那时候年纪非常小,才十四岁吧,然后就开始跟着部队不断地换地方,走了很多地方,在这些地方见识到了一些书本上学不到的另外的东西,这些东西可能也是其他的知识分子所没有感受到的,这些东西是什么呢?比如底层的黑暗、人生的苦难、对人的种种情感的认识等等,都在这样一种游历的过程中渐渐的形成了。有一些场景鲜明地体现出这种游历对于沈从文的影响和对其他人的影响是不一样的。这样的影响我们可以通过对一个细节的分析来把握,这就是:砍头。如果大家了解五四启蒙文学的话,就会知道砍头是个很严重的事件。人与人之间的暴力的杀戮,特别是无动于衷地观看"杀头"的场景,很容易引起启蒙知识分子对人性阴暗的认识。以鲁迅为例,他在《呐喊·自序》中,甚至将仙台时期观看"砍头"的经验当作是一种人生的重大刺激,列为自己弃医从文的重要理由。但"砍头"在沈从文这里,经常是司空见惯,轻描淡写的。你去看他的一些散文、小说,中间经常出现"砍头"这样的细节,但出现这样的细节时,沈从文常常把"砍头"看作是跟吃饭、睡觉一样的平常事,并不觉得有什么特别的惊心动魄。从中你可以看到这样的一种生活经验在沈从文笔下和在鲁迅的笔下是如何的截然不同。王德威先生的文章《从"头"

谈起——鲁迅、沈从文与砍头》曾经很精细地讨论了这两种经验所代表的不同的文学史意义。如果说鲁迅的"幻灯片事件"据海外学者考证有存疑的成分,因而也在一定程度上可以被看作是"西方现代经验"的一种折射的话,那么是不是也可以说,在沈从文的看似平淡的"砍头"经验中,多多少少有着将"砍头"这样的奇观还原为一种日常生活经验的努力呢? 这种还原,因为它的没有先入为主,因为它的冷静平实,似乎也可以看作是沈从文远离知识分子的气息的一种尝试吧。

沈从文游历了很多年之后就对军旅非常的厌倦,就想去"从文",就开始到各个大学去旁听——北大到现在都是一个旁听者的天堂。他也跑到北大去,在那儿做一个旁听生,生活极其艰苦。他那时和丁玲、胡也频相依为命,三个人那时都不是很有名气,都是穷得要命,这个穷得要命最明显的例子就是在郁达夫写的一篇散文中,大家都知道——《致一个文学青年的公开状》,这是很有名的一篇散文。当时沈从文三天没有吃饭,饿得快死了,天又很冷,在这时候,他没有办法,就给他非常仰慕的大作家郁达夫写了一篇求援信,郁达夫来了,陪他好好吃了一顿饭,给了他五块钱,还把自己的羊毛围巾给了他。这件事情让沈从文感激终生,因为最难得的就是这种雪中送炭。假如没有这样的一句鼓励的话,也许他就绝望了,他就写不下去了,所以这是他一生中的转折性的事件。然后慢慢的,沈从文在《小说月报》上发表作品,后面就比较一帆风顺了。我们大致讲这个前期的背景,是因为沈从文的《边城》是一九三四年写的。也就是他在经历了很多事情、游历到了像上海这样的都市之后回过头来再来写他这个故事的。而三十年代的中国,是比较动荡的,革命、战争等暴力行为无处不在。在这个时候,最时髦的人应该是左翼作家,大家知道像丁玲、张天翼、沙汀那时都是左翼小说家,专门写革命暴力,写两个阶级如何进行血与火之间的对抗,那时候这是最时髦的文学话题,而沈从文是非常反感这些的。这也是他的悲剧之一。我们之前讲到他和丁玲、胡也频曾经是一个小圈子,这三个人曾一厢情愿从北京到上海来创业,因为他们已经受尽了编辑老爷的苦,准备出一本杂志,专门刊登自己的文章。他们仨雄心勃勃,攒了点钱,买了很多纸,在上海办了个刊物叫《红与黑》。但这个刊物很快就停了,偃旗息鼓,之后各人的人生就发生了转向。胡也频、丁玲先后加入了共产党,沈从文虽然和他们保持了一定的友谊,但是他坚决不加入任何政党,后来也一直是一个政治的边缘人。这也可以说是《边城》的又一个写作背景,也就是说他是在战争、革命的边缘,或者说,是在以他自己的方式感悟时代宏大命题的前提下,来写《边城》的。

沈从文小说创作的基本特点

沈从文文学创作基本上以乡村为主,他创造了一个非常独特的乡村世界,叫做"湘西世界"。大家来看一下这个"湘西世界"中包含着哪几种形态:一类是写远古的、蛮荒时期的一些湘西的小说,比如说像《龙朱》等,这类小说带着一种野性的、原始的特色,体现出了作者对原始的力与美的向往。这批作品包括一些我们今天用文明的眼光看起来很野蛮的风俗,但在沈从文的笔下,具有一种神圣的宗教性意义,因为在沈从文看来,现代人是很有问题的一代。比如说,没有信仰,没有宗教,所以他要去寻找一种宗教或者信仰的根源的话,就得寻找到原始文明这个地方,当然这是个值得商榷的观点。这类小说在他整个创作中的比重不小,但成就并不是很大。作品有荒诞的色彩,观念方面也过于极端。

第二类,以《边城》为代表的比较唯美的湘西世界的塑造。类似的作品除了《边城》之外还有《长河》。这些作品往往营造了一种如诗如梦的很完美的湘西世界。在这个世界里，人与自然、人与他人、人与社会都是和谐相处的，人性的淳朴与风景的优美构成了一幅非常完整的乡村画卷，这样一个世界，象征着沈从文心中理想的国度、理想的人性。这个"湘西世界"似乎有点与世隔绝，有点像桃花源，这类作品为他赢得了较高声誉的唯美小说。

第三类小说在一定程度上汲取了五四时期启蒙话语。在展现湘西世界的时候，沈从文也在一定程度上凸现出了湘西存在着的愚昧、落后的景观。这也是成就比较高的一类小说。这类小说，有《萧萧》、《丈夫》等等。在这类小说里，作者并没有把湘西世界美好化，没有完全放到一个非常纯美的境界里，一方面，和都市世界那样一个丑陋的空间相比，他认为湘西世界还是比较优美的。另一方面，湘西世界也不是一尘不染的，它也在变化，本身也有一些丑陋、肮脏、下流的、反人性的东西存在。他把这种人性的分裂、矛盾之处写出来。比如《萧萧》就写一个奇异的风俗——"小丈夫"、"大媳妇"的风俗，通过这种养童养媳的风俗，表现人性之间的落差。比如《丈夫》就展示了另一种情形——丈夫和妻子生存不下去了，丈夫就送妻子去做妓女，每个月

从妻子那边收钱回来。这应该是很违反一般道德和人性的。在这里，可以看到沈从文对湘西怀着某种复杂的情绪，他看到了他喜欢的、心中向往的那个世界在当代那种功利、利益至上的年代逐渐消失的一个过程，他的心里十分怅惘。因而他的作品就演化为对那样一个古老、优美的世界渐行消失而唱的一首挽歌。

还有一类是很单纯的描写湘西世界中简单的、带着一种道义倾向的人的欲望的故事。《月下小景》、《阿黑小史》等都可以归为此类。在这里，作者把人的本能，特别是性的本能，淋漓尽致地推到了极致。他常常写人的欲望的发挥如何造就了一种热烈的辉煌的生命景观，但又是如何在现实生活中消失的一个过程。在这一点上，沈从文就跟某些当代作家比如莫言有相似之处。莫言在他小说中关于性、欲望这类东西的展示很多，他就认为都市人、现代人其实不知道什么是真正的爱，人已经丧失了活力与本能的冲动，所以他要把这种东西引进来，当作拯救现代人的一个药方。从这个意义上来讲，沈从文也好，莫言也好，其实受弗洛伊德理论的影响是比较大的。

在沈从文的作品中间还有少量是写都市生活的。乡村生活，大多数的时候，他还是比较肯定的，即使看到问题，也还是带点"恨铁不成钢"的意味。但他写到"都市"的时候，就非常尖酸刻薄了。"都市"在他笔下，从来没有好的，都是坏的。在有数的几篇都市小说里，像《八骏图》、《顾问官》、《我们太太的客厅》等，他淋漓尽致地刻画了都市人人性的沦丧、欲望的压抑、人与人之间的勾心斗角、尔虞我诈，基本上都是负面的东西，而且他是用很厌恶、很嘲弄、很批判的眼光来介入都市生活的。所以可以把这一批都市生活小说当作乡村题材小说的一个有效的背景来进行理解。他显然是这样来定位乡村的：在否定都市文明、否定城市文化的前提下，来肯定他的乡村文明。

《边城》解读的几个问题

下面我们就进入到《边城》的学习。首先请大家先谈一下几个问题。

第一个问题，我们认为《边城》进入故事是比较晚的，一般的小说进入故事是比较早的。他为什么这么晚进入，为什么要在讲故事之前大段的描写风景？你认为它有什么样的效果，有什么样的考虑在里面？

第二个问题，要跟故事的主体联系在一起进行考虑，老船夫内心的一种疙瘩，隐隐体会到一种悲哀，"因为害怕而勉强地笑了"，这个地方，我们认为是整个小说里，故事发生转折的地方。老船夫为什么这么想，他这么想对于整个小说来讲有什么样的意义？

最后一个问题。怎么样来理解《边城》的悲剧性。因为我们知道，一般的悲剧都有坏人、有暴力、有缺陷这样的东西来构成，而《边城》看起来找不到明显的一个坏人，也找不到明显的矛盾冲突。那为什么最后还是一个悲剧？

关于《边城》中的"风景"

《边城》在讲故事之前有大段的风景描写，非常引人注目，也引人遐想。要理解《边城》这样的小说，首先要理解自然山水和中国文人之间的关系。了解中国文化的人就会发现，中国文化，包括文章、诗、画甚至曲乐中间，"山水"出现的频率是相当高的，形成了一种特有的人格与山水之间的象征性的关系。中国文人作品中的山水，无论是文学作品还是绘画作品，往往都是人格外化的体现。典型的文人画都是画很高的山上，一个人在下棋、钓鱼。这种作品出现得非常多，大多寄托着自己的志向、意趣在这里面。所以，"山水"构成中国文人文化中很重要的一个组成部分——他们内心中寂寞的心境、高洁的人格品行这样一些难以言传的东西，常常要通过对高远幽绝的"山水"的描绘表现出来。所以看中国文化中的"山水"，不能把它简单看成是一种客观自然，它已经被充分的人格化了，被寄予了某种清晰的内涵，包括审美内涵、思想内涵等。

在这个前提下，要讲的一点就是"风景如何成为风景"。它有一个简单的变化过程。在中国古代农业文明的背景之下，风景往往存在于一些人迹罕至的地方，越是没有人的地方越是有风景。它是排斥人的存在的。可以想一想王维的诗——"空山新雨后，天气晚来秋"，"明月松间照，清泉石上流"，可以感觉到，在这些诗歌中，诗人所表达的一个很自然、很寂寞的情境。人在这情境里是不存在的，诗人只是提供你一个视野，告诉你一幅画面需要你去发现。因此，中国古代文人画，以及文人的文章中，被描绘的"山水"具有一种矛盾性。一方面"山水"是诗人人格的外化，但另外一方面它又排斥了人的存在。越是没有人的风景越是高雅，越是幽绝。这是为什么呢？这里有一个问题，应该联系中国文化的特点来进行解读。中国的文化是两极：一种文化是入世文化，就是儒家文化——"正心修身齐家治国平天下"；另外一种就是王老师上一节课讲的，老庄文化，它是一种出世文化，越是小国寡民，越是躲到深山老林，越是与世隔绝，越能传达出一尘不染、品性高洁的意味。落实在山水画中，大家能够理解这样一种矛盾：一方面他描写的是看不见人的景观；另一方面这些看不见人的景观恰恰是他高洁人格的象征。这就是古代人对风景、对山水的一种看法。现代人的看法就不是这样的。日本学者柄谷行人的《日本现代文学的起源》，就讨论了现代人如何看待"风景"的问题。在柄谷行人看来，风景是和人的现代化、现代形式紧密联系在一起的。他认为人在风景面前会产生出两种感觉：一种感觉是优美，优美是怎么产生出来的呢？他认为优美是人和自然和谐相处的结果。你把自己放到这个风景中，然后你觉得这个风景和你是一体的，非常和谐的，所以你会觉得优美。但人在风景面前还会产生另外一种感情，这种感情就是崇高，感觉到人的力量的伟大。这种崇高是怎样产生出来的呢？主要源自于人也喜欢在风景面前找到自己的高大之处，越是看起来有难度、有缺陷的东西，越能够体会到你作为一个人的这样一种伟大、一种崇高，你实际上是带着一种克服的心理去看风景的。这两种风景观是有差异的，"优美"属于"古典"的范畴，是古代人对风景的一种感知，而"崇高"是现代人对风景的一种感觉，这两者所涉及人和自然之间的关系是不一样的。前者是和谐的，而后者是带着一种对抗性、克服性的东西在里面的。这是日本的一个例子。中国的例子是什么呢？大家可以去看韩东的成名作，叫做《有关大雁塔》。这是上世纪八十年代初期的一首诗歌。在这首《有关大雁塔》里，韩东描述了现代人对待风景的看法。"大雁塔"在一般人的想象中是一个名胜古迹，它负载了中国悠久的历史文化，是能够引起大家丰富的历史联想的文化符号。但韩东却只是说："有关大雁塔，我们又知道什么呢？"我们只不过作为一个游人，登上大雁塔去然后又下来，无非如此而已，我们没有得到什么特别的东西。他的潜台词就是，大雁塔已经凝固为一个风景名胜而不再是一个活生生的历史文化存在。关于"大雁塔"这个风景，我们其实已经非常隔膜，我们对待它的态度某种程度上是一种无聊的、寂寞的态度——仅仅作为"风景",大雁塔其实无法真正进入当代人的生活。从这首诗歌中,我们可以看出,对待风景,古代人和现代人是有很大区别的。

回到《边城》,我们就能够理解为什么到第四节才切入一个故事的进程了。大家可能还能回想起我们之前讲的一些文学作品,比如卡夫卡的《变形记》,第一句话就切入了故事情节,"格里高尔在一天晚上醒过来发现自己变成了一只甲虫",情节马上就进入了。这是非常经典的现代小说的开头,我们知道这句话后面暗含了很多推动性的东西,与情节、动作相关联的东西都已经蕴含在这句话中间。我们现在的阅读习惯很大程度是建立在这样一开头就快速进入情节故事的前提下的。像沈从文《边城》这样的一个开头,某种程度上,应该说是和我们认为的现代小说之间有很有区别的。这样,反过头来就要谈这个问题:这样的一个小说的开头,它的意义到底在什么地方?

我认为,这样的开头至少表明,《边城》这样的作品是一个好的文

学作品。它的开头,从某种程度上给我们树立了一个好的小说典范。要理解《边城》的开头,就要说清楚通俗作品中"故事"和文学作品中的"情节"区别在哪里。可以引用英国的著名的小说家爱摩·福斯特的一个论述,大家就清楚了。爱摩·福斯特有一部理论著作,叫做《小说面面观》,是一个很经典很薄的小册子。在这本书里,他采取了说例子的方式,来区分"故事"和"情节"。他说了两句话,一句话叫做:国王死了,王后也死了。第二句话叫做:国王死了,王后因悲伤而死。他就告诉你:第一句话是一个故事,第二句话就是一个小说。仅仅加了三个字"因悲伤",其他都是一模一样

的。那么,凭什么前面就是讲故事,后面就是小说了呢?因为在他看来,第一句话仅仅只有信息,两个人的死,这种信息是排除情感以及因果逻辑关系的;第二句话好就好在"因悲伤",加进了情感性,加上一个描述性,加上一个原因的回溯,因此使得这两个本来是孤立的事件,有了某种内在的紧密性。文学家跟其他人不一样的地方,就是用自己的逻辑给世界上的万事万物确立了彼此之间的关系——或者这个世界是荒诞的,或者这个世界是优美的。他会通过他的逻辑关系来传递给你。因此在这里头,"因悲伤"这三个字就非常重要,使原本平淡的事件峰回路转,生动起来,明亮起来,最主要的是有条理起来。第二点,加上"因悲伤"后,故事节奏变慢了。前面一句话是一个事件、一个事件快速连下去的,但后面这句话在"因悲伤"这个地方,隔了一下,延宕了一下,由此我们知道了故事和文学最大的区别在什么地方:故事仅仅是一个叙述,或者说一个叙事,而小说很大程度是一个描绘,描绘从叙事的角度上来讲是没有意义的,是浪费时间的。因为他经常停下来讲这个人长得什么样,这个人心里在怎么想。这些东西如果删掉不影响整个事件的发展,但是文学作品的价值不在于仅仅提供故事,但这并不是说故事不重要。故事也很重要,但文学作品最大的价值在于通过描绘,它提供了比信息更为重要的东西——情感、人物行为举止的原动力,人物之间、事件之间因果逻辑关系等等,它把这种东西讲出来了。

现在倒回去再看《边城》的开头就会很有意思。《边城》前三节全部是描绘,没有叙事,而这个描绘本身包含着很多的内容在这里面。第一方面的内容是两组主人公之间的一个介绍。翠翠和她的爷爷,后面是顺顺一家子。这种老老实实的介绍,把人物本身的来龙去脉交代得清清楚楚、明明白白。这种写法是比较传统的,现代的写法是把人物的介绍放在故事的发展过程中间去,你讲到某个人了,把他带进去，把他补在里面就可以了。而放在前面，按照我们现代人的说法，是一种很笨的做法。就像我要跟你打仗了，我先把我的招牌亮出来，你也亮招牌，这样的做法会让人觉得很乏味很呆板，但这是符合中国人传统阅读心理的一种做法。如果去看《水浒》或者《三国演义》的话，可以看到每个人的出场之前，作者先把他的身世、来历介绍得清清楚楚，这种平铺直叙比较符合中国人的阅读习惯，使人带着某种安全感进入到一个故事中间去。《边城》的写法应该在这方面首先满足了这种心理，它相当旗帜鲜明地把中国古代的小说传统、中国人的审美阅读心理考虑在了里头，很大程度上是偏离西方文学主流的那种写法的。

《边城》开头第二方面的内容就是介绍这个地方优美的风景。而这个优美的风景，通过前面对风景所作的一个历史回顾，就知道这样的描写暗含着一种古典的情怀，特别强调人和自然环境之间和谐共处的意味在里面。在这里，有几句话就很有意思："近水人家多在桃杏花里，春天时只需注意，凡有桃花处必有人家，凡有人家处必可沽酒。"在这里，把人和环境之间高度的和谐统一的景观描写出来了。在这样的对自然环境的重视中，大家也可以感觉到作者的一种潜在用意，就是他凡是描写人，都是把人作为自然中的一部分来加以表现

边城中的"风景"：近水人家多在桃杏花里，春天时只需注意，凡有桃花处必有人家，凡有人家处必可沽酒。

的;凡是来描写风景,都是把风景作为人类活动可以延伸到的东西来进行描绘的。他是把风景和人都作为小说的有机组成部分来加以表现的。如何来印证呢?是可以引入他关于翠翠外貌的描写——"翠翠在风日里长养着,把皮肤变得黑黑的;触目为青山绿水,一对眸子清明如水晶。自然既长养她且教育她,为人天真活泼,处处俨然如一只小兽物"。这样的一种对人外形的描写应该说是比较特殊的,所有的内容实际上都跟自然联系在一起了。在这个地方,翠翠实际上被当作"自然之女"了,她是美好的自然的人格化的体现,她和这个自然之间并不是像我们现代人对待自然那样,把它当作一个客体、一个需要征服的对象来进行处理的。

　　第三方面的内容,是大致讲述了这个地方的日常生活。这个日常生活由两个部分构成的,一个部分就是人的一般的生存观念、道德观念等:"大人呢,孵一巢小鸡,养两只猪,托下行船夫打副金耳环,带两丈官青布或一坛好酱油、一个双料的美孚灯罩回来,便占去了大部分作主妇的心了。"这个地方的人们对生活的要求是很低的,每一种梦想都是实实在在的。沈从文由此写出了一种类似于老庄的"小国寡民"的生活,这种生活是平淡的、简单的、单纯的,梦想也是切切实实的,并不一定要和改变历史、改变时代的大的东西联系在一起。小城的道德观念也是这样:"由于边地的风俗淳朴,便是做妓女,也永远这么浑厚,遇不相熟的人,做生意时得先交钱,再关门撒野,人既相熟后,钱便在可有可无之间了。"我们知道,在通常的描写中,妓女都是一个下层的或者是道德堕落的标志,但在这个地方,放在一个非常淳朴平和的小城环境之中,妓女的"自然"这一面也就被表现出来了。可以理解这样的一个逻辑:既然妓女都被认为是很特别的,比别的地方淳朴,那么整个小镇的生存的简朴、合乎人性当然也就可以理解了。第三点讲到阶级观念。三十年代,是兵荒马乱的年代,是革命的年代,阶级是很重要的一个划分社会矛盾的标准。在《边城》中,特别写了一个船总顺顺,作者把船总顺顺也放到了一个理想化的层面上:"自己既在粮子里混过日子,明白出门人的甘苦,理解失意人的心情,故凡因船只失事破产的船家,过路的退伍兵士,游学文墨人,凡到了这个地方闻名求助的,莫不尽力帮助。一面从水上赚来钱,一面就这样洒脱散去。"这是一个不重金钱、救济穷人的非常美好的地方领袖的形象。假如了解三十年代的文学,就可以看到丁玲、胡也频、蒋光慈等人的笔下,"革命文学"对这一阶层人的描写无不突出其杀人越货、为富不仁一面。但在沈从文这里,我们可以感觉到,他有意识地把人世间的矛盾都简化了、都淡化了。这个地方唯一可以压迫他人的人,按照阶级斗争的理论,就是船总顺顺。但船总顺顺却是这样一个仗义仁慈的好人,阶级矛盾也就不大可能存在了。这样,通过描述下层妓女的淳朴、上层人士的善解人意,作者就暗示了这个地方没有什么矛盾,"世外桃源"的景象就这样被塑造出来了。

《边城》的"命运"观念

如果说前面三节主要解决风景和人之间的关系的话,那么作者接下来考虑的第二个问题其实就是"命运"的问题。"命运"这样一个原初的大问题在这样一个风景如画的环境中,是怎样展开的呢?我们大致来了解一下。首先,我们应该可以确认的,就是这个地方的人的命运是非常地顺乎自然的。很典型的例子就是翠翠和母亲的爱情选择都是顺乎自然的。母亲和那个士兵相爱,但是呢,一个不想离开父亲,一个不想放弃军人的职责,然而母亲又怀孕了,所以他们最后都选择了自杀。有意思的是,讲到这个地方,作者特别描写了老船夫的态度,"事情业已为做渡船夫的父亲知道,父亲却不加上一个有分量的字眼儿,只作为并不听到过这事情一样,仍然把日子很平静的过下去。"他就是这样的一种态度。边城的人在自然的熏陶之下,或者在特殊的环境之中,对待自己的生命采取的是一种自在的态度,这可能是和我们现在的观念不一样的。我们现代人特别强调的一点是:每个人自己要掌握自己的命运,把这种主动性、独立性当作是现代个人确立的一种标志。所以我们会把像《边城》所表现的那种"自在"的人生观念当作是一种前文明的观念。但在《边城》里,沈从文恰恰赞赏的就是这种自在的观念——如果一个人顺乎命运的安排,他就能够平静、安详地度过一生。所以在这里,老船夫也好,顺顺也好,包括下一代的二老、翠翠等都采取这种无为而治的生命态度,这种自在的对待生命的一种立场,是理解《边城》的一个大前提。这个大前提蕴含着对"五四"以来的社会流行观念的一种反思。"五四"以来,我们特别强调个人主义,特别强调一个人怎么样去改变这个世界。而在沈从文看起来这样的一种意图和观念是非常危险,非常有问题的。它造成了淳朴的人性的丧失,造成这个社会日益丧失了人情味,变成了一个利益的社会,所以在整个《边城》里,大家可以感觉到人与人之间,基本上是弃绝了利益的一种纯粹的人际关系;人和人之间都是建立在某种感情的联系之上来生活着的。沈从文在《边城》中所着力塑造的也就是人情、亲情和爱情。他把这种东西当作淳朴的人性重要的组成部分。当然在这里,大家可以发现,人情和亲情只起到一个辅助性的作用。比如说,老船夫和那些屠夫、渡船的商人、船总顺顺等人之间的人际关系是很和谐的,但这只是一个铺垫,用来暗示这个社会总体上是比较和谐的。亲情在这里也有,比如老船夫和翠翠之间的感情,船总顺顺和他两个儿子之间的亲情也是非常美好的,但这也是次要的。人情、亲情这两种感情都是为最后的爱情服务的。这爱情就是发生在大老、二老和翠翠之间的感情。在这里,想问一个问题:在前面介绍中,你可以发现,大老、二老被描写得一样优秀,一样心地善良而勇敢,是当地的人尖子,那么翠翠为什么喜欢二老,不喜欢大老?

从表面上看,大老走的是正常提亲的"车路",没有采取"唱歌"这种更合乎两情相悦的方式,这应该是大老爱情失败的一个原因。为什么呢?因为在边城这个地方,人的生活的原则是无为而治,顺乎自然,所以反对一切人力来安排的事情。但还有没有其他的原因呢?

大家看看小说里几个细节的安排。第一个细节,大老看上了翠翠,然后他讲了一段话,前面讲了她一些好处,然后后面又说"翠翠太娇了,我担心她只宜于听点茶峒人的歌声,不能做茶峒女子做媳妇的一切正经事。我要个能听我唱歌的情人,却更不能缺少个照料家务的媳妇。"这里其实也揭示了一个很重要的原因,也就是大老对爱情的想象还是很现实的,很清楚他要的是一个会"照料家务"的妻子而不是个娇娇的情人。他更看重的是她是否能够承担起家族中的很多家务活,而不是更看重这个人是否能够和他完成一种心灵上的交流共鸣。这是很重要的区别。从这一点上可以看到大老对翠翠的要求还是带着一种很现实的观念在里面的。而这种现实观念在二老那边是没有的。这个体现在什么地方呢?"有人轻轻地说:'二老已说过了,这不必看。第一件事我就不想做那个碾坊的主人!'""碾坊"在这里是一种象征,象征着财富、物质和安稳的世俗生活。碾坊的女儿本来已经看中了二老,想和他结亲,二老却很明显地提出来不想做这个碾坊的主人,拒绝了那种物质性的东西对他的诱惑。所以在这里,大家可以通过这个细节,看到大老、二老两个人对爱情的不同的描绘方式——大老的描绘是比较现实性的,二老的描绘某种程度上是超脱功利的。在这里,作者还特别赋予二老一幅好嗓子,能唱其他人唱不出来的山歌,他的一种超脱他人之上的对爱情的很纯粹的想法被描绘得非常明显。在这个意义上,你通过翠翠对爱情的抉择,可以潜在地知道沈从文反思的是什么东西,赞赏的是什么东西。他赞赏的是二老所代表的非常纯粹的那种对爱情的方式,这是排除利益的,排除现实的、世俗的杂念的;他所排斥的是像大老那样循规蹈矩、反自然的、有很多现实性的考虑在里面的追求爱情的方式。这里有一种基于不同的价值立场所导致的选择上的差异。

再回过头来讲老船夫的情况。老船夫隐隐觉得的那种"悲哀",我们为什么说它是一个转折点呢?假如大家了解一下中国古代历史的话,就会知道合乎自然的命运往往是循回的、重复的、宿命的。这是我们中国人的一种历史观念。但中国人认为这个世界无非就是王道和霸道。有了好皇帝之后,这个世界天下大治,天下太平,如果出现一个昏君、暴君的话,天下就是另外的一种景观。所以中国人就认为王道和霸道是交替出现、循环往复的——王道出来之后总会出现霸道,霸道太残暴,人民反抗,又会出现新的好皇帝,又会出现王道。历史就是以这样,像自然的、四季循回的方式来前进的——我们知道,春夏秋冬,构成了一个首尾相连的时间景观。所以中国人的自然观和历史观非常一致。这里,老船夫就是很担心,合乎天性的、合乎自然的对爱情或者对自己命运的塑造方式,有可能走到轮回的、宿命的命运上面去,这是很显然的。

第二点,在《边城》里面,虽然作者塑造了一个完美的理想的桃花源的世界,但大家已经知道,沈从文写作的时候毕竟是一个战乱的时代,他也会感觉到现实的、暴力的、功利的世界对那个桃花源世界的侵袭。这个在他写《长河》的时候表现得特别明显。小火轮来了,带来了很多棉纱、汽油,破坏了湘西世界的环境(自然环境和人文环境),人与人之间变得越来越功利化,他已经有这样一种隐约的悲剧性感觉在这里面。所以，当老船夫发现翠翠拒绝了大老之后，其实已经知道她拒绝的是一种更现实的、更安稳的命运——这种带着功利性选择在里面的命运，在某种程度上是跟外面的世界同步的，是与时俱进的。但她选择的是和她母亲一样的古老的、合乎自然的，有可能是跟不上时代的步伐、被这时代所淘汰的自然性命运。所以，老船夫已经预感到她的人生前景是黯淡的。整个小说一直在铺垫这样的一种恐慌，这样的一种悲剧。比如翠翠和她爷爷在一起的时候，经常会想到她爷爷也许哪天会丢下她走掉，而老船夫就看着他孙女儿一步步走上他女儿的这样一条道路，这样的一种因为无为而难以把握命运的恐慌感、悲剧感一直弥漫在小说中。

《边城》的悲剧内涵

那么怎么来理解和评价《边城》所塑造的这种悲剧呢？进入这个问题之前，先延伸一下：关于悲剧我们怎么样来理解。在古希腊的文学理论中，普遍认为喜剧是没有什么意思的，喜剧无非博人一笑，没有什么价值。而悲剧有一种净化人的心灵的作用，被赋予了很高的使命。所以戏剧的最高样式应该是悲剧。我们一般把文学作品中的悲剧分成若干种类型。一种最简单的方法就是：第一层面是"社会悲剧"，其基本结构是建立在对社会黑暗的认知上，将悲剧理解为，这个社会很腐败，所以有情人不能终成眷属，或者造成生命的无谓牺牲等。像巴金的《家》《春》《秋》就是塑造了社会悲剧。"激流三部曲"所描写的整个社会是由封建的礼教、封建的道德统治着的，是非常黑暗的，所以这里头的人都没有好结果。你要解决这个悲剧，你就得推翻这个社会，建立一种更好的能够使人安居乐业的社会体制。这样的逻辑框架就是一种社会悲剧，这是比较简单、低层次的。第二种悲剧就是所谓的"性格悲剧"。它的基本结构是这样的:外界的确有很多使你成为悲剧主人公的根源和原因,但最重要的是,你这个人是有缺陷的,所以最终才真正酿成了悲剧。比如说莎士比亚的《奥赛罗》就描写了典型的性格悲剧。主人公奥赛罗是有性格缺陷的。他的确很勇敢、坚决、善良;但另外一方面却心胸狭窄、猜疑心重、大男子主义,占有欲极强。这些东西造成了他哪怕拥有了非常美好的生活,有一个美丽的妻子,但最后还是要亲手结束这样的生活。这个悲剧,很大程度上,虽然有小人挑拨,但假如你的性格里面没有这些因素的话,你不可能掐死你的妻子。所以最重要的悲剧根源在于你本身就是一个有性格缺陷的人。一个有性格缺陷的人,自己不一定很清楚。所以往往是他的盲目、无理性造成了最后的悲剧。相对于社会悲剧,这个层面的悲剧就要高级很多了。性格悲剧往往会产生一些非常经典的人物。悲剧的最高层面是"命运悲剧",它的基本结构是,所有的"问题"都没有"问题"——社会很好,人的性格也不错,但是因为盲目的命运,造成这样一个悲剧。这个悲剧最典型的就是俄狄浦斯的故事。俄狄浦斯一生下来就被预言要杀父娶母的,父母很害怕这个命运,就把他送走,甚至要把他弄死,后来没有弄死又让他流落到国外,经过很多艰难曲折,最终俄狄浦斯还是真的杀父娶母了。但他在这个过程中,一直处在茫然无知的状态之中,他不知道那个人就是他父亲,而那个人就是他母亲。在这样一个冥冥之中根本无法控制的强大力量面前,你再怎么道德完善,再怎么自我修炼,都是毫无用处的。所以这种悲剧实际上就是把人的或者说人生的虚无性体现出来了。在这里,你没有对手,或者说你的对手太强大而看不见。

在《边城》中,翠翠他们的悲剧命运可能没有完全达到命运悲剧这样一种高度,但我们也可以感觉到沈从文很大程度上取消了矛盾的双方——所有的人都是美好的,这里头造成悲剧的原因也是非常微不足道的,仅仅是误解:大老误解了翠翠,误解了她爷爷,她爷爷误解了顺顺,所有的人都存在着一种误解。这样的误解在大的矛盾冲突面前本来应该是微不足道的,但是也足以构成对这个好人世界的摧毁。所以这种力量某种程度上,也暗含着一种命运的力量。而由于他的小说中没有非常狰狞的人物,没有非常激烈的矛盾冲突,所以即使是一个悲剧,你仍然会感觉到它是非常美好的。你看《长河》就会有个比较,《长河》里面有个恶霸一样的船总,看中了里头类似翠翠这样一个的小姑娘,这个船总想尽办法想占有这个女孩子。这时故事已经不美了,因为你看到了邪恶,看到了邪恶的强大,看到了美的东西的脆弱。

在《边城》这里只是一个美好的东西自我消退的过程,所以很大程度上,作者是为了塑造一个美丽的或者营造他对自然美的追求才选择了一个悲剧性的结尾。

在这个意义上,可以说沈从文是最后一个自觉守护"自然"的中国文人。

《边城》所展开的内容中,最令人怦然心动的恐怕也是最有争议的是对我们曾经拥有的优美和谐的"自然"的展现。如何来看待这一似乎远离尘嚣的"世外桃源"式的描写呢?

对于生活在二十一世纪的我们来说,"自然"可以说已经是我们不得不面对的问题——因为过多的攫取,因为太多的破坏与污染,"自然"已经变得伤痕累累,千疮百孔。用发展主义的眼光来看,这显然是人类社会进步必然会出现的一种结果,也是我们必须要付出的代价。除此之外,似乎我们没有其他路可走。那么,在人类与自然之间,是否只有征服者与被征服者这一种必由之路呢?

可以看看古今中外的文学作品。我们会发现,他们大概都会提供另外的处理人类与自然关系的可能性。除了《边城》之外,还可以看王维的《鸟鸣涧》、日本的国木田独步的《武藏野》等等这类作品。

无论是在沈从文、王维还是国木田独步的笔下,"自然"都呈现出一种生机勃勃的自在的美,这种美显然超出了人的理性可以控制的范围,是与发展主义所需要的物质性、实用性格格不入的。也就是说,这几位作者实际上都是在发展主义之外来看待"自然",来进入"自然";他们更愿意与"自然"之间建立起某种平等对话的关系。站在这一前提下,面对"自然",人不再会仅仅想通过对其的征服来印证自身的强大,通过将其客体化而无情地加以破坏以确立自己的发展之道;相反,在将自然从人类攫取/利用的漫漫征途中释放出来之后,人们不仅重新发现了"自然",发现了被发展主义所遮蔽的"风景",更为重要的是,人可能重新找回了自己的整体性,那种灵与肉和谐无间交融在一起的整体性。

假如我们认为理性与感性、人性与动物性的有机结合才能产生出完整的人的话,那么,在沈从文的小说中,或许我们会受到启发而改变我们之前对于"自然"的单一征服思路。在这个意义上,我们或许也会认识到,像《边城》这样的小说并不见得就是一种梦幻式的"田园牧歌",回归自然也并不见得就是一种文明的倒退,而可能是一种契合人类生存现实的更文明的生活方式。

(主讲:董丽敏。根据课堂录音记录整理改定)

课后思考题

1.《边城》中那种与世无争的"世外桃源"景观在现代社会中是否有意义?

2. 在人类社会普遍采取发展主义法则的现实情形之下,为何文学作品中总是用一种"无为"的姿态对待"自然"?

第六讲

《受戒》：日常生活的态度

我们上节课一起阅读了《边城》，今天再来读《受戒》，这两部作品有共同点，同样被认为是现代文学的"美文"，但差异却很大。事实上汪曾祺可以说是沈从文的学生，他是沈从文在西南联大的学生，首先我们介绍一下汪曾祺。

汪曾祺其人

汪曾祺，江苏高邮人，一九三九年考入西南联大中国文学系，一九四〇年开始写小说，受到当时西南联大中国文学系教授沈从文的指导。毕业后在昆明、上海等地的中学教书，出版了小说集《邂逅集》。一九四八年到北平，任职历史博物馆，不久参加中国人民解放军四野南下工作团，行至武汉被留下接管文教单位，一九五〇年调回北京，在文艺团体、文艺杂志社工作。一九五六年发表京剧剧本《范进中举》，一九五八年被划成右派，下放张家口的农业研究所，一九六二年调北京市京剧团任编

剧，一九六三年出版儿童小说集《羊舍的夜晚》。"文革"中参与样板戏《沙家浜》的定稿，一九七九年重新开始创作。一九八〇年代以后开始创作许多民国时代风俗人情的小说，引起关注。作品多数收入《汪曾祺全集》。

"诗化小说"

　　《受戒》这部小说成稿于八十年代，据汪曾祺自己说，八十年代沈从文小说逐渐热起来，当时他帮老师沈从文编文集，重新读到《边城》，看到老师的小说，他突然有了灵感，就写了《受戒》。这样我们不难理解为什么他们的美学风格上有相似之处。先说他们的师承关

系，比如说《受戒》里面的两首歌谣就是直接摘录于沈从文的小说。我推荐大家再看一看沈从文的小说《萧萧》。沈从文的《边城》和《萧萧》都先后被拍成电影。但电影似乎没有原作的味道，是什么原因呢？我觉得这一类作品文字的魅力不可忽视，文字表达的氛围、美好的境界，并不是画面所能传达的，因为文字提供给人的是更大的想象力，比如翠翠，我们觉得她非常美好，但不一定非要有个具象，一旦拍成画面，你有时会觉得失望。我觉得这涉及中国传统的美学风格，这东西是拍不出来的，文字的优美意境，不是非文字的视觉画面能够完全表达出来的，有人专门研究这一类小说，有的学者甚至称这类小说叫"诗化小说"。

　　和一本正经地"写"小说相比，《受戒》更象一个人在不紧不慢地"讲"故事。《受戒》这类小说打动我们，一方面在于它打破了长期已

经固定在我们脑海里的小说观念和阅读趣味。《受戒》语言舒缓、节奏慢、情节少,抒情多、句子干净,剔除了不少现代文学的欧化句式。我们现在读中国现代小说,直接受新文化运动以后的现代文学影响,而现代文学无论是语言还是叙事模式,受西方小说影响很大,当代小说也是如此。但是我们中国古代的文言小说和现代小说却不大一样。古代小说里面的《三言二拍》讲话不这样讲,不是现代文学的句式,这也是鲁迅盛赞的"白描"手法。现代文学的语法,它的语句顺序是根据西方语法来的。新文化运动初期,一批人认为中国的文化有问题,甚至有人极端地主张要废掉我们的汉字,完全拉丁化,或者全部用汉语拼音,这种西化的想法也体现在小说写作上,词语欧化倾向严重,更不要说叙事了。小说的叙事模式都受西方小说影响非常大。而我们读沈从文、汪曾祺的小说,读完以后,会发现语言比较中国化,表现在虚词特别少、节奏非常慢;风景的描写也不象十九世纪批判现

教念经也跟教书一样,师父面前一本经,徒弟面前一本经,师父唱一句,徒弟跟着唱一句。

实主义那样,不以场景恢弘或细节面面俱到为上,而是以传神取胜,有中国画的意境和散点透视的技巧;而且它描述性语句比较多,故事情节特别淡,作者好像隐藏起了他的感情,它呈现一种东西给你,虽然作者是有价值判断的,但他不急于把这种价值判断首先交给读者,感情不过多外露,阅读这类小说我们感觉就象品酒一样,阅读时间越久越能品出味道,这类小说没有雕琢的痕迹,而这种文体正来自于中

国传统小说、散文，这个特点体现在语言上，就是口语化，我们可以简单举例，写到明子跟舅舅学念经："教念经也跟教书一样，师父面前一本经，徒弟面前一本经，师父唱一句，徒弟跟着唱一句。是唱哎。舅舅一边唱，一边还用手在桌上拍板。一板一眼，拍得很响，就跟教唱戏一样。是跟教唱戏一样，完全一样哎"，这里"是唱哎"，"完全一样哎"不仅体现出小说的口语化，而且还告诉我们这个给我们讲故事的人充满着好奇和童真的心态。再比如写乡下偷鸡贼用铜蜻蜓偷鸡，讲故事人从民俗风情的角度上竟然把一个偷鸡贼偷鸡写得活灵活现，鸡啄了铜蜻蜓后莫名其妙的表情，"正在这鸡十分纳闷的时候"，"一个黑母鸡一下子就把嘴撑住，傻了眼了！"。明海看见了小英子的一串脚印，这一串美丽的脚印"把小和尚的心搞乱了"，为了释放芦苇荡中内心的紧张，明海拼命划桨，接下来的一大段对话，简洁明快，每句话两三个字，短促中见憨厚朴实，这些地方都可以看出作者叙述的生动。当然更美的地方在于作者对整个小说简练的布局和意境的营造上。

哀而不伤

除了冲淡，这部小说还吸取了中国传统文化中"哀而不伤"的美学风格，用轻松的笔触描写沉重的生命，这里的轻松不是故作轻松，而是对生命的旷达和泰然，用生命之轻来承担生活之重。哀而不伤，不是不伤感，而是这种感情不过分外露，在叙述中寄托自己的感情，但又不把悲哀过度表达，而是将对生命的感受体现在他们对环境的乐观承受上。这一点在《边城》里表达得更明显。在沈从文看来，美丽的总是带着忧愁的。沈从文对《边城》的生活、对爱情逆来顺受并且安之若素，又有一种悲哀的感觉，但又不是特别悲壮，不过分悲剧化。不是将"有价值的东西"用力"撕破"给你看，作者首先不告诉你他的故事是有价值还是无价值的，你自己去意会，而且也不是用力"撕破"，没有这种夸张的戏剧性的行为。讲究戏剧性的悲剧力量是西方的美学传统，哀而不伤是中国文化中的传统，这是孔子强调的中庸美学。我们读《诗经》，常常提到"哀而不伤"，比如《七月》，比如"昔我往矣，杨柳依依。今我来思，雨雪霏霏"等。这类小说不仅在中国，在亚洲其他地方也可以看到，这或许是整个东方文化传统积淀下来的美学风格，这一风格在日本文学和电影中表现得最明显。我们可以举一个日本文学作为例子，不知大家有没有看过川端康成的《伊豆的舞女》，小说和电影都很好。作品中的冲淡，都是一致的，没有直露的抒情，只有一个年轻学生和一个"吉卜赛"女郎擦肩而过的伤感。再如周作人的散文《初恋》，这篇散文短短几百个字，然而却把儿时对一个女孩的懵懂的感情写出来了。这在沈从文的小说《萧萧》里更明显，通过"哀而不伤"来表达一个美好的即将失去的东西，大家感到美好的东西无处不在，甚至在那样一个偏僻不知名的小村庄里有那样美好的东西，美好得让人心痛的东西，但是悲剧却世世代代重复上演。这样含蓄的表达方式，哀而不伤的感情，可能要比直抒胸臆的效果更好，取得的效果更明显。

这类小说情节散文化，不以曲折的故事情节取胜。写小说就是讲故事，从故事性来讲，这样的小说故事特别简单，但是短小明快，特别感人，用简单的故事表达作者的情绪，这类抒情性小品在现代文学史上有一个系谱。从郁达夫到废名、沈从文、汪曾祺一直到后期的孙犁，尽管他们的小说风格差异很大，但都有共同的抒情特点。到了当代，中国小说的抒情性逐渐减弱，但是同样是抒情，作家之间比如象汪曾祺和孙犁之间仍有明显的差别，在《受戒》里，小说最后有这样一段风景描写：

　　芦花才吐穗。紫灰色的芦穗，发着银光，软软的，滑溜溜的，象一串丝线。有的地方结了蒲棒，通红的，象一枝一枝小蜡烛。青浮萍，紫浮萍。长脚蚊子，水蜘蛛。野菱角开着四瓣的小白花。惊起一只青桩（一种水鸟），擦着芦穗，扑鲁鲁飞远了。

汪曾祺擅长写芦苇荡中的水乡生活，这跟他生活在江南有关系。他参与编剧的《沙家浜》（原名《芦荡火种》）也是描写芦苇荡中的生活，但是如果我们愿意去比较其中的风景描写，可能会觉得在这些小说中，风景描写差异很大。古人常说，一切景语皆情语，看来景色描写具有主观性。按照柄谷行人在《日本现代文学起源》中的说法，将自然景物作为客体化风景来观赏是现代以来的事件，越是现代小说越重视对风景的描绘，但是这种风景描写构不成小说叙述整体的有机部分，往往是脱节的，对风景的缅想反映的是现代人内心的孤独。这也不无道理，现代作家往往很重视风景描写，在风景中隐藏着作家的内心信息。但是比如像孙犁，他们的景物描写和这一类景物描写可能不太一样，如果说现代小说的风景描写只是柄谷行人说的"内心风景"，这种风景描写是封闭的，独立的，甚至是和整个小说是脱节的。那么社会主义时期小说则强调将景物描写与国家政治紧密结合到一起。风景和国家政治的嫁接成为一种模式后，它也就受到了阅读者的抵制，所以当一九八〇年，大家都还在写"伤痕文学"、"改革小说"的时候，汪曾祺小说发表后，人们觉得耳目一新，觉得这一类小说有一种独立的"美"。不过，汪曾祺的小说之所以在当时引起轰动，还有更为内在的原因。

对日常生活的态度

同样抒情，同样是诗化小说，汪曾祺、沈从文和孙犁有个差别，那就是文化理念上有差别，文化理想不一样。虽然说汪曾祺在创作上受老师的影响，但是差异还是很大。最大的差异在于由对世俗生活的不同态度而反映出的文化观念的差异。我们可以对这篇小说的最后落款做一点细读。在《受戒》的最后,作者交代,这篇小说完成于"一九八零年八月十二日",并特意交代说是"写四十三年前的一个梦"。这也就告诉我们,作者讲述故事的年代是一九八零年八月十二日,故事讲述的年代(故事发生的年代)是一九三七年。一九三七年的中国是一个什么样的中国?一九三七年七月中国抗战爆发,当时写小说的汪曾祺和老师沈从文同在西南联大,因为日军进来以后,华北沦陷、北平沦陷,南开、清华、北大三所大学全部不能上学了,书桌放不下了,中国知识分子大迁徙,也开始了精神流亡生活,钱理群老师称这段时间的文学为"流亡者文学",三所大学合并为一所临时大学,高校老师、知识分子都迁到四川山区躲避轰炸,由此成立了西南联合大学。日本的强大对中国知识分子的震动很大,那时日本走的是"脱亚入欧"的现代化道路,科学发展得特别快,所以当日军扬言要三十天占领全中国,许多文人在考虑中国的出路问题,有些人出现悲观的情绪。一批知识分子在考虑文化救国,只要文化不被灭掉,以后能够再图长远发展、东山再起,一个国家的领土可以暂时被消灭,但文化不能灭,文化灭掉就完了。比如闻一多,他是早期新诗的创始人之一,著名的"新月派"诗人,当时便转向古代文学研究。很多知识

一九三七年,北京大学、清华大学、南开大学在长沙建立西南联大的前身长沙临时大学。一九三八年,再迁昆明,合组国立西南联合大学。

分子都开始转向,开始关注中国传统文化,思考文化的走向。不同作家应对这场战争的态度和写作方式当然是不一样的。比如周作人,完全陷入了文化虚无主义,躲到他的苦雨斋里,写点不痛不痒的文字。也有张爱玲的那样写作方式,她就干脆写炮弹在上海的天上呼啸,屋子里仍然是热闹的搓麻将声。在《倾城之恋》里,则干脆通过范柳原和白流苏之间的关系变化,直接解构了那场战争,认为女人需要的是靠得住的爱,国家与我们女人有什么关系? 同学们怎样看待张爱玲的这个想法,大家可以讨论。

但是到了汪曾祺重新来讲述他几十年前旧梦的时候,他和沈从文的文化理念有了区别。在沈从文小说中,常常会描写有着原始生命力的少数民族的生活。这可以看出他的文化和族群认同,而汪曾祺则侧重在民俗风情的意义上来讲述故事。在沈从文小说里面经常会出现哪些意象呢? 比如说"乡下人",可以去找一找,沈从文小说中也有很多现代性的符号,再比如"女学生",女学生代表什么意思呢? 现代文明已经侵入中国传统乡村了,在一个很偏僻的小镇里,绅士会订阅《申报》,会用手电筒,会有剪短发的女学生路过,萧萧就是非常向往这些现代文明,羡慕能够上大学的女大学生。所以,我们说《边城》在哪里呢?《边城》就是在现代的边缘,没有具体地点,但它是现代生活的边缘,是一种文化乌托邦。沈从文在《边城》中经常用这样一个词,"照例"怎么样,我们"照例"要过节日,在这个节日我们"照例"要干什么……这样的叙述,他一方面写出乡村的风俗文化惯性,在写文化惯性的同时,他也表达了一种湘西少数民族文化不可逃脱的悲剧命运——在现代文化面前即将丧失殆尽。沈从文说美好的东西都是忧愁,因为它即将消逝,而且无回天之力。社会要走进化的道路,有些美好的东西就要被暗暗地抛弃。《边城》的结局注定是悲剧,注定是一场不确定的等待,注定是一场无法结合的爱情。但是这种悲剧色彩到了《受戒》里就完全没有了,小说的结局是明朗的,叙述的语调也是轻松明快的。所以要说哀而不伤的话,沈从文的作品更具有代表性。

但是我们不能认为,如汪曾祺自己所说的,他只是拣起了几十年前的残梦,谈起这篇小说,汪曾祺后来还说过,"四十多年前的事,我是用一个八十年代的人的感情去写的,《受戒》的产生,是我这样一个八十年代的中国人的各种感情的一个总和……",他所说的八十年代的人的感情是什么呢?

二十世纪八十年代中国开始拨乱反正,改革开放,当时出了一套丛书名字就叫"走向未来丛书",这是继新文化运动以来中国第二次西方化的浪潮。这两次大的运动改变了中国现代化进程。汪曾祺为什么要在八十年代重新叙述这个梦?自八十年代改革开放以来,中国经历了一场世俗化运动。蔡翔教授认为《受戒》的主题是日常生活的重新发现,我觉得很有道理。从"日常生活"的角度来解读这篇小说,我这里主要也是接受了他的观点。

小说中自然、纯朴的民俗世界实际上表达了汪曾祺自然、通脱的生活理想,和《边城》一样,都是表明了作者的一种生活态度和文化理想。汪曾祺曾说:"有评论家说我的作品受了两千多年前的老庄思想的影响,可能有一点。……我自己想想,我受影响较深的,还是儒家。我觉得孔子是个很有人情味的人,并且是个诗人。……曾点的超功利的率性自然的思想是生活境界的美的极致。……我觉得儒家是爱人的。因此我自诩为'中国式的人道主义者'……"。汪曾祺首先说自己是个诗人,这决定着该小说的美学风格,这个爱情故事也不是要表现抽象的、普遍的人性美,而是要表达一种"人情味",是儒家积极入世的人情味,通过表现地方性的民间世俗文化,进一步表达中国人的生活观,肯定日常生活的合法性。小说开头大胆、下流的乡曲中已经唱出了心声,在小说里,《芥子园画谱》与其说是代表了传统文化符号,不如说这种传统文化如何被老百姓世俗化,拿来绣花做鞋,或者夹鞋样子。在这里,民间的宗教并无多大的神圣性,荸荠庵里,和尚可以娶亲,人们将做法师事当做看戏和看玩杂耍一样。和尚们每次也象戏班子进村一样,常常拐走村里的大姑娘和小媳妇。作者将这些和尚写得很生动,小说一开头就说在这个地方,和尚其实并不是宗教,而是一种谋生手段,所以这个地方将出家叫做"当"和尚,汪曾祺看出了宗教文化在中国的世俗化现象,并传神地将它表达了出来。

汪曾祺在这里试图写出中国文化的世俗性,但是又以一种诗人的眼光将其美化。鲁迅在《而已集·小杂感》里写过一组互不相干的小杂感,其中的一段杂感是:"人往往憎和尚,憎尼姑,憎回教徒,憎耶教徒,而不憎道士。懂得此理者,懂得中国大半。""不憎道士"是什么意思呢? 道教就是完全为世俗生活服务的,所以在中国民间传播很广。鲁迅也有一篇散文叫《我的第一个师父》,写了他幼年的一位和尚师父,写得既有趣,又幽默,其中有这样两段:

> 我至今不知道他的法名,无论谁,都称他为"龙师父",瘦长的身子,瘦长的脸,高颧细眼,和尚是不应该留须的,他却有两绺下垂的小胡子。对人很和气,对我也很和气,不教我念一句经,也不教我一点佛门规矩,他自己呢,穿起袈裟,来做大和尚,或者戴上毗卢帽放焰口,"无祀孤魂,来受甘露味"的时候,是庄严透顶的,平常可也不念经,因为是主持,只管着寺里的琐屑事,其实——自然是由我看起来——他不过是一个剃光了头发的俗人。

这个和蔼的和尚住持,也就是鲁迅小时候的师父,和明海的舅舅差不多,都是将做和尚作为一种谋生的职业,他也和明海的舅舅一样,有一个老婆,一连生了四个儿子。在这篇散文里,鲁迅同样写到了和他感情最好的三师兄受戒时的情形:

> 还记得有一回,他要受大戒了,他不大看经,想来未必深通什么大乘教理,在剃得精光的脑门上,放上两排艾绒,同时烧起来,我看是总不免要叫痛的,这时善男信女,多数参加,实在不大雅观,也失去了我做师弟的体面,这怎么好呢?每一想到,十分心焦,仿佛受戒的是我自己一样。然而我的师父究竟道力高深,他不说戒律,吩咐道:"拼命熬住,不许哭,要不然,脑袋就炸开,死了!"这一种大喝,实在比什么《妙法莲花经》或《大乘起信论》还有力,谁高兴死呢,于是仪式很庄严地进行,虽然两眼比平时水汪汪,但到两排艾绒在头顶上烧完,的确一声也不出。我嘘了一口气,真所谓"如释重负"。

看来民间的受戒活动没有我们想象得那么庄严,甚至和宗教关系不大。三师兄虽然受戒了,但是从不念经,更谈不上虔诚,师父吓唬徒弟们,也不是一套佛学中的清规戒律,不但如此,鲁迅还写了师兄们的恋爱,三师兄的"想女人":

> 后来,三师兄也有了老婆,出身是小姐,是尼姑,还是"小家碧玉"呢,我不明白,他也严守秘密,道行远不及他的父亲了。这时我也长大起来,不知道从那里,听到了和尚应严守清规之类的古老话,还用这话来嘲笑他,本意是在要他受窘。不料他竟一点不窘,立刻用"金刚怒目"式,向我大喝一声道:

> "和尚没有老婆,小菩萨那里来!"

三师兄的回答让我们哑然失笑,在这里鲁迅也写出了中国民间宗教的世俗化现象。介绍鲁迅的这篇短文,有助于我们理解《受戒》,我们读《受戒》不可忽视这些时代背景,应该在这个背景来讨论汪曾祺写的这些东西究竟美在哪里。仅仅讲人性的美好,太普泛化。汪曾祺也不是抽象地讲人类抽象的共同的美,而是要表达他的"中国式的人道主义",这个独特的中国的人道主义正如上文所说,就是孔子的入世和道家的世俗生活,这一切都被包裹在美的语言中,而语言营造得特别,让我们有耳目一新的感觉。在这一背景下,叙述了一对小男女两小无猜的爱情童话,并且结尾戛然而止,更有含蓄、隽永的感觉。但是这类小说也开启了一种危险的写作方向,在中国当代文学史中,《受戒》属于比较早的写日常生活,肯定乃至"美化"世俗生活的作品。在八十年代,这类小说脱离了长期以来束缚作家写作的僵化的政治意识形态,具有一定的"解放"的意义,但是也在负面的意义上影响了其后的作家,他们对小说中"美"和"诗意"的理解越来越窄化,越来越形式化,创作似乎又走到了另一个死胡同。对小说与"政治"之间关系的理解,也出现了非此即彼的二元对立的思维方式,将对政治的理解简单化,并极端地认为小说越远离政治越"美",从而成为另一种政治。这种情况表现在小说与日常生活的关系上,作家开始欢呼和拥抱日常生活,王朔是这类小说最早引起轰动,并迅速流行的作家,当时他的小说中朋克式的反抗社会的青年人,玩世不恭、冷嘲热讽的生活态度,男女之间调情的幽默和机智,以及类似西方"垮掉的一代"小说中的脏话,在当时迷倒了大多数青年读者,吹响了"痞子文学"的号角,这种小说成为一种文化生产模式,不仅影响小说创作,也影响了后来影视剧的创作。这些人反对以"文革"为代表的"极左政治",其实在叙述上延续了"文革"的暴力方式,其后被号称为"新历史"小说的作家们更是掌握了一把横扫一切的大刀,在对历史(包括革命历史)的重新讲述中,不仅解构了现实生活的意义,而且将历史也全部解构,从认为生活就是"一地鸡毛",到"新写实"作家的"活着就是好",到新市民作家的"生活无罪",似乎生活的全部目的就是形而下的物质满足和感官刺激,在解构了原有的生活意义后,这些当代作家并不能站在新的高度,赋予日常生活以新的意义,从而让"日常生活"成为一个仅为"活着"的生理状态。

(主讲:孙晓忠。根据课堂录音记录整理改定)

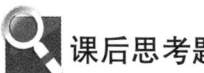 **课后思考题**

1. 试找出汪曾祺、沈从文、孙犁以及九十年代以来当代某一位作家的小说中风景描写,重点比较它们的差异,思考这种差异说明了什么问题?

2. 如何看待小说与日常生活的关系?

第七讲 | 《草原》:一种舒缓的生活节奏

草原呼唤着歌手

今天我们来欣赏契诃夫的《草原》,首先我们介绍俄罗斯作家契诃夫。安东·巴甫洛维奇·契诃夫于一八六〇年一月十七日生在亚述海岸的一个小港埠——塔干罗格。契诃夫踏上文学旅途的年代,正是俄国历史上最反动的"停滞"时代,列宁把这个时代称为"牢狱"。同时,这也正是马克思主义与工人运动渐近成熟、酝酿第一次俄国革命的时代。契诃夫早期作品正是以辛辣的笑,暴露了资产阶级小市民生活的庸俗、虚伪、残酷和无人性,创作了大量独特、富有新意的短篇小说。

提到小说《草原》,得提一下巴勃基诺庄园,它的主人基塞辽夫是地方自治会会长,酷爱文学艺术,妻子还是皇家剧院的总监、儿童文学作家,契诃夫曾帮助她改稿,契诃夫笔下许多精彩的风景描写,大都是从这里摄取的。更重要的是,契诃夫是在草原上长大的,可是从中学毕业以后,他就离开了草原。迷人的草原风光常常引起他美好的遐

契诃夫

想，为了把它表现出来，他回到了故乡塔干罗格，回到了哺育他成长的大自然的怀抱。这些经历，促成了中篇小说《草原》。

契诃夫为什么要写草原？或许我们也可以用《草原》中作家自己的一段话来说明：

> 人只要瞧一眼淡绿的、布满繁星的天空，看见天空既没有云朵，也没有污斑，就会明白温暖的空气为什么静止，大自然为什么小心在意不敢动一动，它战战兢兢，舍不得失去哪怕是一瞬间的生活。……你坐车走了一个钟头，两个钟头……你在路上碰见一个沉默的古墓或者人形的石头——上帝才知道那块石头是在什么时候，由谁的手立在那儿的；夜鸟无声无息地飞过大地；渐渐的，你回想起来草原的传说，旅客们的故事，久居草原的保姆所讲的神话，以及凡是你的灵魂能够想象、能够了解的种种事

俄罗斯的草原

情。于是，在唧唧的虫声中，在可疑的人影上，在古墓里，在蔚蓝的天空中，在月光里，在夜鸟的飞翔中，在你看见而且听见的一切东西里，你开始感到美的胜利、青春的朝气、力量的壮大、求生的热望；灵魂响应着可爱而庄严的故土的召唤，一心想随着夜鸟一块儿在草原上空翱翔。在美的胜利中，在幸福的洋溢中，透露

着紧张和愁苦,仿佛草原知道自己孤独,知道自己的财富和灵感对这世界来说白白荒废了,没有人用歌曲称颂它,也没有人需要它;在这欢乐的闹声中,人听见草原悲凉而无望地呼喊着:歌手啊!歌手啊!……

作者在这里无意间向我们透露出写作《草原》的动机:源于草原对歌手的呼唤。作者希望在城市现代生活威胁着俄罗斯大草原的时候,更多人能发现俄罗斯草原的美。对作者来说,故乡的草原联系着草原的传说、客栈中旅客们的故事以及月光下保姆的神话。他觉得有责任承担起歌唱草原的重任,因为,这美丽得甚至叫人害怕的草原,洋溢着幸福和愁苦的大草原以及草原上的人们因为没有得到关注他们而显得孤独,千百年来就象古墓和路边的人头化石一样,都被匆匆而过的路人遗忘,被"白白荒废"了,这在作家看来,昔日俄罗斯的暗暗地死去是非常悲哀和可惜的,他要来描述他们,为草原谱写一曲交响诗。而这是能为俄罗斯民族带来青春的朝气、力量的壮大和求生的热望的。

现在请同学来报告阅读感受,请大胆发言,讲错了也没关系。

……

大家的报告很精彩,我相信这是你们阅读后的真实感受,像《草原》这样的作品,你要是心情烦躁的时候,最好不要阅读,否则你肯定读不下去或者读不完,觉得没有意思,也没有故事情节,甚至阅读第一遍后,你还读不出什么味道,如果带着对曲折情节的期待来读这篇小说,你读完后肯定会失望。我们现在社会的生活节奏总是要求短平快,造成我们看小说也是快餐化,一目十行,总要看一点离奇的侦探故事或打打杀杀。好象是没有恩怨情仇的故事我们就读不下去了,但是你要是以这样的心境读《草原》的话,肯定读不下去,你不能深入契诃夫的内心,你也不能进入十九世纪俄国作家的内心。所以我希望大家不要将阅读作品当作书本知识接受,而要你真的从内心去品味、感悟。这里有一个问题值得关注:我们现在的人的生活方式和俄罗斯那个时候的人的生活方式一样吗? 如果有差异,差异究竟在哪里?

儿童视角

《草原》的故事和《受戒》一样,也是一个儿童外出求学的故事,但视野是不一样的。从叙事学的角度来讲,《草原》涉及儿童视角的问题,当然不全然是儿童视角,作者以儿童眼光来打量世界,写小说,既然作家设定讲故事的人是儿童,就必定要用儿童的心理、儿童的语气、儿童的感觉来观察世界,比如说,契诃夫另一篇小说已经选入中国中小学教材《凡卡》(有翻译成《万卡》)。他写一个九岁小孩子去当学徒,觉得生活很孤独很苦,就想写信给爷爷康斯坦丁·玛卡维奇,向他诉苦。他也就刚刚学会写几个字,就写一封短信,写完以后,也不知道写具体的地址,只写了"乡下爷爷收",就投到邮筒里去。这个细节也是以一个小孩子的心理来理解世界,这就是所谓的儿童视角。从某种意义上我们可以把《凡卡》看作《草原》的续篇,可以把凡卡看成是来到都市的简尼斯卡,从而看出作者对俄罗斯人生活变化的态度与感情。

用儿童视角来叙事,不仅仅是一个叙事学的问题,它跟十八世纪后启蒙主义对人和儿童的"发现"、童话的兴盛以及十九世纪弗洛伊德理论的兴起都有关系,后者更重视儿童的身心发展、童年记忆对人

的影响,中国现代小说也是在十九世纪初期开始出现儿童视角的现代白话小说。这篇小说主要用一个儿童叶果鲁希卡的眼光来打量世界,写了一个儿童求学路上的所见所闻和内心活动。比如在第一节有这样一段:

> ……从墙里面,白十字架和白墓碑快活地向外张望,它们掩藏在苍翠的樱桃树中间,远远看去象是些白斑点。叶果鲁希卡想起来每逢樱桃树开花,那些白斑点就同花朵混在一起,化成一片白色的海洋;等到樱桃熟透,白墓碑和白十字架上就点缀了许多紫红的小点,像血一样。在围墙里的樱桃树下面,叶果鲁希卡的父亲和祖母齐娜伊达·丹尼洛芙娜一天到晚躺在那儿。祖母去世以后,装进狭长的棺材,用五个戈比的铜板压在她那不肯合起来的眼睛上。在她去世以前,她是活着的,常从市场买回来松软的面包,上面撒着罂粟籽。现在呢,她睡了,睡了……

这里有两个叙事人的声音,当写到"叶果鲁希卡想起来"这样的句子时候,是一个叙述人,这个叙述人跟作者是有关系的。我们姑且叫他"成人叙述人",但是当写到奶奶去世的情形,就转为叶果鲁希卡的叙述了。下文中其实有这两种叙述的交织。写到坟墓,这篇小说有关坟墓的意象有很多,为什么会有那么多坟墓,叶果鲁希卡的眼里为什么老是出现坟墓,这其实反映出儿童对世界的感知方式,一是对坟墓的神秘感和恐惧感,叶果鲁希卡从小就失去父亲和奶奶,母亲成了寡妇,这是他的创伤记忆。其次,契诃夫通过叶果鲁希卡不断地写坟墓,也有很多其他的含义值得我们分析,坟墓暗示我们每个人的就是孤独和绝望,就象叶果鲁希卡想象外婆一个人躺在那漆黑狭窄的棺材里,孤苦伶仃,没人照应。孤零零的坟显得忧郁、深思,也极有诗意,人们听得出坟墓是怎样的寂静;在这种寂静里人们可以去同情和感受那里存着的某个身世不详的灵魂。"那个灵魂在草原上觉得好

写到坟墓,这篇小说有关坟墓的意象有很多,为什么会有那么多坟墓。

受吗？在月夜里它不悲伤吗?",路过的人会记起这个孤独的灵魂吗？叶果鲁希卡这样问自己,这或许也是契诃夫在深思发问吧。

小说中叶果鲁希卡是不快乐的,也是孤独的,整篇小说正是他躺在羊毛捆的大车上,一路颠簸,一路孤独地遐想。坟墓也代表了草原下层人绝望的生活的尽头,就象有一天奶奶忽然醒来,不知道自己在什么地方,敲着棺材盖子,喊救命,可到头来害怕得衰弱不堪,又死了。在这个大草原里,人是那么渺小,仿佛只有坟墓和死人的头骨,能在草原中永恒保留下来,一路陪伴着叶果鲁希卡。坟墓恐惧而神秘,正是一个儿童模糊的生死观念,一边是生生不息的马车队,活着的人在马路上行走,一边是静穆的一个又一个孤零零的坟茔。在一条公路不停地行走,这其实也很有象征意义。这样的小说有很多,大多和一个人的成长有关。比如中国现代文学中的《山峡中》,当代文学中的余华的《十八岁出门远行》等,西方这样的小说和电影更多,比如《在路上》、《雾中风景》等等,我们也可以统称这类小说为"公路小说"。一条路没有尽头连接着乡村与城市,一片草原广阔无边,一群人为生计驱赶马车,向着城市进发。一个儿童随着马车的颠簸,在马车上仰望草原和天空,路过的是死亡、死亡、死亡。从儿童的眼光来看,儿童对坟墓的经验和成人也不一样。有时候写到坟墓的时候,又说白鹭很快乐地向外张望,说明他对死亡往往没有实在的概念,和我们成人世界不一样。关于死亡,他写到他奶奶、祖母,有这样一段:"祖母去世以后装在狭长的棺材里,有两个五戈比的铜板压在她不肯合起来的眼睛上。在她去世以前,她是活着的。"最后一句是什么意思? 叶果鲁希卡认为她祖母去世以前,她是"活着的"。关于这个细节俄国有一个著名的人当面请教过契诃夫,"你怎么写这个病句呢?你写得不通啊"! 这写的是不是废话呢? 什么去世以前是活着的,去世以前难道不就是活着吗?! 契诃夫当时也没有否认,据说他回答说:"啊,是吗? 是有这么一回事,我是这么写的吗?"然后哈哈大笑。这句话汝龙先生是这样翻译的,"在她去世以前她是活着的"。翻译得比较准,不同的版本翻译会不一样,比如有的版本将最后一句翻译成:"她素来活泼",这个翻译就没有那个味了,没有把儿童的视角翻译出来。其实作家本来的用意是要通过这个"没有意义"的句子来反映儿童对生命和死亡的理解。叶果鲁希卡其实没有生死观念,死之前是活着的,他认为死并不是如我们成人理解的一去不复返,在他们眼里,死亡和睡着了一样,还会醒来。正如后来再次回想起奶奶的死时所说,"可是不管他怎样想象自己离家很远,无依无靠,孤苦伶仃,死僵僵得睡在黑暗的坟墓里,却总想不出那是什么样的情形;就他个人来说,他不承认自己有死的可能,觉得永远不会死……"

再看第一节最后一段小孩子观察风车比较生动。契诃夫自己从小就是在草原上长大,他对草原的记忆如故乡一样亲切、熟稔,在他的脑海里有关草原的记忆已经酝酿了很久。一八八八年他写作这篇小说的时候,又亲自回去草原体验了一下。再看第二章,他讲到了三只鸟。在叶果鲁希卡眼睛里,鸟和俄罗斯农民一样有悲伤与烦恼。

动物和草原浑然一体，他们都有自己敏感的心灵，他们都有喜怒哀乐，而这些契诃夫都是通过儿童视角恰当地表达出来。小说中有这么一句话："火在吞吃着草"，把火写活了。在写神甫时，一般来说，神甫是很神圣的，穿着圣袍，结果神甫露出裤子，把他惊呆了——他没有想到神甫是会穿裤子的。从儿童视角，我们可以看出作家心灵的敏感，以及叙事的耐心。这甚至可以看出俄罗斯作家的一个整体特点，他们肯坐下来，观察风景时内心宁静，叙事那么有耐心，从中可见他们心灵的单纯、沉静与丰富。在这里大自然不是描写的客观风景，而是和作家的生命完全交融的、令他们敬畏的主体。俄罗斯作家和大自然的关系是有目共睹的，比如同样写俄罗斯大草原的还有《猎人笔记》《静静的顿河》等等。也有人说，和有些作家粗糙地将情节当细节来写不同，俄国作家是将细节当情节来写，没有一笔带过、浮光掠影的习惯。

什么是"契诃夫感"？

康·帕乌斯托夫斯基在《金蔷薇》里谈起契诃夫时，用"契诃夫感"来说明契诃夫创作难以说出来的神秘的魅力。他说："对契诃夫的爱，已超过了我国丰富的语汇所能胜任的程度。对他的爱，就犹如一切巨大的爱一样，很快就耗尽了我国语言所拥有的最好的词句。"

帕乌斯托夫斯基难以准确道出的"契诃夫感"，我想有一点很明确就是契诃夫内心的细腻。在契诃夫笔下，草原既是博大的、混杂的，又是细腻的，一切都在作家的胸中，从外表到内心。作家是带着深深的感伤来描写行将逝去的草原风景。在草原中，风景、动物、人，都是生命，都有心灵，都有苦难，也都是苦中作乐。在这里，草原既是静止的和千篇一律的，"马车仿佛在往回走，不是往前走似的，旅客们

契诃夫（中）为众人诵读
《海鸥》

看见的景致跟中午以前看见的一模一样"。草原、群山、空气有时也会失去耐心,筋疲力尽,又会忽然调皮地钻出一团蓬松的白云。在这里蚱蜢对草原的游客象老朋友般爱理不理,也有惊慌的小鸟和气得发疯的狗,顺着风飞,羽毛蓬松的威武的秧鸡,冷淡的,什么事也不放在心上的乌鸦。

契诃夫像揣测他笔下一个个心爱的人一样,揣测着草原的一草一木和花鸟草虫。并通过景物描写含蓄地表达大草原以及草原上的人们的苦难、坚忍、忧郁和宽容。比如:

在七月的黄昏和夜晚,鹌鹑和秧鸡已经不再叫唤,夜莺也不在树木丛生的峡谷里唱歌,花卉的香气也没有了,不过草原依旧美丽,充满了生命。太阳刚刚下山,黑暗刚刚笼罩大地,白昼的烦闷就给忘记,一切全得到原谅,草原从它那辽阔的胸脯里轻松地吐出一口气。仿佛因为青草在黑暗里看不见自己的衰老似的,草地里升起一片快活而年轻的鸣叫声,这在白天是听不到的;瞿瞿声、吹哨声、搔爬声,总之,草原的低音、中音、高音,混合成一种不断的、单调的闹声,在那种闹声里默想往事,忧郁悲伤,反而很舒服。单调的唧唧声跟催眠曲似地催人入睡;你坐着车,觉着自己就要入睡了,可是忽然不知什么地方传来一只没有睡着的鸟的短促而不安的叫声,或者听到一种来历不明的声音,象是谁在惊奇地喊叫:"啊呀!啊呀!"然后睡意就又合上了你的眼皮。或者,你坐车走过一个峡谷,那儿生着灌木,就会听见一种被草原上的居民叫做"睡鸟"的鸟,对什么人叫道:"我睡啦!我睡啦!我睡啦!"又听见另一种鸟在笑,或者发出歇斯底里的哭声——那是猫头鹰。它们究竟是为谁而叫,在这平原上究竟有谁听它们的叫,那只有上帝才知道了,不过它们的叫声却含着很多的悲苦和怨艾……空气中有一种禾秸、枯草、迟开的花的香气,可是后那香气浓重,甜腻,温柔。……

大自然也和俄罗斯民族的人一样,充满了宗教感,一切都得到原谅。草原上的声音有了安静的大草原的衬托,更加动人。作家同样也怀着悲悯的情怀写了大草原上人的声音,这种渺茫的歌声甚至和动物的声音一样难以辨别:

叶果鲁希卡正在瞧他们(指同行的舅舅和神甫们)那熟睡的脸儿的时候,出乎意外地听见了轻柔的歌声;远处不知什么地方,一个女人在唱歌;究竟在哪儿,在哪个方向,却说不清。歌声低抑,冗长,悲凉,跟挽歌一样,听也听不清楚,时而从右边传来,时而从左边传来,时而从上面传来,时而从地下传来,仿佛有个肉眼看不见的幽灵在草原上飞翔,歌唱。叶果鲁希卡看一看四周,闹不清古怪的歌声是从哪儿来的;后来他仔细一听,觉得必是青草在唱歌;青草半死不活,已经凋萎,它的歌声中没有歌词,然而悲凉恳切地向什么人述说着,讲到它自己什么罪也没有,太阳却平白无故地烧它;它说它热烈地想活下去,她还年轻,要不是因为天热,天干,她会长得很漂亮;它没有罪,可是它又求人原谅,还赌咒说它难忍难挨的痛苦,悲哀,可怜自己……

这里明明听到了人的歌唱,明明是想写草原上女人的命运,作家却宕开一笔,故意将眼光转向了一棵小草的命运,既写出草原上人和草命运的共同性,又显得含蓄有意味,有举重若轻之感。可以看出,虽然出身贵族,虽然热爱大草原的一草一木,但作家最关切的还是草原上的人,他能够感受到一个和他毫不相关的穷人内心细腻的活动,这也是契诃夫可贵的地方,我认为这才是最重要的"契诃夫感"。比如在写到中途停车休息,主人们拿出东西坐在地下吃饭。马车夫简尼斯卡很想吃,马庄重地咀嚼着,喷鼻子,简尼斯卡在它们身旁走来走去,"极力装得完全没理会主人们正在吃的黄瓜、馅饼、鸡蛋",当库兹米巧夫大大咧咧地叫简尼斯卡来吃点时,作家写道:

> 简尼斯卡扭捏地走到毯子前,拿了五根俗语叫"黄棒"的、又粗又黄的黄瓜(他不好意思拿细一点、新鲜一点的),拿了两个颜色发黑、裂了口的煮鸡蛋,然后犹犹疑疑仿佛担心伸出去的手会挨打似的,拿手指碰了碰甜馅饼。
>
> "拿去吧。拿去吧。"库兹米巧夫催他。
>
> 简尼斯卡坚决地拿了馅饼,走到旁边远一点的地方,在地上坐下,背对着马车。马上传来挺响的咀嚼声,连马也回转头去,怀疑地瞧一瞧简尼斯卡。
>
> ……

早期的契诃夫小说,比如说《凡卡》,明显带有批判现实主义的色彩,他的这一类小说由于入选教材比较多,我们大家比较熟悉,这类小说通过幽默的语言来揭露或讽刺某些社会丑恶现象,如我们都很熟悉的《变色龙》等。但在这篇小说里面,批判的色彩不太明显,刚才同学也举例说明了作家呈现俄罗斯农民、下层人民苦难的地方。这篇小说里面有非常暧昧的晦暗,这晦暗里面又有点点亮色,有好的东西也有不好的东西,有贫困的人,也有善良的人,有对生活逆来顺受的人,也有对爱情激情澎湃的人。在后期作品中,作家把自己批判性的锋芒掩藏起来,他是想通过呈现十九世纪俄罗斯的草原,一段草原的生活,通过呈现一个或许被人遗忘的地方的一种生活方式,表达他对俄罗斯下层人的感情,以及对大草原的记忆。这种感情比较丰富,不仅仅是同情,也有肯定俄罗斯的穷人的坚韧品质的成分。

我们早先在读批判现实主义小说理论的时候,常常会说一句巴尔扎克的名言,如果你先写墙上挂一把枪,那么写到最后这把枪肯定要起作用,这种叙事观念在我们今天也仍然有效。在叙述逻辑上,前面叙述到的东西后面一定要用到,前面的细节对后面的叙述都必定起作用。但在这篇小说中,很难找到这样严密的逻辑关联,很多细节描写纯属闲笔,对后面的叙事或许没有"用",细节本身看来好象也没有意义,甚至是多余的。比如他写幸福快乐得受不了的,有着火药一样激情的康司坦丁,"我们"又都不认识他,然而他却在一个漆黑的夜里,顺着灯光,提着猎枪闯进小说中,进入大草原,让"我们"分享他的幸福和甜蜜,或许作家想通过他表达俄罗斯民族的单纯和健康。这样的细节非常多,看上去没有用,有点象我们中国画的散点透视。伟大的作品往往主题都很丰富,不可用单一的主题归纳概括,俄罗斯的很多伟大的作家的作品主题都是如此。他们都喜欢写你认为是"多余"的东西,挑战你的思维方式,带你从纵横交叉的小路走进花园。陀思妥耶夫斯基的内心论辩,托尔斯泰的大段议论等都是这样。

契诃夫后期小说有了变化,《草原》也是这样。它的主题很丰富,写大自然的美好,写下层人的苦难,也写下层人的善良,写他们的不幸,写他们的爱,而在这丰富的主题背后,是作家的激情澎湃的心灵,和俄罗斯底层人的心灵和气息相通,你可以说草原上真正的主人就是这些平凡的小人物,在俄罗斯广袤的草原上,真正的英雄就是他们。十九世纪末二十世纪初,俄罗斯正处于一个急剧变动的时代。

在契诃夫看来,俄罗斯的希望其实就在这些人身上,这些人善良、有同情心,这些人活得卑微,但是他们的心灵同样很丰富。小说的后半部分,也就是叶果鲁希卡被转交给另一拨马队后,小说由儿童视角观察景物转而集中到写人,写这个马队各个人的性格:迪莫夫强壮,潘捷列絮叨,叶美里扬善良、虔诚;这些人尽管年龄和性格各异,契诃夫说他们却有一个彼此相象的共同点:他们这些人过去都很好,现在都不好,铁路剥夺了他们的生活:

> 讲起自己过去的事,他们各个谈得起劲;他们对待现在却差不多带着轻蔑的态度;俄罗斯人喜欢回忆,却不喜欢生活;这一点叶果鲁希卡还不懂;这顿饭还没吃完,他就已经深深相信围了锅子坐着的这些人都是受了侮辱的、命运不济的人。

契诃夫在这些被侮辱被损害的人们身上,看见他们的喜怒哀乐和乐天知命、逆来顺受的性格。比如他写潘捷列,叙述全家人怎样被烧死,对这种苦难的描写象草原上的杂草随处散落在小说中,作者采用冷静呈现的方式,其效果更令人震撼。我们再举个例子说一说,契诃夫往往会写一些不相干的东西。第四节他舅舅要赶时间做生意,就将叶果鲁希卡转给另一个马队,等到叶果鲁希卡醒了,老车夫对他说:"瞧啊,我现在脱了靴子,光着脚蹦蹦跳跳的,我这双脚痛,挨了冻,不穿靴子倒还舒服些。"这段老头子的话看起来和对话上下文没有多大关联,小孩子也没问他,他却要说出来,读到这里我们会联想到契诃夫的另一篇小说《苦恼》,同样写车夫的,那个车夫也总要絮絮叨叨地跟别人说话,可见这些人苦难之深。强壮而凶悍的迪莫夫其实也是内心软弱,有一肚子的苦水。迪莫夫找茬欺负叶美里扬,叶果鲁希卡愤怒得流泪,迪莫夫最后爬上叶果鲁希卡的车,求得谅解:

> ……叶果鲁希卡看见了他的脸和生着卷曲头发的脑袋。那

张脸苍白、疲倦、庄重，可是已经没有恶狠狠的表情了。

"叶拉！"他轻声说，"得了，打我吧！"

叶果鲁希卡奇怪地瞧着他；这当儿，电光一闪。

"不要紧，打我好了！"迪莫夫重说了一遍。

他没容叶果鲁希卡打他，或者跟他讲话，又跳下车来，说：

"我心里好闷哟！"

然后，他摇摇晃晃，动着肩胛骨，懒洋洋地沿着那一串货车慢慢走着，用半是悲伤半是烦恼的声调反复地说：

"我心里好闷哟！主啊！你别生我的气了，叶美里扬，"他走过叶美里扬的时候说，"我们这生活没有什么指望，苦透了！"

通过这种方式，作家恰当地表达了这一时期俄国下层人的苦难、下层人对苦难的忍受以及下层人的善良和绝望。他们的绝望只能靠宗教来支撑，这种感情，以及作者在描写这种绝望背后的悲凉的感觉，都体现在小说具体的描述和刻画当中。契诃夫在一封信中阐述他自己小说的原则，他说我们必须学会写简单的事情，这篇小说正是体现了作家写平凡小人物及草原普通琐事的理念与能力。对这些小人物苦闷的描写透露了那个时代俄罗斯令人窒息的生活，这些普通人的坚韧和乐观则又像黑暗大草原中的一团篝火，像晒在身上的一抹温暖阳光，给俄罗斯带来希望。

草原的生活方式

我们看待这个世界的眼光不应该趋同，所谓文学的眼光就是如此，我们关注世界的方式也应该多一点文学的方式，什么是文学的眼光和文学的方式？简单一点来说，就是"不一样"，如果文学就象是除不尽的"余数"，那么文学的眼光就应该是和流行的思想有不同的看法。这也是文学对于这个世界的作用之一吧！就这一点来说，我们可以说契诃夫是有文学眼光的，无论是草原上人们的生活，还是契诃夫观察世界的眼光都和我们现代人的生活方式有点不同。

就像刚才同学发言时讲到的，我们现在是缺少耐心的时代，无论是写作的耐心还是阅读的耐心。契诃夫写《草原》也是在感慨一种生活方式就要离我们远去，谁也改变不了。作家王安忆来上大说到她去欧洲的感受，欧洲的建筑、街道几百年都不变，反观中国，却变得太快，时时在发展，建筑就是一例，几年不到一个地方，你就不认识了。到处是脚手架，楼越建越高，到处在拆迁，拆了建，建了拆，甚至还没有完工，就又拆了，真是荒诞。中国人现在的生活受"实用主义"哲学影响太大，我们的哲学是吃饭哲学，身为发展中国家，肚皮吃不饱的时候，吃饭哲学可以理解，但是永远这样就成问题。就是这种急躁的心态让我们整天生活在你追我赶之中，当年张爱玲也表达了这种"来不及了"的恐慌和焦虑。

坐得下，内心沉静，思想就会丰富。我想大家都能感受到，人只有安静下来，他才能沉思，生活需要我们有时候停下来遐想和思考。前两天清华大学发生过一个博士生退学的事情，他说他小时候很喜欢观察蚂蚁，他盯上蚂蚁就能盯一天，我觉得这个人会有出息，这一点他和常人不一样。在我们当今社会里面，我们内心不丰富表现在什么地方，就是我们没有余暇，也没有耐心趴下来，去观察"蚂蚁"，也不可能专心去做一件似乎是没有"意义"的事。这种专注和耐心就是人的支撑，我们当然不是说只有像俄罗斯那样，整个民族都信仰宗教才是最好，宗教不是唯一的出路。我这里说的宗教，只是宽泛意义上的，就是内心的宁静与执着，这也可以是一种宗教。中国的佛教，其实并不主张执着，而是主张"去执"。但是有时候我们需要"执"，否则总想着七十二变。现代社会是高度理性化的冷冰冰的社会，也是非常浮躁、快马加鞭的社会。所谓落后就要挨打，你稍微慢一点，就要被淘汰了，我们经常有这样的说法。你必须怎样，否则就要被历史的车轮淘汰，你不会电脑就要被淘汰，被时代抛弃。你会电脑，你不随时更新、"升级"，你也要被淘汰。我们很多时候是被别人左右了生活，我们跟着广告跑，我们跟着电视跑，广告说什么东西是好的，我们就去买什么东西，趋之若鹜，整个世界都在过着同一样的生活。有的人也希望不一样，但是在什么层面上谈论"不一样"，别人买 Playboy，我买 ELLE 就"不一样"了吗？这还是"一样"的消费逻辑，并非"不一样"。我们让大家做个对照，回去看一看，作家描写的二十世纪三十年代的都市现代化生活又是什么样子的？你们看过卓别林的《摩登时代》吧，那个在传送带上不停地拧螺丝的工人最后变成了什么样子？单一的大工业分工扭曲了他的身心，最后看见什么都想拧一下，这就是现代社会机器对人的压迫和异化，事实上早在上世纪三十年代，中国的作家已经表达了都市快节奏的生活给人的生活带来的异化和焦虑，这方面早期新感觉派表现得最为鲜明。穆时英、刘呐鸥等当时在上海生活，跟你们一样，大多数都是从农村来到都市在大学读书，接触眼花缭乱的生活。上海的霓虹灯、舞场，上海的狐步舞、black 啤酒……穆时英写出了他们那一代年轻人对这些浮光掠影的快节奏的泡沫生活的迷恋，以及在那种快节奏生活中的自我迷失。穆时英说那个时候的上海是"造在地狱里的天堂"，是冒险家的乐园：百乐门、舞场、旋转门、舞女的大腿。写这样的生活，是新感觉派的强项，这类小说给我们呈现了另外一种和《草原》截然相反的生活节奏。所以穆时英在他的小说后记里说，他常常有一个梦魇，一个人只能在铁轨上跑，可是后面有一列火车马上就要追赶过来，这就是一个现代人挥之不去的梦魇。

也可能有同学反对我的说法，反问我，老师你反对现代生活，难道是想让我们回到原始的刀耕火种、茹毛饮血的社会吗？也有的同学曾经问我，为了解除这个现代人被火车追赶的梦魇，那我们自己在火车上不行吗？当然可以，不是说快节奏就一定不好，而是要看什么样的快节奏，最理想的状态是我们不仅在火车上，而且我们自己就是火车司机。不过前提是，我们必须先找到一种方式，上了火车后，再改变它的前行方向，这个留给同学讨论。

（主讲：孙晓忠。根据课堂录音记录整理改定）

 课后思考题

1. 契诃夫带着什么样的感情写俄罗斯草原，为什么？

2. 我们现在的人的生活方式和俄罗斯那个时候的人的生活方式一样吗？如果有差异，差异究竟在哪里？

3. 反思现代的快节奏生活，是否意味着回到传统社会？什么样的快节奏是好的节奏？

第八讲 《鼠疫》：在阳光与苦难之间反抗绝望

加缪和存在主义

　　这节课我们来读加缪的《鼠疫》，热爱文学的同学，加缪不可不读，你们这个年纪正是阅读加缪作品的最好时机，因为很容易跟加缪产生共鸣。加缪的作品在上个世纪六十年代曾风靡欧洲，号称青年学生的枕边书，他一度被称为二十世纪六十年代存在主义的领袖人物之一，但是加缪坚决否认自己是一个存在主义者。这一点如果认真阅读他的小说，会发现他的思想和存在主义的差异，建议诸位最好在阅读《鼠疫》之前先读《局外人》，因为这两部小说有共同之处，但是也反映了加缪前后思想的变化和发展。

　　加缪出生于二十世纪二十年代一个贫穷的家庭，父亲为法国移民阿尔及利亚人，母亲是西班牙人，父亲在加缪十个月时便在第一次世界大战中负伤身亡，外祖母脾气很坏，对孩子非常严厉，母亲温柔软弱，经常眼睁睁地看着孩子们被打。小学毕业后，外祖母要加缪去做工，赚钱贴补家用，后来多亏小学老师日尔曼上门劝说，加上他的鼓励和帮助，加缪考取中学奖学金后，才得以继续完成学业，为日后进入大学深造以及从事创作奠定了基础。加缪十七岁的时候患肺结核，病得很严重，那个时候肺结核是很严重的传染病，小小年纪便失去父亲，加上这场疾病，这一切使加缪很小的时候就不得不直面死

亡,也体验到了命运的荒诞与无奈,因此"死亡"以及被命运放逐成为他一生关注的问题,而这也是存在主义关心的话题,两者似乎不谋而合。小说《鼠疫》讲述的是疾病和医疗的故事,涉及的也正是死亡与拯救的主题。

一九四二年,加缪离开阿尔及利亚前往巴黎,开始为《巴黎晚报》工作,然后在伽里马出版社做编辑,秘密地活跃于抵抗法西斯运动中,主编地下刊物《战斗报》时,加缪狂热地投入到工作中,常常工作至深夜,一个人编完整张报纸,第二天一早又上街卖报,这种工作的狂热有《鼠疫》中里厄的身影。

《鼠疫》发表于一九四七年,当时加缪四十四岁。其时他已经以小说《局外人》(一九四二年)和哲学随笔《西西弗的神话》(一九四三年)等作品,成为那个时代最伟大的作家之一,而《鼠疫》则毫无疑问巩固了他的地位:小说出版的当年他就被提名为诺贝尔奖的候选人。一九五七年十二月十日,瑞典文学院将诺贝尔文学奖授予加缪和他的《局外人》,因为他"作为一个艺术家和道德家,通过一个存在主义者对世界荒诞性的透视,形象地体现了现代人的道德良知,戏剧性地表现了自由、正义和死亡等有关人类存在的最基本的问题"。一九六〇年一月四日，加缪乘车外出，汽车撞在了路边的树上，加缪被抛向后窗，当场死亡。加缪英年早逝，他留下的作品主要有"荒诞三部曲"：剧本《卡里古拉》、小说《局外人》和随笔《西西弗的神话》；还有"反抗三部曲"：小说《鼠疫》、剧本《正义者》和随笔《反抗者》，前期的《局外人》等作品主要写生命的荒诞以及个人的反抗，到了"反抗三部曲"，加缪的思想和现实更接近，和存在主义越走越远，并主张用平凡的行动、集体的力量来对抗现实社会。

《鼠疫》法文版书影

加缪从小是在苦难中长大的，这种苦难的经历使得他写小说的时候对下层人、对小人物的命运特别关注，对人的痛苦、对人类的苦难有自己的亲身体验。但是加缪经历了那么多的苦难，他成人以后却说他的童年是幸福的，他说："世界不是我的敌人，贫穷对我来说从不是一种痛苦"，相反他说在他的童年生活中，看到了阳光，加缪在他的小说中同样给我们提供了人生的两面：苦难和阳光。北京大学杜小真教授编了一个加缪的随笔集，文集的名字就叫《置身于阳光与苦难之间》（三联出版社）。加缪虽然来自底层，但他并没有忽视生活中的亮色。作为底层人，如果生

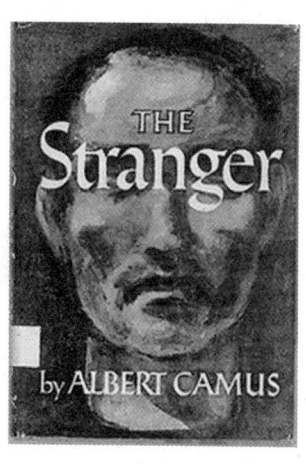

《局外人》英文版书影

活穷困潦倒,很容易愤世嫉俗,甚至仇视社会,认为这个社会的一切都是坏的,这样极容易成为这个社会的敌人,比如西方小说中伏脱冷这样的人物。或者底层人通过个人奋斗来转换身份,不择手段不断地向上爬,成功后则摇身一变,变成当年压迫过自己的那一类人,《红与黑》中的于连就是典型。从下层人当中走出,这样的人要成为一个反叛者是非常容易的,但也容易产生阿 Q 式的革命。加缪认为,仅仅做到这一点是不够的,你同时要看到社会的亮色,不要轻易去全盘否定,所以加缪说他和存在主义是不同的。在存在主义看来,世界是荒诞的、不可理喻的,人注定就是痛苦的。"他人就是地狱",这是萨特的口号,当然在哲学的层面上,存在主义很复杂,萨特也强调过存在主义是抽象的人道主义,我们这里不讨论。我们在这篇小说中同样可以看到,照耀在加缪身上的一抹阳光。加缪在《鼠疫》发表之前已经声名鹊起了,《鼠疫》发表于一九四〇年,发表之后他就成为最年轻的诺贝尔文学奖获得者,当时年仅四十四岁。但他的获奖引起争议,六十年代的法国,学生运动风起云涌,思想界也很活跃,左派和右派都不欢迎他,比如萨特就不服气,认为加缪不懂哲学,说他的《西西弗的神话》是瞎说,到《反抗者》发表后,两人由早期的好朋友到最终绝交,但加缪死亡后萨特还是撰文悼念,表达了他的敬意。这也可以看出加缪的独特性,当他讲人道主义的时候,同时又具有强烈的革命精神,早年他和萨特是在革命的意义上走在一个阵营,并身先士卒,有革命者的切身的经历,从中可以看出里厄行动主义者的影子。但当他强调反叛性的一面的时候,他又没有像存在主义那样和这个世界彻底决裂。所以他让人感觉不左不右,两个阵营里的人都反对他。这篇小说中里厄对社会有自己的信念,有他和别人不一样的选择,但是这个不一样又不是把一切打倒在地,比如对宗教,对和他想法不一样的人,对他人追求幸福生活都一律相当宽容,尽管他自己不选择或不同意这种选择,但他尽力去理解他们。他也不断然拒绝这个社会,他和暴力革命不太一样,和宗教的慈善也不一样,和哲学家相比,加缪又体现了他作为文学家的复杂性。

为什么是里厄讲述故事

《鼠疫》开头第一节就交代了故事的叙述人,但是作者没有明确告诉他是谁,这个叙述人见证了奥兰城在鼠疫期间的风风雨雨,因为是"见证人",作家甚至认为这篇小说是历史"报道",赋予了这个叙述人"史学家"的地位。此外,这个叙述人和小说中塔鲁也有关系,他在塔鲁去世后翻看了塔鲁遗留的日记,后者在鼠疫期间一直默默无闻地工作,并在晚上回家后,记录下鼠疫期间所见所闻,自己的疑问,以及自己对生命的痛苦思索,叙述人曾这样介绍塔鲁的笔记:

> 他的那些笔记本里的记载,不管怎么说,也可算是这段困难时期的一种记事。但是这段记事很特别,似乎反映出一种偏重细小事物的成见。初看起来,人们可能以为塔鲁是一个着眼于琐碎细节的人。在这全城大动乱中,他总是致力于记录这段历史的轶闻琐事。人们无疑地要为他这种成见感到惋惜,对他的铁石心肠表示怀疑。可是,正是这些笔记本能够对这一时期的记事提供大宗具有重大意义的次要细节,也正是这些细节的离奇古怪,使人们不至于过早地对这位风趣人物作出判断。

也就是说,作家在这篇小说中安排了好几种叙述,小说作者的叙述、医生里厄的叙述和塔鲁的叙述,在那个重大时刻,他们的叙述会各有侧重,构成对话。

塔鲁专注细节,而且多是和重大事件"不相关"的琐事,冷静得似乎有点不近人情,这个神秘叙述人的叙述特点我们下面分析,总之他们的叙述共同完成了对鼠疫的历史见证。之所以小说的叙述人能做历史的见证人，还在于这个叙述人是鼠疫发生时城中的一分子，故事中的所有人物都曾向他倾诉心里话。因此他是故事中的核心人物，不用说，虽然故事开始没有交代叙述人是谁，我们这个时候已经能猜测出，他就是里厄。在小说最后一节，叙述人终于"亮相"：

> 这篇叙事到此行将结束。现在正是里厄医生承认自己是这本书的作者的时候了。但在记载这段历史的最后的一些事件之前，他至少想说明以下他写这部作品的理由，希望大家知道他是坚持以客观见证人的态度来记录的。

小说中有好几个人都在"写作"，但是写作的方式很不一样。塔鲁记录下了自己对鼠疫的轶闻琐事和哲学思考；格朗执着于推敲用词和修辞，在坚持诗意的"纯文学"创作；朗贝尔来奥兰是受巴黎的一家著名的报纸的委托来调查阿拉伯人的生活情况的；里厄呢，作家认为他不是在写小说，而是做"历史见证"。关于什么是报道，里厄和朗贝尔就写作问题有过一段对话，他想知道，新闻记者能否对一段历史据实报道。

> "当然"，对方说。
> "我是说您能全面地对这种情况进行谴责吗？"
> "全面？说实话，不能。不过我想这样的谴责可能是没有根据的。"
> 里厄不慌不忙地说，这样的谴责实际上可能是没有什么根据的。但是他提出这一问题的目的，只是想知道朗贝尔的见证是否能做到坦率而毫不保留。
> "我只能接受无保留的见证，因此我不能提供资料支持您的意见。"

"您的话简直如圣茹斯特如出一辙"，新闻记者微笑着说。

里厄继续用平静的语调说，他对圣茹斯特一无所知，他讲的是一个对世界感到厌倦的人的语言，但他喜爱他的同类，因此，就他本人来说，决不接受不公正的事物，也决不迁就。

到了小说结束，一个喜爱人类、反对人间不公正的叙述人出现在我们眼前，里厄严谨、笃实的形象已经雕塑完成，而我们这时也知道，作为一名医生，鼠疫期间里厄穿行在奥兰城中，为见证罪行提供了可能，所以他是当之无愧的历史见证人。医生的身份增强了报道的客观性，冷静客观的叙述语气也符合医生的身份，他的医疗笔记只在于引起后人疗救的注意。加缪采用了非常冷静的叙述，尤其是开头，很少流露自己的感情，仿佛象一名医生，在为这个生病的城市诊断开药方。里厄的冷静叙述似乎和塔鲁的笔记一样，有点"铁石心肠"，但内心却流淌着激情的潜流，只是到了小说的最后两节，才出现了情不自禁的温暖的抒情。除了医生冷静、客观的理智叙述，里厄作为叙述人的特点还在于，因为是医疗笔记，他讲述的是鼠疫期间大家的故事，而不是灾难中个人的悲欢离合、恩恩怨怨，这和格朗字斟句酌的叙述又不太一样。在鼠疫期间里厄也遭遇了生死离别，但在笔记中"他不打算涉及。即使他提到一些，那也不过是为了了解他们，或者使别人了解他们"，这真是一个生病的时代，在火车站，里厄送别身患疾病的妻子，替妻子安顿在卧铺车厢里：

> 他接着急速地对她说，请她原谅，他本该好好地照顾她的，但却对她太不关心了。她摇摇头，好象叫他不要再说下去了。但是，他又说：
>
> "你回来时，一切会变得更好。我们会有一个新的开端。"
>
> 她的眼睛闪着光，说道："对，我们会有一个新的开端。"
>
> 过了一会儿，她转过身去看窗外。月台上人群熙熙攘攘，你

推我操。火车的排气声传进了他们的耳朵。他叫了一下妻子的名字,她回过身来,他见到她脸上挂满着眼泪。

他轻声说:"不要这样。"

她含着泪,重又露出笑容,但笑得有点儿勉强。她深深地透了口气说道:

"去吧,一切会很顺利的。"

这是一场冷静的离别,然而并非没有离别的伤感,也不是没有对妻子的爱情。为了同鼠疫搏斗,里厄失去了自己的妻子,虽然和母亲住在一起,但是晚归的他也见不上母亲几次面。因为里厄在为大家活着,他的笔记也要为一群人说话,他总是想把自己内心的思想直接掺和到成千上万的鼠疫患者的呻吟中去,他感觉个人的痛苦里要包含别人的痛苦,从而将一个人的情感和他人的喜怒哀乐建立了关联。

但是,其实作家又交代,这其实不是"历史"报道,小说开头就引用了笛福的一句话:"用另一种囚禁生活来描绘某一种囚禁生活,用虚构的故事来陈述真事,两者都可取。"这其实暗示我们,作家写的还是"虚构故事",这段引文告诉了我们这部小说极大的寓言和象征意味。说是"寓言",并不是故事不真实,而是一种言说的方式,是用寓言的方式"陈述真事",因此这个故事就具有了极大的开放性,奥兰城的"病"可以是地球的通病,今天也时时在上演。有人甚至说奥兰城象征着上世纪四十年代法西斯统治的一个城市,作家是用疾病来隐喻法西斯暴力。说是寓言,也不是说是虚构的历史,小说中作者为我们提供了人类历史上历次鼠疫的真实数据,并且其实说世上有过鼠疫的次数和发生战争的次数不相上下,因此瘟疫死去的人不比战争死亡的人少。有意思的是,小说中提到了"七十年前"发生在中国广州的鼠疫,是否真有,我没有核实,但是自从经历了"非典"之后,我们再来读这部小说,我想至少中国的读者再也不会觉得它只是荒诞的存在主义小说了,"非典"之后,我们对"隔离"、"瘟疫"、"抢购"、"谣言"、"猜疑"和"恐慌"这些在《鼠疫》中出现的词都不陌生了。即使不把它当作是象征小说来读,也是非常容易理解的。所以加缪当年也曾说过:"我希望大家把《鼠疫》这部小说从多个层面的意义上来理解,来阅读它。"

为什么要塑造塔鲁这个形象

　　小说一开头就告诉我们,要了解一个城市,比较方便的途径是看那里的人们"怎样干活,怎样相爱,又怎样死去"。在这部小说里,这三者都有了。奥兰是一个枯燥无味的商业城市,到处是灰蒙蒙的混凝土建筑,没有花草,也没有飞鸟,充满着铜臭味,连"春天"在这里也可以出售,这个城市中的人过着冷漠的生活——只关心自己的生活,只关心自己的生意经:谈票据、煲电话、谈生意,对其他漫不经心。大难之后是末世狂欢,生活的欲望却越来越强烈,小说中有一个青年男子在得知自己患鼠疫后,冲出门就紧紧抱住一个他不相识的女人,这个细节最能说明不顾一切、"过把瘾就死"的末世心态。鼠疫发生后,酒吧、电影院人满为患,一场电影重复看好几遍也不会厌倦,商人们继续在囤积居奇,像科塔尔那样的人大发国难之财,最后竟然丧心病狂,担心鼠疫结束影响他的生意。一方面是消费的继续,一方面是大恐慌引起的心理空虚,偶然的慈眉善目也只是为了寻求个人的安全。

　　加缪通过刻画格朗、塔鲁这些人物,表达了空前的大灾难降临后人们的不同选择。像记者朗贝尔,鼠疫封城后,他竭力要求出城去会自己的情人,"我有我要和亲人见面的自由,不能干涉我的自由",这是典型的资产阶级个人自由主义的论调;朗贝尔认为自己是作为一个外乡人来到这个城市,不属于这个城市,因此是大灾难的"局外人"，千方百计要出城。里厄宽容着朗贝尔对个人幸福的追求，但是提醒他灾难发生后，他其实和大家一样，"也算是这里的人"，我们知道"局外人"是加缪前期小说的核心观念，也因此他被当作是存在主义大师，但我们应该警惕"局外人"概念很容易因误读而被庸俗化理解。

在加缪前期的"荒诞三部曲"中，存在主义的痕迹很明显，主要表现生命的荒谬性，认为人一生下来就不可避免被流放、被放逐。后期的小说也有存在主义的痕迹。小说《鼠疫》中，放逐在好几个层次上展开：整个城市被封闭了；城市内部再次隔离；生病的人住进体育场；许多人有家不能回。小说中有很多细节也表现人生的荒谬，比如一辈子躺在床上数鹰嘴豆的老头，从不对任何其他东西发生兴趣等等。但是，加缪也提出了反抗荒谬的观念，他认为"如何反抗"有三个层次，一是肉体自杀，这是最低级的反抗方式，我们看到在《鼠疫》中，科塔尔就是一例，一开始他因"内心痛苦"在家里上吊自杀，还在门外贴了条告诉别人自己死了；其次是哲学的自杀，把宗教当作归宿，加缪对这种面对死亡的方式也是怀疑的；最高的一个层次就是人认识到世界的荒谬，并以挑战的姿态反抗荒谬。比如我们下面要分析的西西弗，勇敢地直面荒诞，承担起荒诞的命运。在这篇小说中，里厄、格朗也是典型，也寄托了加缪的反抗理想。

从《局外人》到《鼠疫》，我们能看到加缪思想变化的痕迹。《鼠疫》中，新闻记者朗贝尔来奥兰，是为了调查海滩边一起阿拉伯人被谋杀的事件，《局外人》的这一主要情节成为《鼠疫》中的一个细节。塔鲁、科塔尔和《局外人》中的默尔索一样，当初也是一个意识到存在荒谬的"存在主义"者，都对世界悲观绝望。格朗对科塔尔的评价是"绝望者"，科塔尔希望来一次地震，将人类都灭了。他的绝望也很独特，他害怕"孤独"，这也是存在主义的话题，自杀失败后，他唯一担心的事就是害怕他跟别人隔离,他宁可和大家一起被围困起来,要死大家一起死,而不愿单身做囚徒。塔鲁在观看了一个活生生的罪犯被枪决的场面后,非常震惊,突然感觉"我们大家都生活在鼠疫之中"。他失去了内心的安宁,离家出走,甚至也想到过自杀。同样是面对死亡,在《局外人》中,默尔索也是对一切漠不关心,无端地开枪杀人。他不想用行动去改变什么,既消极厌世,又享受世俗生活,并且拒绝忏悔,认为信仰抵不过一根女人的头发。这些都典型地反映了两次世界大战后青年思想的变化,受非理性思潮的冲击,十八世纪以来的启蒙理性受到质疑,基督教中产阶级价值体系也逐渐破灭。在《鼠疫》中也有对宗教怀疑,谁也不再敢把生命交给上帝。不过,加缪虽然不认为宗教能拯救鼠疫,但是他在《鼠疫》里设置了神甫这一积极行动的形象,似乎对宗教表明了一定程度的宽容。其实在《局外人》的最后结局中,默尔索已经从一个连母亲的死亡都不关心的、冷漠的"存在主义"者逐渐转变为内心充满温暖和阳光的囚犯,而这一点往往会被阅读者忽略,到《鼠疫》的最后,塔鲁和父亲的关系也是由紧张到最终谅解,更不用说里厄和爱人之间,和母亲之间所流露出的亲情和默契了。应该说,科塔尔和塔鲁代表了青年人对世界的绝望和仇视后的两条出路,一种是科塔尔那样,继续着个人对世界的仇视,自私的个人主义越来越膨胀,最后走到死胡同;另一种像塔鲁,将个人融入大众和集体之中,将个人的命运和他们的命运建立起关联,意识到人与人之间是相关的。设置塔鲁这样的形象,正在于为那些绝望者提供出路。

在这部小说里,对众多小人物形象的刻画,集中反映了"小人物"以行动反抗绝望的思想,也表达了加缪的英雄观念,真正的英雄是那些正在默默无闻,认真做身边小事的普通人。加缪没有把改革社会的希望寄托在振臂一呼的英雄身上,在他看来,走出困境要靠芸芸众生的努力,要靠无数小人物的实际行动。

里厄从来没有把自己当作一个英雄,或是救苦救难的上帝,在这点上,他和神甫帕纳卢不同。作为一名医生,他寡言少语,喜欢行动大于声音,而同样是行动,他和神甫帕纳卢也有区别:他的行动不是宗教式的献身,而是一种微观反抗。塔鲁对医生的坚毅也曾有过不解:

"好!"塔鲁说,"既然你不相信天主,您自己又为什么表现得这么富有牺牲精神?……"

医生仍留在暗影里没动,他说他已经回答过了,假如他相信天主是万能的,他将不再去治病,让天主去管好了。但是世界没有一个人会相信这样的一种天主,是的,没有一个人会相信,就是自以为有这样信仰的帕纳卢也不会相信,因为没有一个人肯如此死心塌地地委身于天主。至少在这点上,里厄认为他是走在真理的道路上:同客观事物做斗争。

"同客观事物做斗争",医生清楚自己的力量的渺小,但是在认识到自己力量渺小的同时,不把希望寄托给虚无缥缈的宗教,鼓励大家行动起来,爱在一起或死在一起,舍此别无他途。等待宗教或别人的拯救是没有希望的,因为"他们太远了"。

在《西西弗的神话》里,加缪同样传达了这样的观念,就是绝望的抗战。在加缪看来,如果一个人意识到自己的努力终将成功,如果看见远方有一个灿烂的前程,这样的行动并不值得佩服。他最欣赏的是不知道未来是什么结果,未来甚至不是一个黄金世界,你的行动或许会失败,但是你仍然去做,他觉得这样的人才是人类社会的脊梁。

在讲到英雄观的时候,加缪刻画了格朗这个小人物,格朗恰恰像一个工蚁一样,精确地做好本职工作,此人"有的只是一点好心和看来有点可笑的理想"。加缪说的"好心",指恢复真理的本来面目,"使二加二等于四",把英雄主义正好置于追求幸福的高尚要求之后,而不是之前。这个人还有一点精神——认真而执着。干什么都非常认真,比如他为造好一个句子反复推敲,改来改去。作者通过这一个细节来刻画格朗的性格。事实上,正是这样一个小人物凝聚着作品中众人的优秀品质,他们在苦难面前勇于承担,有自己朴素的理想,热爱身边的小事,爱人离去了却还是那么善待爱情,愿意作出奉献。通过格朗这样的普通人在灾难面前的敬业和务实精神,作家表达出了他的英雄观念。

这样一种小人物的精神,除了执着,还有谦卑。里厄、制造出血清的老医生卡斯特尔、里厄的母亲,他们都在做觉得应该做的事,从没夸大自己的力量。里厄履行着一个医生的职责,他的内心充满一种不可言说的情感,他说:"想到自己所经受的痛苦,没有一项不是别人的痛苦";而在灾难之前,在这个世界上一个人的痛苦往往与别人毫不相干,正如刚才同学发言讲的,这灾难使大家觉得好像别人的事情就是我们的事情,感到一种集体的存在,大家能够走到一起,同病相怜,里厄觉得很幸福,他说这本身就是一件快乐的事情。

小说在一开始介绍奥兰城是一个灰色的城市,每个人都在打着自己的电话,或是听着自己的 Walkman,别人的呼喊好象和自己没有什么关系,只关注自己的内心世界,这其实也是我们当今社会的写照。在灾难时代和表面上太平的时代,人应该如何生活,加缪认为,即使在灾难时代,人仍然可以生活得幸福,仍然可以像格朗那样艺术地生活。这种诗意是在有限的范围内,在我们自己有限的能力之内找到一抹阳光,时时感觉到别人和我有关,像鲁迅说的,无穷的远方,无限的人们,都和我有关,有了这点阳光打底,任何灾难面前我们都不会惊慌失措,内心都会宁静。大家都知道泰坦尼克号的悲剧吧,据说当年沉船的时候,惊慌失措的人们在逃生,船上有一个几十人组成的乐队为了安抚人们,却一直在倾斜的甲板上镇静地演奏,直到整个船沉没。在这样意义上,里厄之所以说他是幸福的,因为他找到了真正的宗教,如果说这个世界是绝望的,为了他人去反抗绝望就是希望。

西西弗的神话——不存在不通过蔑视而自我超越的命运

在这里我要给大家介绍加缪的散文随笔——《西西弗的神话》。西西弗是希腊神话里的一个人物,他犯了错误,宙斯很生气,惩罚他

往山上搬石头,每当他将石头推上山顶,石头由于地球引力就又滚下山来,他的一生就这样不停地把石头推上去,然后石头又滚下来。宙斯用这种无谓的劳作来惩罚西西弗,让他劳累致死。从存在主义看来,人的一生似乎就是在重复这样的悲剧,为了一个自己不知道的目的,或者根本就没有目的,就象没头的苍蝇一样地飞来飞去,终其一生。希腊神话有不少反映命运荒诞的故事,比如说像俄狄浦斯——命运是不可抗拒的,上帝预先告诉你的命运,但还是逃脱不了,俄狄浦斯最终还是把自己的父亲杀了,娶自己的母亲,这就是宿命。西西弗也是这样,但加缪通过对希腊神话的创造性解读,让我们对西西弗有了一个不同的理解。加缪说,西西弗是幸福的。为什么?

加缪说西西弗是幸福的,他是个英雄,就是因为西西弗是在反抗自己的命运。西西弗有自己的意识,这个选择是有意识的选择,如果说这个神话是悲剧的话,那是因为他的主人公是有意识的。如果行动的每一步都依靠成功的希望和支持,那他的痛苦实际上在哪里呢?西西弗意识到自己的行动可能是无效的,他有了痛苦也就有了绝望,

也就有了意识,有了这样清醒的绝望之后,仍然去行动,就会获得幸福感。造成西西弗痛苦的清醒意识,同时也造成了他的胜利,"不存在不通过蔑视而自我超越的命运"。如果说你的命运已经注定,是宿命,那也要在前加上"积极的"三个字。最困难的就是没有对绝望的意识,习惯于绝望的处境比绝望的处境本身还要糟。今天,我们做的是和西西弗一样的事情,但完全缺少西西弗那种清醒的悲剧意识,一是不清楚自己生活在一个怎样的环境,二是没有积极的行动。即使你的命运不可抗拒,但是你要意识到这个命运。作为芸芸众生,我们至少能意识到生活中的悲剧性,然后永远行进。

反抗绝望,改变生活

　　加缪为什么总是能看到苦难中的希望的一面? 加缪说,如果没有对生的绝望,就没有对生的爱。"为了改变自然的冷漠,我置身于苦难和阳光之间,苦难阻止我把阳光下和历史中的一切都想象为美好,而阳光使我懂得历史并非一切。"当塔鲁问里厄勇敢面对失败,这一切是谁教的,里厄回答:"贫困"。加缪在用复杂的眼光看世界,幸福伴随着苦难;苦难中有阳光;爱与恨是这个世界的两面,我们都应该看得到。只有看得全面,我们才是完整的,我们的认识才是全面的。如果说幸福一定是从对荒谬的发现中产生的,那可能是错误的,因为荒谬的感情还可能产生于幸福。发现荒谬,人不一定就感觉幸福,但是通过行动,蔑视命运的主宰后获得的主体感,认识到世界的荒谬,就获得了主体意识,有了这个主体意识,就有了心理优势,也就有了幸福感。可以说俄狄浦斯最终也是幸福的,因为他行动过,反抗过,一开始上帝就预告了他的命运,他不服气,偏要去走一遭,尽管最后还是一个悲剧,但是最终他能够感受到幸福,所以里厄最终的幸福感可能不是因为鼠疫被消灭了，而是他是因他和塔鲁的行动，以及他们的行动召唤了更多的行动，这一点让他感到幸福。这就是加缪说的"穷尽"，它具体表现为行动。命运不可抗拒，但是促使里厄不断向前走的动力是什么，就是他要穷尽，他要穷尽生活的可能性。他要对人生要做一点修改，哪怕这种修改是微不足道的。里厄感受到了他的幸福，虽然他失去了他的妻子——可以想象他的痛苦，但是他内心是宁静的，因为他"修改"过，他穷尽过，因而他觉得他是幸福的。加缪说，我把西西弗留在山脚下，我们总是看到他身上的重负，而西西弗告诉我们，最高的虔诚是否认了诸神，并且搬掉了石头。他也认为自己是幸福的，这个从此没有主宰的世界对他来讲既不是荒漠也不是沃土，斗争本身足以使一个人心里感到充实。有了这点精神，就不在于你干的事有多大。

《鼠疫》的英译题目叫：*The Moment*，字面意思是重大时刻或重大事件，那一刻来临的时候，你如何生活（life for moment）？你应该如何选择？这当然是一个意译，但这个书名更能表达小说的主旨。

二十世纪初，鲁迅也同样提出过"反抗绝望"的命题，他主张立意在反抗，指归在行动。鲁迅的理想并不高远，他说"黄金世界"里也会有不平等，也会有工头，所以他说有你们所愿意的黄金世界，我不愿意去。他虽然不相信那种未来的目标，但是他依然呐喊，做绝望的抗战，仍然去揭示一切权力和不平等。他不停地写作，和西西弗、里厄一样，积极地行动。明知前面无路，偏要走一走，要穷尽一下，而不是像阮籍一样，前面没有路了，就哭哭啼啼往回走。鲁迅说，我姑且在刺丛里走一走，哪怕我走累了，没粮食了，衣服都破了，我爬到树上去，也不要让老虎吃掉，这样，他的悲观绝望和存在主义就划清了界限，现在我们明白为什么加缪反对别人把他归为存在主义者。在加缪看来，只看到世界是苦海，那就没有看到这个世界还有阳光，而这些亮色就是我们生存下去的理由。这点阳光足以让我们继续往前走,哪怕这种反抗是微不足道的反抗,哪怕你意识到你的反抗是无效的,里厄正是这样做的。

在今天,特别是有一些年轻人,常常容易绝望,但仅仅到绝望为止,不再往前走了,这样只是"愤青",你和这个世界一下子就划开了界限——一边是你,一边就是这个世界。而加缪的生活经历恰恰向我们显示了一点,他经历了那么多的童年苦难,却仍然拥有对世界的爱。这些人和里厄这样的反抗绝望的人相比来说,缺乏对苦难承担的勇气。没有积极的行动以改写这个世界,也就看不见生活中的阳光。

"未知生,焉知死?"改变生活,是的,这也就是我反复给大家强调的这篇小说的最大的主题之一,就是人要尽可能地穷尽今天的生活,里厄就是这样的人,自认为卑微,认识到自己的微不足道,认清自己的力量,内心却非常强大。这就是作者在他的许多散文中强调的思想哲学,就是明知世界是冰的,还是要燃烧。

书里写到了加缪热爱的大海,讲到了他的幸福观:当然一个真正的人应该为受害者而斗争,不过要让他因此而不再爱任何别的任何东西了,那么他进行斗争又是为了什么?正是因为这个理由,所以,里厄才对记者和其他人表示了那么多的宽容。

这同时表达了加缪的艺术观,他认为好的小说不应该是空洞的说教,而没有内容的小说,仅仅有空洞的形式,也不行。他认为,好的小说要在两者之间取得一个平衡。好的小说应该有一些说教的东西,而这些东西和他所说的人类的阳光、与他将人对现实的改写都有很大关系。他说,艺术家对现实的加工表明了他的拒绝力。他批评过现实主义,从写小说的角度来讲,他认为原封不动地把现实生活搬过去,像左拉的自然主义小说,不是好小说。还有一类不好的小说就是纯粹脱离现实的小说、没有生活内容的小说,只有纯粹的形式。而好的小说就应该在形式和现实中间取得平衡。其次,一个作家在创作小说的时候,要对现实生存作一个修改。自然主义没有对生活进行修改,而过于说教的小说,是修改得太匆忙、太粗糙,缺乏艺术感染力。在他所创造的世界里,在他表现的事物中,至少要对一部分事物表示赞同,这可以看出,加缪强调两面。但是,也有人不喜欢加缪的小说,认为不是一流的小说,说教味太浓。我觉得加缪最感动我们的是,他为我们刻画出了在灾难面前一个小人物的选择。如果说,加缪没有写出那个时代的高大全式的人物,他的小说更让我们感到踏实,因为,我们自己本身就是这个社会的芸芸众生,我们觉得加缪写的就是我们自己。如果里厄、格朗能找到阳光,那么我们离幸福也不会太远。

(主讲:孙晓忠。根据课堂录音记录整理改定)

 课后思考题

1. 为什么加缪不认为他是存在主义者?

2. 小说写了哪几类人?各有什么特点?

3. 如何在现实生活中理解"反抗绝望"?

第九讲 | 《卡拉马佐夫兄弟》：巨大灵魂的战栗

读这部小说应从哪一个入口开始

今天讲《卡拉马佐夫兄弟》。这是陀思妥耶夫斯基的最后一部小说，于一八八〇年写完。陀思妥耶夫斯基死后大约五十年，就被欧美主流文学界认定为有史以来最伟大的小说家之一，《卡拉马佐夫兄弟》也被认为是他最重要的作品之一。

那么，我们怎么进入《卡拉马佐夫兄弟》？怎么来读这部小说？总得找一个入口，我现在想拿两个作家的话来描述这个入口。一个是英国作家弗吉尼亚·伍尔芙，她有一个非常有名的演讲，她在其中比较俄罗斯文学跟她所熟悉的西欧文学，说了一段很有意思的话。她的大概意思是说，俄罗斯文学有巨大的灵魂，在英国文学和法国文学里，看不到像十九世纪的俄罗斯文学中那样的巨大的灵魂。这话我觉得有道理。现在我们看英国小说，我想大家会有一个感觉，除了狄更斯以外，很难说英国小说家的作品里有规模巨大的灵魂。歌德的《浮士德》所以了不起，也就是因为它里面呈现的灵魂

陀思妥耶夫斯基

165

的容量很大。但是,尽管德国有歌德,英国有狄更斯,像十九世纪的俄罗斯文学所呈现的那样巨大的灵魂,一般欧洲文学中还是很少见。当然,伍尔芙这样概括的时候,也包括了一些别的俄国作家,但她主要指的是托尔斯泰和我们今天要讨论的陀思妥耶夫斯基。尼采是一个狂人,谁都不放在眼里,可他却说陀思妥耶夫斯基是一个让他从作品中学到最多的心理分析的作家。伍尔芙和尼采,两个完全不同的人,却都说到了陀思妥耶夫斯基的同一个特点,就是这个作家在他的作品里面展示了巨大的灵魂。

我个人阅读这部作品的印象,正可以支持这两位的话。在《卡拉马佐夫兄弟》里面(其实陀思妥耶夫斯基所有的作品都差不多)人物都是话篓子,滔滔不绝、长篇大论,不断地说话。好象法国作家纪德有这么一个说法:托尔斯泰和陀思妥耶夫斯基有一个明显的区别,托尔斯泰是非常精细地描写笔下的人物,因此读者是通过眼睛看,来进入他的小说的;陀思妥耶夫斯基呢,他笔下的人物总是在说,滔滔不绝地说,所以读者是用耳朵听着进入他的小说世界的。的确,这部小说中的每个人物,都在滔滔不绝地谈论自己或别人的精神和心理问题。而且这种谈话不断地往返进行,在不同的层面上,从最抽象的问题如上帝是否存在,到最感性的问题如我到底爱谁,爱哪一个女人,翻来覆去地纠缠不休。小说的篇幅这么长,人物说话又这么啰嗦,很多同学没能读完这部小说,一个原因,大概就是因为这些人说话太长了吧。但是,如果我们把这些谈话汇拢到一起,却会形成一个强烈的感受:这部小说整个就是一个灵魂的展露、心灵的展露,而且更重要的是,这个展露出来的灵魂充满了冲突。这冲突有时候发生在灵魂的不同层面之间,但更多的是发生在同一个层面之内,有时候是一个人同另一个人的冲突,但更多的是同一个人自己内心的冲突。所以,伍尔芙所说的灵魂的"巨大",并不仅仅是指灵魂的规模的巨大,也是指这灵魂常常处于十分剧烈的矛盾,和这矛盾引发的战栗和痉挛之中。恰恰是这个灵魂的痉挛、冲突、战栗,这种不平静的状态,更深地呈现了这个灵魂的"大"。

更有意思的是,《卡拉马佐夫兄弟》采用的是一个破案子的故事框架,故事好象是被"谁是罪犯"这个线索组织起来的。但是,尽管作家用案情来组织和推动整个叙述,叙述的重心却完全不放在"谁是罪犯"这个问题上。我想,陀思妥耶夫斯基所以会用破案子做故事框架,可能是和小说发表的方式有关。这部小说最初是在杂志上连载的。小说那么长,的确需要帮助读者在不同时间读到的内容之间建立起因果联系,破案子的故事框架的主要功能,其实是在这个地方。正是因为作家采用了这样一个非常容易把笔墨、重心和注意力吸引到案情上面去的叙述框架,小说最后形成的面貌就更明显地表明了作品真正的重心是在哪里。

所以,我觉得"巨大的灵魂"可以成为一个有效的入口,从这个角度入手展开阅读,是一个可行的选择。那么,我们是不是可以选几个细节,大家一起来讨论,看看这个小说所呈现的巨大的灵魂里面,究竟有什么东西,它的内部是怎样矛盾和冲突的,人物的精神世界是怎样痉挛和战栗的。考虑到小说的篇幅和课堂时间,我想对讨论提出两个限制,第一,我们的问题集中在小说的前两部里面,后面的来不及讨论了;第二,我们的讨论先不要往高深处走,而是要进入作品,尽可能贴着作品讲。

我们一起来讨论两个问题,第一个问题是在第二卷。第一卷等于是交代了人物背景,故事真正展开是在第二卷,卡拉马佐夫家内部发生了矛盾。于是他们来到当地一个很有名的修道院的长老的修道室,请长老出面来开一个家庭会议,调解他们家的矛盾。有意思的是,整整一卷基本上都在写这些人怎么来到长老的修道室,怎样在这里发生了一场非常抽象的关于宗教问题的辩论。参加辩论的人有佐西马长老、几个神父、先到的卡拉马佐夫家的老父亲、二儿子伊万、小儿子阿廖沙,还有他们家的几个亲戚,例如米乌索夫。在这些人争论的过程当中,大儿子德米特里来了。他来了以后并没有提议马上开始家庭会议,而是也卷进了这个辩论。辩论完了以后,家庭会议才开始,但很快就以一番剧烈的争吵而告终。我们要讨论的就是这个部分的描写。

对俄国社会状况的大致介绍

为了便于讨论,我先介绍一下十九世纪俄国的基本情况。现代俄国的历史并不长,它由莫斯科大公国这样一个在欧洲最东面、面积不大、以莫斯科为中心的诸侯国发展起来,逐渐向欧洲和亚洲扩张,最后形成了现在我们熟悉的这个面积广大的国家。在彼得大帝改革之前,俄国社会是一个相当典型的封建社会。贵族构成社会上层,贵族的总代表是沙皇,贵族下面是农民,包括农奴、少量的自由民和没有贵族头衔的地主。地主当中主体的部分——这个主体并不一定是指人数——同时就是贵族。这样的俄国地主通常有三个身份,地主、贵族和军官。托尔斯泰就是一个例子,他是地主,有很大一个庄园,又是伯爵,年轻时候还是军官。《卡拉马佐夫兄弟》里的老大德米特里,也是很典型的这样一个人,出身地主家庭,还是军官,但因为父亲没有贵族头衔,所以社会身份比较低。

但是俄国地主跟其他地方譬如西欧的地主又有点不一样。俄国农村还保留着公社制度,土地并不总是属于地主的,在很多情况下,土地是属于整个公社的集体所有制。这个土地分成很多块,分给农民种,而农民呢,要是一个礼拜劳作五天的话,三天为地主,两天为自己。农民是属于他被分到的那一小块土地的,他不能自由地跑来跑去,所以他们被称为农奴。农奴对于地主的人身依附,和他对于公社土地的权属依附,同时并存。类似俄国这样的公社,在整个欧洲都有,比如希腊,但是在俄国数量最多。当然在地主、贵族和农奴之间,还有少量的自由农民,这个说起来很复杂,因为俄国各处情况不一样,农奴改革之前和之后更有很大不同。这里没时间详细介绍,只能笼统地说一说。

彼得大帝

传统俄国社会的另外一个基础,就是东正教。基督教在全世界分成三大块,天主教、宗教改革之后出现的新教,再就是东正教。俄国的基督教主要就是东正教,它的教义和西欧的天主教、新教有一些差异,比如特别看重圣母玛丽亚,等等。东正教对俄罗斯人有非常深刻的影响,可以说是为俄国的政治结构、土地制度等等提供了价值观念上的根据。

冬宫

从十七世纪晚期开始,彼得大帝改革,非常激烈,要把一个传统的俄国改变成现代化的俄国。这个改革从某些方面来讲进展非常快,比如贵族阶层,很快就形成一个模仿西欧宫廷文化的风尚,人人学讲法语,因为当时法国被认为是代表着最先进的现代文化。这也就是为什么托尔斯泰和陀思妥耶夫斯基的小说当中有大量的法语单词。然后城市发展起来,商人阶层发展起来,资产阶级也发展起来,现代知识分子就逐渐形成。最早的知识分子都是从贵族当中产生的,最有名的就是"十二月党人"。随着现代教育在俄国的展开,很快又出现了平民知识分子,别林斯基就是其中的代表。彼得大帝的改革引发了俄国上上下下的天翻地覆的变化,传统社会瓦解得非常快。这样到了十九世纪二三十年代,开始了巨大的反弹:对于俄国社会究竟应该往哪个方向去,整个社会产生了巨大的分歧。大致有两种不同的意见,一个是认为俄国应该坚定不移地沿着彼得大帝开创的方向加速度前进,脱胎换骨,进一步西欧化。这么看的人后来被称为"西欧派",或者"自由派",用我们现在的话说,是现代化派。但另外一个声音说,不对,俄国不应该这样,俄国这样下去的话,就完蛋了,应该重新探讨俄国传统社会里面包含的非常宝贵的精神、政治制度和社会制度,从中发现俄国的新方向。这么主张的人被称为"斯拉夫派"。"西欧派"和"斯拉夫派",最初都是绰号,是骂人的话。所以被叫做"斯拉夫派"的人最初都不喜欢"斯拉夫派"这个称呼,后来慢慢觉得这个称呼也不错,"斯拉夫派"就"斯拉夫派"吧,无所谓。"斯拉夫派"的影响很大,很多有名的人物都卷入其中,陀思妥耶夫斯基就被认为是一个重要的"斯拉夫派"作家。

"斯拉夫派"跟"西欧派"之间剧烈的思想冲突,其实是显示了俄国社会的巨大变动对知识分子的冲击。当一个社会天翻地覆的时候,知识分子必然要对社会现实发言。在陀思妥耶夫斯基这里,他最关心的是这样一个问题:上帝是否存在? 他自己明说,他的小说就是在讨论这个问题。他这个上帝是否存在的问题,并不是一个宗教问题,他说的上帝并非指那个神,而是指构成一个社会(从它的政治结构、社会结构,到每一个成员行事做人的基本准则)的那一种东西。

这么说吧,一个社会之所以成为这个样子,总有某个根据。上帝其实就是俄国传统社会的根据,陀思妥耶夫斯基要问的是:这样的根据到底还存在吗?

在长老修道室里的辩论中,伊万的位置在哪里

现在我们就来看发生在长老修道室里的这场辩论。论辩的一方是佐西马长老和他的两个神父,尽管长老一开始没有完全上场,但他显然是这一方的领袖。另一方是老卡拉马佐夫的亲戚,米乌索夫。这个人物无论从身份和经历上,都是可以被看成"西欧派"的,而三个神父则可以被看成是"斯拉夫派"。他们争论的题目是,在俄国东正教教会应该成为怎样的团体? 教会和现代国家的关系是什么? 一方主张教会应当现代化,成为现代国家的一部分,就像我们今天在欧洲和俄国看到的情况一样。这是"西欧派"的观点。另一方认为不对,不应该是教会变成现代国家的一部分,而应该是国家逐步发展成为教会。这里隐含的意思是,现代国家是一种社会状态,教会是另外一种社会状态,前者,也就是以现代国家为标志的那样一种世俗社会,有不可克服的内在矛盾,因此应该逐步地往后者转变,使现代国家变成一个教会式的社会。双方争论的一个例子是对罪犯的惩罚:现代社会对罪犯的惩罚,是把他开除出社会,剥夺公民权,剥夺他的自由;神父们则认为,用这样的方式是不可能消除犯罪的,应该改用教会的方式,通过思想教育、情感教育,使他悔过自新,不是把他开除出社会,而是更深地拥抱他,将他更深地拉进社会。

我要问大家的是,老二伊万在这场论争中的位置在哪里?

国家应该变成教会这一说法,是伊万在一篇文章中提出来的,整个这一场争论就是由这篇文章引起的,如果光看这一点,老二应该是站在神父一边的。可是,米乌索夫突然又揭发了伊万曾经说过的一

番话，大意是说，人的所有价值观念，都是来自于一个信念，就是灵魂不死，一旦灵魂不死这个信念破灭了，人就不会再有任何的价值信念，而人的灵魂不死、永生等等信念，都是来自上帝的观念。因此，伊万最后推论出来的是：当现在的人已经不再有对灵魂不死的信念的时候，他也就可以不受任何道德束缚，想干什么就干什么，无论怎么干都是可以的。这样的看法，显然与他那篇文章里写的意思——社会应该变成一个教会，国家应该变成一个教会式的社会——相矛盾，因为教会式的社会的前提就是，整个社会统一在对上帝的超利害的道德信仰上面，而灵魂不死的信念，就是这个超利害的信念的基础。这样你会看到，这个伊万同时提出了两种针锋相对的意见，那么，他在论辩中是站在什么样的位置上呢？

　　这里我请大家特别记住两个细节。第一个细节是，老大德米特里是一个血性很旺、性情急躁、冲动的人，他进来的时候，正碰上米乌索夫在揭发老二伊万说的那番惊世骇俗的言论，于是他插问：你是说，只要不相信灵魂永生，人无论做什么都是可以的，是这样吗？大家说"是"，于是他特别记住了这句话。第二个细节是长老对伊万的评论，长老说你是矛盾的，你明明不相信世上有不死的灵魂，不相信上帝，那你又为什么写文章说，社会应该从现代国家的状态转变到教会的状态？在我看来，这两个细节等于是两个路标，将我们直接引向了对论辩中伊万的位置的考察。

　　我再说一个细节，就是当长老给伊万做心理分析，说你伊万是矛盾的之后，伊万说，"'也许您说得对，但我不完全是开玩笑'……伊万突然奇怪地承认，但马上脸红了。"下面长老说："您不完全是开玩笑，这倒是真的。这观念在您心里还没有解决，还在折磨着您的心。……"我想这个细节大概可以呼应刚才同学的判断，伊万并没有完全走到那个什么都不信的地步，他后面的行动也可以证明这一点。但另外一方面,我们也要注意这个小说里最最有名的那段关于宗教大法官的讨论,全世界有无数的书是专门讨论这一段的,这几页纸被认为是几个世纪以来,文学在抽象思辨上的最有力的代表。陀思妥耶夫斯基自己说:关于宗教大法官的这个部分,是把"西欧派"最本质最内在的思想写出来了,接下来,我要用长老陈述的那整个一卷来回应它。可是我们今天看起来,长老的回应非常之弱,真正有力量的,还是那个大法官。这个大法官是谁描述出来的? 是伊万! 这应该可以表明,伊万对陀思妥耶夫斯基式的上帝的怀疑,已经走到非常深刻的地步了。

我来说说对这个人物的理解,然后大家接着讨论。我很同意刚才那位同学所说的,伊万很可能是这部小说真正的主人公,最重要的人物。这个最重要的人物的出场,紧扣着"西欧派"和"斯拉夫派"的争论,因此作家把他一劈为二,把争论的双方都装在他身上,就让他用这样"自相矛盾"的方式出场。我觉得是不是可以这样理解,作家就是想通过这样一种方式,将对立双方的内在的联结呈现出来。它们当然是站在互相对立的立场上,但是在矛盾的底下、更深的层次上,双方其实有更为内在的联系。与其说这是两种互不相属的力量的冲突,不如说是同一个灵魂内部的分裂。正因为是同属于一个灵魂,才会形成如此激烈的冲突,这冲突的激烈程度,正是双方内在的联系的结果。这种情况,在一个社会是如此,在一个人物的内心也如此。所以,我觉得从这里大概可以看出,作家真正的着眼点,他最关心的,并不是论辩双方谁对谁错的问题。在他的理智层面,这个问题早已经解决了,作为一个"斯拉夫派",他当然认为"西欧派"是错的。然而,作为一个作家,他的感受就不这么简单明快了。很多人都说俄国没有现代的哲学家,不像德国人法国人,甚至也不像英国人,英国人虽然被认为是不喜欢玩宏大理论的,但也贡献出了分析哲学。这样说的另外一个意思是,因为没有哲学家,俄国的作家就充当了哲学家。的确，从赫尔岑到托尔斯泰，俄国作家都喜欢长篇大论谈哲理。但是，具体到陀思妥耶夫斯基这个人，我想大家都会有这样的感觉，他作为一个思想家、一个政论家，是比较平庸的，他的那些政论文章，大多只是表现了当时一般"斯拉夫派"的观点，并不比其他人高明到哪里。但是，作为一个作家，他却有非常特别的地方，当那个政论家的陀思妥耶夫斯基将"西欧派"视为异端胡说而对它口诛笔伐的同时，作家的陀思妥耶夫斯基却把"西欧派"看成是俄国灵魂的一部分，跟他的"斯拉夫派"的立场有更深层的联系。也就是说，作为一个作家，陀思妥耶夫斯基真正关注的是，那个主张上帝、灵魂、所有道德都不再存在了的伊万，是如何跟那个写文章说社会应该走向教会的伊万共处于一身的，或者说，是如何从后面这个伊万那里一步一步走出来的。作为一个政论家，他必然是站在"白"的这一面而反对"黑"的那一面。但作为一个作家，他更关心的却是那个"黑"是怎么和这个"白"联系在一起，或者说，那个"黑"是如何从他坚信的这个"白"当中长出来的。

对社会前途的辩论和家庭会议的争吵：作家为什么把这两件事情缝在一起

上面说的都是小说描写辩论的部分。辩论完了之后，开家庭会议，卡拉马佐夫们彼此对骂，一个比一个凶，最后老大德米特里公然指着父亲喊：这种人怎么还能活在世界上！这是他第一次发出要取父亲生命的威胁。正当他在那里咆哮的时候，佐西马长老突然对他跪下了，所有人都呆住了。德米特里好象领悟到了什么，冲出了修道室，争吵就此突然结束。有意思的是，一直受着长老教诲的阿廖沙很困惑，他不明白长老为何有此一跪，倒是那个德米特里凭着直觉领悟到了长老下跪的某种意义，正是这个意义使他受不了，他就冲了出去。

　　我要接着问大家的是，前边那个论辩和后面这一场家庭会议的争吵，是什么关系？为什么作家要把这两个部分放在一起，让它们发生在同一个房间里面？从技术上来看，把这两个部分放在一起是有点笨的，因此作家必须故意设置一些情节，譬如老大还没有到，其他人只好等，于是说闲话，以便辩论可以发生。后来老大来了，却又不马上停掉辩论，开始家庭会议，而是让老大也参与这场辩论，然后再开始家庭会议的争吵，作家为什么要这样安排？从全书可以看出，后面这一场争吵是浓缩了第一卷的各种交代性的文字和第二卷以后的情节的发展，是强化了整个故事的线索。作家为什么要把这么一个充满了故事性的情节，紧紧地缝在前面那场沉闷的辩论后面？

　　陀思妥耶夫斯基自己对这个情节有一个解释，他用了一个词，翻译成中文叫做"偶合家庭"，说卡拉马佐夫一家就是一个偶合家庭。所谓偶合家庭，我理解是指这个家庭已经失去了作为一个家庭的必然的依据。我们当然可以说，一个家庭的成立是因为血缘关系，但实际上，人类家庭并不仅仅是靠着血缘关系而组成的，出于很多原因，可以把有血缘关系的人顺理成章地排除在实际的家庭关系之外。因此，一个家庭之所以成为一个家庭，一定有血缘关系之外的其他根据。而"偶合"的意思就是说，这个家庭的成员之间，只有血缘关系而没有其他的关系了，因此这个家庭是没有必然性的，是一个丧失了家庭之所以成为一个家庭的必然根据的家庭。陀思妥耶夫斯基的这个"偶合家庭"的说法，曾经被其他评论家发展成"偶合社会"之类的概念，说一个社会虽然形式上存在，内部却并没有那种大家要聚成一个社会的必然性。从小说的描写来看，把这五个卡拉马佐夫聚在一起的力量主要是利益关系，不但是物质的利益，还有其它更深层的利益,而他们之所以四分五裂,也就因为在利益上互相冲突,没办法平衡。一个这样的偶合的家庭,却来开一个家庭调解会,最后当然吵成一团。前面是一场关于俄国社会何去何从的论辩,后面是这样一个偶合家庭的争吵,作家把这两个放在同一个空间里相继展开,我们怎么理解?

......

九位同学说的各有各的意思,你们已经牵出了我接下来要提出的第二个问题:什么是卡拉马佐夫性格? 但是前边这个问题还没有讨论完。好象可以从两个方向来讨论,一个是找两个部分之间的联系,分析作家为什么要这么写。对这一点,刚才大家提出了不少解释,说在论辩和家庭的争吵之间是有某种内在联系的,这个联系可能是来自于故事内容的需要,也可能来自于作家创作的习惯。另一个方向是从更加技术的角度来解释,比如杂志连载形式的限制,等等。以前有人开玩笑说,为什么写这么长呢,就是因为稿费多啊。这个解释不能说完全没有道理,也是一个角度么。还有没有其他角度的解释?

......

有同学在这里提出了另外一种解释。长老为什么下跪,小说后面作家自己有解释,和这儿的解释不一样。但这个想法非常有意思,注意到了争吵的内容,这些人怎么会吵起来的? 本来是调解家庭纠纷,而家庭纠纷最初好象是一个财产问题,因为德米特里是回来要钱的。但是你仔细看,他们并不是像许多这类的情况那样为了财产谈判谈崩掉,不是,他们根本没有进入实际的谈判程序,一下子就吵起来了。而且,争吵的一个很重要的原因是用什么词来称呼一个女人——格鲁申卡。这个吵架激化得非常快,要去决斗的话都喊出来了。这样一种吵架的方式,和刚才这位同学所提的卡拉马佐夫性格,是直接相关的。各位的看法差别很大,这很好,把讨论的空间打开了。

我想,是不是可以再换一个角度,不是分析作家为什么这么写,而是看我们从作家这样的安排中能读出什么来?我自己的阅读是比较形式化的,我从这里看到了这个小说的基本的叙事方式。从陀思妥耶夫斯基的第一部小说《被侮辱与被损害的》开始,就是抽象的长篇大论和紧张急促的故事情节混在一起。这种"混"在《卡拉马佐夫兄弟》里发展得更明显。这里有一种大作家的气概,他完全不考虑这么写是不是笨,形式上会不会有问题,这是现代形式主义文论家考虑的问题,陀思妥耶夫斯基不管这一套,他就那么写。由此形成了一个结构,就是两个部分同时交错展开,一个是人物的冲突,另一个是对人物冲突的解读。这个解读是用抽象讨论的方式展开的,我们可以明显地感觉到,抽象讨论的部分和具体故事的描写之间有相当直接的互相印证和说明的关系。更有意思的是,这些抽象讨论对人物故事的解读,始终是七嘴八舌的,没有哪一个声音压倒了别的声音,也没有一条清晰的线索,你只看到不断的解读,但是没有一个你可以轻易把握的结论。这大概就是陀思妥耶夫斯基的小说——不仅是在这一部——的一个基本的叙述结构。为什么他会形成这样的叙述结构?这样的结构有什么意义?照着这些问题继续问下去,可以得出很多有意思的结论,事实上刚才有些同学的发言,已经触及了这些内容。但是我们今天就在这里打住,转入我要提给大家的第二个问题。

什么是"卡拉马佐夫性格"

当这些人在修道室里吵完出来以后,那个野心勃勃的神学院学生拉基金,跟阿廖沙谈起了卡拉马佐夫家的人。他说,你阿廖沙也是一个卡拉马佐夫。那什么是卡拉马佐夫呢？拉基金给出了两个定义：第一，好色之徒，第二，脾气古怪。我的问题由此而来：什么是卡拉马佐夫性格？

小说里一共有五个卡拉马佐夫，父亲和四个儿子。其中有一个儿子是私生子，所以不叫卡拉马佐夫，叫斯梅尔加科夫。他大概比阿廖沙还大一点，应该是排行老三。所谓"卡拉马佐夫性格"，主要就是通过这五个人物来体现的。这里先把我读到的一些要点列出来。

先说这个父亲，老卡拉马佐夫。他有一面很清楚，就是一个放纵情欲的人，无法无天。但他还有另外一个表现：老是扮演一副小丑的样子。佐西马长老对他这一点有一段分析，说：这是因为你心里有某种羞愧感。因为内心有羞愧感，他就干脆扮小丑，把自己弄成一个可笑人物的样子，以此来抵挡羞愧感的压迫。一方面是无法无天，另一方面是内心有消灭不了的羞愧感，两个方面共存于这个老头子身上。

再来看老大德米特里。小说里不断说他是一个情欲非常强烈的人，可是，这是怎样的情欲呢？他有一个正式的未婚妻卡佳，漂亮、出身好、有献身精神，也有钱，无论从哪个方面讲，都是非常正面的，但是德米特里最终却放弃了卡佳，选择那个被正人君子瞧不起的格鲁申卡。他为什么做这样的选择？我们看他自己的表白，他要跟格鲁申卡结婚，要是这之后她的情人来了，他就把房间腾出来，而且还要帮她的情人擦鞋、倒水！这是什么样的情欲啊？更有意思的是，他一方面不顾一切地要和格鲁申卡在一起，另一方面又不顾一切地要把那笔钱还给卡佳，他已经背弃了卡佳，却一定要把钱还给她，而正是这个要还钱的决心导致了后面的一系列事件。这又是为什么呢？德米特里还有一句话，是在第二卷里对阿廖沙讲的，他念了很多诗，然后说：诗可以使我改邪归正吗？绝对不会！因为我是卡拉马佐夫。这个话，我们怎么理解？

老二伊万。今天我们不讨论宗教大法官那一节,那个部分可说的话太多,掉进去就出不来了。伊万对阿廖沙说过这么一句话:我接受上帝,但不接受他创造的世界;我可以爱很远的人,但我不能爱身边的人。从这个话我们大概可以了解到,伊万还是有爱心的,对上帝还是接受的,但是他所有的爱和信仰,都是指向一个抽象的层面,就是说,只有当所有正面的东西都退缩成一种非常抽象的存在时,他才可以信仰,可以爱,一进入具体的、眼前的范围,所有正面的东西都没有了。也正在他说这个话的那一章里,他跟父亲、阿廖沙和斯梅尔加科夫在饭桌上谈论俄罗斯人的信仰。他说所有的俄罗斯人都已经没有信仰了,斯梅尔加科夫却说,还是有一两个人有信仰的,这时老父亲就拍桌子,说,这就是俄罗斯人信仰的特点——什么都不信了,却又信那么一点点,而这一点点是在非常远的地方,身边是都没有了,但远处可能会有。如果把伊万的那种退缩到抽象层面的爱和信仰,跟老卡拉马佐夫所说的俄罗斯人的信仰的特点——总相信还有百分之一,我们姑且这样概括——放在一起来看,我们会得出怎样的结论?伊万似乎是坚决否认永生和道德约束的,可是,我们明明看到了他对卡佳的爱,那个爱非常真实,是作家花了很多的笔墨来写的。他和斯梅尔加科夫最

《卡拉马佐夫兄弟》剧照

《卡拉马佐夫兄弟》剧照

后的那场对话的时候,他非常愤怒,这个愤怒又从哪儿来?而且,斯梅尔加科夫还说,所有的人当中,你最象你的父亲。这个又怎么来解释呢?

再下来是斯梅尔加科夫。虽然作家对他着墨不多,却是一个写得非常精彩的人物。老卡拉马佐夫让他读果戈理的《狄康卡近乡夜话》,他认真读了,皱起眉头说,写得不真实。我们都知道,这是一部带有抒情性的作品,写得非常优美,但斯梅尔加科夫却认为写得不真实——这个细节就很值得玩味。陀思妥耶夫斯基对斯梅尔加科夫有一个非常有意思的解释,他说有这样一种农民,他其实是在观察,但外表上完全看不出那种聚精会神的样子,反而好像很茫然的样子,你拍他一掌就能看出,他正处在做梦似的状态里。但是实际上,当他的外表像做梦一样呆呆的时候,他内心却在观察,在积累他对外界的感受,在展开一个认识世界的过程。正是这样的人物,会突然做出让人很意外的行动,比如忽然当了强盗或忽然进了修道院,诸如此类。陀思妥耶夫斯基说,斯梅尔加科夫在很长一段时间里就在做着这样的一种观察,在悄悄地形成他对世界的理解和认识,只不过按照一般人被社会规定的感觉习惯,我们不觉得他的脑子在动而已。斯梅尔加科夫年轻的时候,拾金不昧,但是过了若干年,他却为了钱把老卡拉马佐夫给杀了。他为什么会有这样大的改变?按照作家的解释,在他早年和后来的截然相反的两个行动之间,是有一个他观察并形成自己对生活的看法的过程的,而这个过程,恰恰被所有其他卡拉马佐夫都忽略了。

还有一个很有意思的场面:在其他几个卡拉马佐夫在场的情况下,斯梅尔加科夫跟收留他的老仆人之间有一个论辩,最后大获全胜。大获全胜是根据两样东西,一是严格的逻辑推理,二是事实分析。斯梅尔加科夫的论辩对手是一个老仆人,他有坚强的信念,但他的信念完全不能对抗斯梅尔加科夫的逻辑推理和事实分析,斯梅尔加克夫的推理和分析很不合情理,但是符合逻辑。同样,在最后跟老二伊万的那番长篇对话中,斯梅尔加科夫也是依据严格按照逻辑展开的心理分析和事实分析而大获全胜。当看到斯梅尔加科夫的这些表现之后,我就产生了一个疑问,陀思妥耶夫斯基所说的"上帝"的基础是什么?因为逻辑和事实分析不站在上帝这一边,而是被斯梅尔加科夫拿在手里。你喊一声高山大海,它会动吗?它不动。它不动就是说,你的假设经不起事实检验,你的信念缺乏根据。当逻辑和事实都站在斯梅尔加科夫们一边的时候,对"上帝"的信念如何维持?

最后是阿廖沙。这是一个在小说里没有完全成形的人物,因为作家本来要分上下两部写《卡拉马佐夫兄弟》的,到第二部才重点来完成阿廖沙的性格刻画。就现在我们看到的来说,我想大家的感觉都差不多,这是所有卡拉马佐夫当中面目最苍白的一个。但即便如此,这个人物身上还是有一个两种品质的对比,一是善良性格导致的游移、软弱和糊涂,一是非常厉害甚至非常阴暗的直觉,这两者在阿廖沙身上形成了一种奇妙的混合。好,下边想听听各位怎么看这五位卡拉马佐夫。

……

我接着大家的话往下讲。拉基金说,你们卡拉马佐夫一家人都是好色之徒,刚才大家在谈德米特里的时候,也都提到了一个词——疯狂的情欲。问题是,我们怎么来理解这个疯狂的情欲?老卡拉马佐夫和德米特里,两个人的情欲差别非常大。你甚至好像不能用"好色之徒"这同一个词来说这两个人。至于阿廖沙,则好像完全没有这样的疯狂的情欲,可是拉基金明明说了,所有的卡拉马佐夫都是好色之徒。因此,问题还是在于,如何理解这个"情欲"?比方说,大哥的好色和父亲的好色有没有区别,区别在哪里?

......

　　其实,拉基金的那个话还是蛮有意思的。什么叫脾气古怪? 我的理解是,按照通常的社会行为模式,你这个人应该是这样这样,但你却经常那样那样,做出许多照常理不能理解的事情来。而之所以如此,是因为内心有剧烈的冲突,不能协调和平衡,于是会有互相矛盾的情感和言行,而在一般人看来,这就是脾气古怪了。从这个角度看,什么是卡拉马佐夫性格? 就是这种内心充满矛盾的分裂的性格。更重要的是,每一个卡拉马佐夫身上,都有一种强烈的激情,不管你用什么词来称呼它,卡拉马佐夫之所以成为卡拉马佐夫,就因为他们性格上有某种非常强烈的特质。它有时候表现为对女人的不顾一切的爱,于是就可以被称为爱情啊,情欲啊,但它还表现在和女人无关的其他方向上,比如对上帝的狂热的深究,对尊严的不顾一切的捍卫,等等,甚至还同样鲜明地表现在修道院的那场吵架的迅速升温上面。正是这一种强烈的性格特质,大大激化、或者说深化了卡拉马佐夫们的内心冲突。要说内心矛盾,我们每个人都多少有一点的,我们也常常会有一些内心差异难以整合。可是,卡拉马佐夫们内心的冲突如此剧烈、分裂如此深刻,我想,主要就是因为他们身上有那么一种强烈的激情吧。

　　所以,综合大家刚才的讨论,我们可以说,拉基金对卡拉马佐夫性格的定义还是相当准确的,这些人脾气如此古怪,是因为他们都是好色之徒,是一群被内心的激情驱使着的人。正是因为面对这样一个卡拉马佐夫,陀思妥耶夫斯基关心的那个问题才显得特别尖锐:这样的一群卡拉马佐夫,如果没有上帝,或者说,如果他们不承认上帝的存在,那情况会是怎么样? 我觉得,这就是整部小说讨论的基点。正因为有卡拉马佐夫性格,才会形成"上帝是否存在"这样的问题。

　　当然,卡拉马佐夫性格也罢,偶合家庭也罢,都是对十九世纪中晚期俄罗斯社会状况的一种极富特色的概括、赋形和呈现。这样的概括、赋形和呈现，是完全不能用政论家的斯拉夫派的陀思妥耶夫斯基的思想来解释的。虽然小说里有不少直接表现斯拉夫派思想的地方，可实际上，凡是直接体现政论家陀思妥耶夫斯基的立场的那些部分，包括佐西马长老的长篇陈述，阿廖沙和后面的柯利亚这些人物，虽然也有感动人的时候，但总的来说，都是显得很弱的。这部小说中最有力量的，还是这一群卡拉马佐夫，是作家通过这一群人物对当时俄国社会现实的那一种非常特别的提炼和再现（representation）。

陀思妥耶夫斯基式的文学

最后，我想再提一个问题来谈一谈。大家多少都读过一点其他思想家对十九世纪俄国社会的解读吧，比方说，马克思是怎么说那个时代的俄国的？列宁是怎么说的？赫尔岑和别尔加耶夫又是怎么说的？如果说他们的那些解读也是不同的再现，那么很显然，这些再现和陀思妥耶夫斯基在这部小说里对当时俄国社会的再现有非常大的差别——当然，那些再现彼此也都很不一样，但我们现在不谈这个。我的问题是，大家如何理解陀思妥耶夫斯基和它们的差别？我之所以这么问，是因为我觉得，正是在这些差别里面，我们可以体会到什么是"文学"。这个"文学"并不是放之四海而皆准的，不是可以拿来概括譬如中国和英国的所有文学的，甚至也不是可以拿来概括陀思妥耶夫斯基那个时代的所有俄国文学的。我们看托尔斯泰、看契诃夫，他们对现实的呈现都是自有一套，是和陀思妥耶夫斯基明显不同的。因此，我们在这部小说里看到的，是一种非常陀思妥耶夫斯基式的文学。但是，这是一种非常精彩的文学，一种伟大的文学，它体现了对于那个时代的俄国社会和俄国灵魂的一种非常深刻的呈现的方

式,一种赋形的前提下的呈现的方式。

　　显然,陀思妥耶夫斯基和列宁或别尔加耶夫们的不同,不仅仅是政治立场上的,更是对俄国现实的呈现上的,而且这个呈现上的不同,不是可以用理性和感性、政治和文学这样笼统的概念来界定的。你也不能说陀思妥耶夫斯基的呈现是一种宗教式的呈现,虽然陀思妥耶夫斯基极力渲染佐西马长老的风采,他却同时在小说里安排了一个重要的细节:佐西马长老死后,尸体就发臭了,而且是很快地提前发臭了。这个细节意味深长。从这里可以看出,伟大作家对社会和人的再现的一个基本的特点:它一定是非常特别的,是用任何现成的概念或定义都无法涵盖的。比方说,卡拉马佐夫一家人的那种强烈的情欲,包括老卡拉马佐夫的,都不是可以完全在生理的层面上解释的,甚至是主要不能从生理层面来解释的。作家着力突出的,不是这种性格特质的生理的来源,而是它的另外的来源,社会的、精神的、伦理的、宗教的,等等。正是这些包含了生理因素在内的复杂的来源,将卡拉马佐夫性格的内涵大大地扩展开来,使它远远超出了一个或一群小说人物的范围。我们也正是由此强烈地感觉到,作家是从一个非常特殊的角度,深深切进了那个时代的俄国社会和俄国灵魂。他的描写和理解极其特别,极其不合乎通常的政治经济理论的框架,但是极其有力。

时间很晚了，这部小说后半部分的许多内容，包括检察官和律师的长篇大论，我们都没法继续讨论了。刚才有同学谈到弗洛伊德的"弑父"理论，我这里就简单说一句，就是，当我们从弗洛伊德所谓"弑父"的角度去理解陀思妥耶夫斯基的时候，应该意识到，这只是角度之一，作家陀思妥耶夫斯基用小说呈现出的生活图景，是远远超出"弑父"的范围的。今天的讨论就在这里结束吧。

（主讲：王晓明。根据课堂录音记录整理改定）

 课后思考题

1. 德米特里为什么背弃了他的正式的未婚妻卡佳，而选择跟格鲁什卡远走高飞？他又为什么一定要把钱还给卡佳？他的这两个主动的行为之间，是什么关系？

2. 小说中的拉基金说，所有的卡拉马佐夫都是"好色之徒"，这个"好色之徒"是什么意思？你赞同他对五位卡拉马佐夫的这一概括吗？为什么？

3. 这部小说有关宗教大法官的那些寓言式的描写的核心部分，是大法官对耶稣的长篇告白，你是怎么理解这个告白的？如果你站在他对面，你会被他说服吗？为什么？

第十讲 《安娜·卡列尼娜》：
爱情是热情而持久的关怀

托尔斯泰的眼睛

今天大家一起讨论这部作品，课程的第一目的在于通过讲课来逼着大家读作品。读了作品，课程任务就完成一半了。

在读者印象当中，托尔斯泰似乎一直是很高大的形象，须发飘飘，无论哪里的画像，他都显得很高大。但据茨威格回忆说，托尔斯泰其实长得不好看，很多慕名去看托尔斯泰的人，第一眼往往会失望，他年纪轻轻，脸上皱纹就已经很多，茨威格幽默地说他留很长的胡子主要是来遮掩这些皱纹。托尔斯泰的嘴也特别小，而且身材在俄罗斯几乎是侏儒，长得很矮，他的身高在中国或许还马马虎虎，在身材高大的俄国人当中就显得矮小了，但是茨威格突出了托尔斯泰身上特别吸引人的东西。

"……突然，客人惊奇地屏住了呼吸，只见面前的小个子那对浓似灌木丛的眉毛下面，一对灰色的眼睛射出一道黑豹似的目光，虽然每个见过托尔斯泰的人都谈过这种犀利目光，但再好的图片都没法加以反映。这道目光就像一把钢刀刺了过来，又稳又准,击中要害。令你无法动弹,无法躲避。仿佛被催眠术控制住了,你只好乖乖地忍受这种目光的探寻,任何掩饰都抵挡不住。它像枪弹穿透了伪装的甲胄,它像金刚刀切开了玻璃。在这种入木三分的审视之下,谁都没法遮遮掩掩。——对此,屠格涅夫和高尔基等上百个人都做过无可置疑的描述。

……

这种穿透心灵的审视仪式仅持续了一秒钟,接着便刀剑入鞘,代之以柔和的目光与和蔼的笑容。虽然嘴角紧闭,没有变化,但那对眼睛却能满含粲然笑意,犹如神奇的星光。而在优美动人的音乐影响下,它们可以像村妇那样热泪涟涟。精神上感到满足自在时,它们可以闪闪发光,转眼又因忧郁而黯然失色,罩上阴云,顿生凄凉,显得麻木不仁神秘莫测。它们可以变得冷酷锐利,可以像手术刀、像 x 射线那样揭开隐藏的秘密,不一会儿意趣盎然地涌出好奇的神色。这是出现人类面部最富感情的一对眼睛。可以抒发各种各样的感情。高尔基对它们恰如其分的描述,说出了我们的心里话:"托尔斯泰这对眼睛里有一百只眼珠。"(参见《三大师》〔奥〕茨威格著,申林文译,安徽文艺出版社 2000 年出版)

确实,托尔斯泰对自己的眼睛比较得意,他对他作品中的人物的眼睛也很关注,并且很擅长运用眼睛的功能,他写安娜貌美的时候重点描写了她的眼睛,表现她青春的激情和对新生活的渴望,正是安娜这双火一样的眼睛吸引着伏伦斯基。同时托尔斯泰还分别通过别人的眼睛如吉蒂、列文等人的眼光来看安娜,描写安娜的美貌。眼睛的运用,还在于赛马一段,

通过安娜在观众席上的观察,将伏伦斯基赛马前的准备过程,赛马前的紧张与内心的犹豫和心神不定,以及赛马开始后的紧张场面,

表达了出来,并最终通过安娜突然站起来的一声惊叫,将赛马高潮传达了出来,也表达了此时安娜对伏伦斯基强烈的爱。

世界上有很多人喜欢托尔斯泰,喜欢《安娜·卡列尼娜》,因此托尔斯泰的作品进入了其他小说中。电影《青春之歌》里,余永泽拿了本《安娜·卡列尼娜》和林道静约会,余永泽家里也挂着一个托尔斯泰头像,托尔斯泰似乎成了人道主义的符号。在七十年代,虽然政治气氛紧张,但是根据老作家们的回忆,很多知识分子的床头也仍摆放着《战争与和平》。到了八十年代初期,大学生们喜欢《安娜·卡列尼娜》胜于《战争与和平》和《复活》。可是到了九十年代,先锋小说出现后,西方现代派小说在中国更受欢迎,大学生们似乎开始遗忘了托尔斯泰,青年男女中读《安娜·卡列尼娜》的逐渐减少,据清华大学中文系教授、作家格非回忆,有一次清华有研究生要求换导师,原因是她不满导师给开的书单,她埋怨说:"居然要我看《安娜·卡列尼娜》!"

《安娜·卡列尼娜》是托尔斯泰的三大经典之一,托尔斯泰的另外两部经典是《战争与和平》和《复活》,后两部得到公认,《安娜·卡列尼娜》这部小说究竟好不好,历来有争议。我们首先看翻译的版本,托尔斯泰作品的译本在中国有好几种,我推荐大家读草婴翻译的版本。最近草婴翻译的全套托尔斯泰作品的新版本出来了,图书馆里也有他以前翻译的版本。草婴翻译俄罗斯文学翻译了二十年,一辈子专门翻译托尔斯泰,译本比较权威。草婴翻译得比较客观,比如这次新版他把渥伦斯基的名字翻译成伏伦斯基,把奥勃浪斯基翻译成奥伏朗斯基,基本上是按原文俄文读音翻译出来的,而原先的人名里带有一点贬义的讽刺色彩。在《安娜·卡列尼娜》这部小说里,列文、伏伦斯基和奥伏朗斯基等几位男主角身上,几乎都有托尔斯泰个人生活的影子。一本好的小说,不仅仅是讲故事,而且还要求讲故事的人通过故事战胜自己,确立自我,所以更是讲述者个人心灵的搏斗。托尔斯泰通过讲故事,不断地写出自己的人生困惑和人生思考。在同一部小说里,或者说作家的脑子里,往往有好几个"托尔斯泰"在互相吵架、辩论。

安娜的爱情

昆德拉也是喜爱这部小说的。在《生命不能承受之轻》里,他曾多次提到《安娜·卡列尼娜》,男主人公托马斯给他那只非常可爱的狗起名就叫卡列宁,这部小说的最后一段就叫"卡列宁的微笑"。书中托马斯和他的情侣特蕾莎好几次见面时都谈到《安娜·卡列尼娜》,写得很抒情,我这里想挑出来两段读给大家听:

> "得给狗起个名字。"托马斯想别人一听到这个名字,就知道是特蕾莎的狗,他想起,当初她不打招呼来到布拉格时,腋下夹着一本书。

> 他于是提出那狗就叫托尔斯泰吧。"不能叫托尔斯泰,因为这是个小丫头,"特蕾莎反驳说,"倒是可以叫它安娜·卡列尼娜。""不能叫它安娜·卡列尼娜,一个女人的嘴,根本不会长得

这么滑稽。"

托马斯说,"不如叫卡列宁"。

"对,卡列宁。这正是我原来一直想象的。""叫它卡列宁会不会造成它的性倒错?""有可能,要是主人总用公狗的名字来叫一条母狗,那母狗很可能产生同性恋倾向。"托马斯说。

......

特蕾莎夹的那本书就是《安娜·卡列尼娜》,这本书成为他们爱情的见证,像特蕾莎说的,《安娜·卡列尼娜》是她闯进托马斯生活的门票,当然这本书也象征他们爱情的悲剧命运,就像安娜的出场便预示了小说的结尾,接着听:

......

"是的,我承认,但唯一的条件,就是这种小说对你来说并不意味着'虚伪'、'杜撰',或者'与生活一点不像'。因为人生就是这样组成的。人生如同谱写乐章,人在美感的引导下,把偶然的事件(贝多芬的一首乐曲,车站的一次死亡)变成一个主题,然后纪录在生命的乐章中。犹如作曲家谱写奏鸣曲的主旋律,人生的主题也在反复出现、重演、修正、延展。安娜可以用任何一种别的方式结束生命,但是车站、死亡这个难忘的主题和爱情的萌生结合在一起,在她绝望的一刹那,以凄凉之美诱惑着她。人就是根据美的法则在谱写生命乐章。直至深深的绝望时刻的到来,然而自己却一无所知。"

......

她第二次再来的时候,提着一个沉沉的箱子,里面塞满了她所有的衣物,她下决心再也不回那个小镇了。他请她第二天晚上去他家,于是她在一个低档的旅馆待了一夜。第二天早上,她把箱子寄存在火车站的行李处,在布拉格的大街上游逛了整整一天,腋下夹着本《安娜·卡列尼娜》。晚上,她按响门铃,他开了门。她一直没有放下那本书,仿佛那就是她迈进托马斯世界的门票。她明白这张可怜的门票是她唯一的通行证,为此,她真忍不住想哭。为了不让自己哭出声来,她不停地大声说话,一边说,一边笑着。

......

她想他们的相逢从一开始就是一个错误。那天她夹着本《安娜·卡列尼娜》,那只是她用来欺骗托马斯的假身份证。他们为彼此造了一座地狱,尽管他们彼此相爱。的确,他们彼此相爱,这足以证明错不在他们本身,不在他们的行为,也不在他们易变的情绪,错在他们之间的不可调和性,因为他强大,而她却是软弱的。(摘自米兰·昆德拉《不能承受的生命之轻》,许均译,上海译文出版社,2003年7月版)

不管《安娜·卡列尼娜》的主题如何丰富,青年男女更愿意读出其中的爱情故事。小说通过安娜与伏伦斯基的故事,探讨了爱情问题,这个爱情悲剧在哪里?安娜反对一切的谎言,反对一切的虚假和欺骗,反对一切都是罪恶的社会,追求一种纯洁的爱。她单纯善良,待人真诚,心地纯洁,厌倦上流社会,追求新生活。安娜的选择说明了她对生活的要求不是世俗的趋利避害,选择伏伦斯基意味着告别安逸的贵族太太的生活。她对生活有向往,也很悲观,她仿佛一开始就知道了故事的结局,最终觉得没有寻找到自己想要的东西,终于因幻灭而自杀,托尔斯泰通过这个故事寄托了他对爱情的严肃思考。

如果说整部小说都是在思考人为什么活着,作者安排安娜死亡是为了说明,爱情给予不了一个人解放的出路。安娜即使不死亡,也没有出路,尤其是和性、肉体有关的世俗爱情。列文也在考虑这个问题,作者安排列文与吉蒂两次结合是有用意的,我们设想一下如果吉蒂第一次就和列文在一起会是怎样？这和经过一番波折才和列文在一起效果是完全不一样的，这里插入了一个细节是：吉蒂到乡下去，参加劳动，思想观念发生了变化。二人终于结合，这里引出吉蒂与列文建立的爱情，不是抽象的靠不住的一见钟情，如果匆匆忙忙两个人就结合在一起，就和她姐姐的命运一样了。整个上流社会却以此为时尚，充满了虚伪的爱情，以找情人为荣。到后期《复活》中，对性、肉体的爱情也是同样的安排，聂赫留多夫和喀秋莎也没有在一起，通过聂赫留多夫的忏悔，作者否定了他年轻时荒唐的性爱，喀秋莎最终选择跟革命者一起流放，也表达了托尔斯泰的精神理想，崇尚精神恋爱。作家在描写安娜与伏伦斯基性爱的时候用了大量的省略号，这也是有意的省略，反映了托尔斯泰的恋爱观念。

托尔斯泰对安娜、伏伦斯基的爱情态度其实是复杂的，并不是一味的同情，也有谴责的成分。一见钟情往往容易，但是爱情的第二天怎样，婚姻靠什么来维持，小说一开始"幸福的家庭都是相似的，不幸的家庭各有各的不幸，奥勃朗斯基家庭一切都乱了"！这也算点出上流社会的病灶，奥勃朗斯基是上流社会中年男人的代表，过着上流社会千篇一律的生活，也不缺钱，靠变卖地产过日子。妻子年老色衰了，奥勃朗斯基对妻子的身体已经厌倦。人到中年，爱情靠什么维持呢？每个人都要经历这一步。托尔斯泰通过奥勃朗斯基的婚姻来讨论这样的一个问题，奥勃朗斯基抱怨生活，对他的妻子——吉蒂的姐姐已经没有爱情了，并在外面有了情人，而自己的老婆因生了五六个孩子而年老色衰，如果说花前月下是浪漫的，到老了的时候，两个人在一起的理由在哪里？通过对爱情与婚姻的思考，作家仍然没有离开"人为什么活着"这一主题。对安娜和伏伦斯基结婚后的生活描写，作家也是持悲观态度的。谚语说，婚姻是爱情的坟墓，不要说婚姻，就是爱情，时间长了，也失去了新鲜感，如何保持爱的持久能力，这是我们共同面临的问题。其实鲁迅的《伤逝》也探讨过这一问题，在这部小说里，鲁迅讲述了平凡的生活如何销蚀浪漫的爱情，子君和涓生都是新文化运动初期接受个性解放等新思想的新一代青年，他们当初的爱情也是轰轰烈烈，子君冲破家庭的重重阻力，大胆地喊出："我是我自己的，他们谁也没有干涉我的权利。"可是结婚以后就开始互相抱怨，出现隔膜，再加上生活贫穷，最后还是分手，子君最终被家里人领回，抑郁死去。鲁迅首先认为要正确看待生活，爱情不是不食人间烟火，"人必生活着，爱才有所附丽"，同时他更强调"爱情须时时更新，生长，创造"，爱情要不断生长新东西，不能停留在回忆里，更重要的是，爱情与日常生活不应是分裂的。托尔斯泰通

《伤逝》插图

过列文和吉蒂结合的过程，找出了可靠的爱情与共同理想与献身社会之间的关系；通过对列文夫妻生活的肯定，表达了他对爱情的理解，列文关心农场改革，也乐意寻找属于自己的幸福生活；还通过列文对农村、对农民问题的关注，列文、吉蒂对生活意义的寻找过程，作家告诉了我们高尚的爱情是建立在共同信仰的基础之上，最终才能获得内心平静。

当然托尔斯泰在刻画安娜寻找爱情的

《安娜·卡列尼娜》插图

正当性时候，并没有过分地将卡列宁丑化，意在揭示这是社会悲剧而非个人悲剧。所以雷蒙·威廉斯《现代悲剧》中将《安娜·卡列尼娜》和劳伦斯《查特莱夫人的情人》做了比较，后者描写了资本主义社会中个人的动物般的生机勃勃的情欲，而托尔斯泰看到的是"所有人生活中的激情或激情的毁灭"。伏伦斯基唤醒了安娜，但是，"唤醒一个人与唤醒后与他共同生活是完全不同的两码事情"，《伤逝》的故事也是如此，雷蒙·威廉斯追问：作为一个人，伏伦斯基是否能够对自己在安娜身上燃起的爱情负责？这是一个简单的道理，大多数男人能够让女人生育，但真正可以当父亲的就没有那么多了。所以"人的强悍必须包括温柔的保护以及热情而持久的关怀，这是人类处境的生理需要"，必须把持久的关怀，持久的爱的能力当作一种生理需要，成为我们的身体感觉。

北京大学教授钱理群先生每次在北大新生迎新会上都要讲：大学有三件事，读书、恋爱、交朋友，恋爱是大学不可缺少的阶段，每个人都会体验、完成这个成人仪式。同学们刚刚进入大学，所有的新生活都将来到你们面前，包括爱情。少男少女往往将爱情简单等同于九百九十九朵玫瑰，或者理解为肌肤相亲、情侣服饰，当然不能否认亲密关系表达的正当性，但爱情到此为止是不够的，爱情如果仅仅建立在物质的关系上，也是肤浅的、没有想象力的。这里，我愿意赠送大家叶芝的一首小诗《当你老了》与大家共勉：

> 当你老了，头白了，睡意昏沉，
> 在炉火旁打盹，请取下这部诗歌，
> 慢慢读，回想你过去眼神的柔和，
> 回想它们昔日浓重的阴影；
>
> 多少人爱你青春欢畅的时辰，

爱慕你的美丽,假意或真心,

只有一个人爱你那朝圣者的灵魂,

爱你衰老了的脸上痛苦的皱纹;

垂下头来,在红光闪耀的炉火旁,

凄然地轻轻诉说那爱情的消逝,

在头顶的山上它缓缓踱着步子,

在一群星星中间隐藏着脸庞。(袁可嘉译)

托尔斯泰的现实主义

谈到托尔斯泰的现实主义,不能不说到他的细节描写——托尔斯泰既写了外部世界,也有内心的细节描写——但这样的细节描写与巴尔扎克早期的作品区别在哪里?我们知道巴尔扎克也被称为现实主义大师,也是写细节的能手。伍尔芙说托尔斯泰"每一扎树枝,每一片羽毛都被他的磁性所吸住,他注意到每个孩子身上湛蓝或鲜红的色彩,一匹骏马尾巴换毛的过程,一阵咳嗽的声音,一个男人想把他的手插进已经封住的口袋中的动作。他精细的目光记住了一阵咳嗽和双手细微的动作,他精确的头脑又将这些动作归根于人物性格中某种隐蔽的因素。"这一特点不能仅仅归于托尔斯泰的独特性,比如像这样的细节描写在契诃夫的小说中也能找到。托尔斯泰的独特性在哪里?

伍尔芙在《小说与小说家》中用了一个非常精确的比喻描写托尔斯泰,说托尔斯泰就像宙斯一样,站在奥林匹斯山顶上,带着慈祥和善意看人间的百花盛开。作家同时也将读者带到了这个高度,一同俯视大地。甚至说托尔斯泰是带着望远镜在细看这百花盛开,并且随时将望远镜交给读者。的确，没有人能像他那样，带着善良，把马的幽雅和力量，把振奋人心的狩猎场面以及把一个年轻人对世界万物的种种愿望和强烈感受，表现得如此淋漓尽致。

关于托尔斯泰的高度，王安忆表达了同样的意思，她说她最感动的小说就是托尔斯泰的小说，因为他站得那么高，可又却像你人生的伙伴。但是伍尔芙接着说，在托尔斯泰盛开的百花里面，其实藏着一只毒蝎子，这只蝎子就是"人为什么要活着？"这是托尔斯泰毕生思考的问题。《安娜·卡列尼娜》之前的《战争与和平》，以及之后的《复活》，都是如此。在《安娜·卡列尼娜》中，整个小说中都笼罩了死亡的细节，这恰恰是在追问，人为什么要活着？如果人没有理由活着，那就只有死亡。托尔斯泰其实还通过列文表达了这个意思，列文常常由于思考和探索的问题长期得不到解决，而痛苦得要自杀，以至于身边不敢放猎枪。我们在阅读托尔斯泰小说的时候，一方面会获得宁静感，但是另一方面，如果读进去，就时时会感到这个小毒蝎在咬啮我们的内心：

> 生活支配着托尔斯泰，正如灵魂支配着陀思妥耶夫斯基，在所有那些光华闪烁的花瓣的中心总是蛰伏着这条蝎子，"为什么要活着？"他的著作的中心总有一位列文，他们已经取得了所有的人生经历，能够随心所欲地对付这个世界，他们总是不停地问，甚至在他们享受生活乐趣时也要问，生活的意义是什么？我们人生的目的又应该是什么？能够最有效的驱散我们心中意念的并非牧师僧侣，而是那位自己也曾熟悉他们、热爱他们的人。
> （伍尔芙《小说与小说家》）

总有一位探索者列文，出现在托尔斯泰的小说中，在《安娜·卡列尼娜》、《战争与和平》和《复活》里，关于地主和贵族都有托尔斯泰自身的影子在里面。而列文最后获得心灵宁静的并非宗教，列文想要皈依的也并非世俗宗教，而是服从内心、服从灵魂。关于托尔斯泰，争议也是很大的，有的人认为《战争与和平》是他写过的最好的小说，比如海明威。他特别推崇《战争与和平》，只看重《战争与和平》中战争场面的描写，可是瞧不起《安娜·卡列尼娜》，特别是《复活》，尤其反感托尔斯泰小说中大段的议论，我们下文会涉及这一问题。

在作家的三部经典作品中，《安娜·卡列尼娜》写于中期，前有《战争与和平》，随后是《复活》。由于《安娜·卡列尼娜》处于托尔斯泰思想转折期，所以更具有复杂性，小说在写作过程中时断时续，作者一边写作，一边对这部作品的意义产生了怀疑，从列文不断地抑郁自杀也可以得出这个结论，他甚至几次中断了写作。如果不是《俄国导报》编辑的催稿，它可能会中途夭折。所以托尔斯泰写完了这部作品后筋疲力尽，像刚大病了一场，又像吸毒后一样，既疲惫又快乐。他像摆脱了一件沉重的负担似地说："我终于被迫把我的小说写成了，它简直叫我腻烦死了。"之所以写得如此艰难，主要是托尔斯泰对于艺术上永无止境的要求与不满，不断地琢磨修改。但更重要的是他一直在摸索自身价值观念、生命意义，像在谱写一部交响乐在不断地捕捉一个个动机，但又一个个地抛弃，所以这部小说渗透着他在价值观念、社会变革中的理想等重大问题上产生的普遍而深刻的危机与幻灭感。他的幻灭感不得不让我们想到托尔斯泰生活的时代，托尔斯泰的时代对于俄国来说是一个承前启后的时期。用列文的话说这是俄罗斯方生未死的大时代，新的东西刚刚萌芽，一切还未开始的时代，"一切都翻了个身，一切又重新开始"。

当时，法国革命刚刚结束，虽然托尔斯泰作品中没有直接写法国革命，但是卢卡契说从他的作品中我们能看到法国革命、资产阶级对整个俄罗斯的影响与冲击。从列文对奥勃朗斯基埋怨中可以看出，奥勃朗斯基为了维持他体面的生活，将那么大一块地贱卖出去，在精打细算的资本家商人面前，农奴制似乎逐渐不堪一击，作者就是这样将那些犹豫、彷徨甚至绝望一起写进了小说中去。

接下来我们举一两个细节来看一看这个作品。

首先看一看安娜的死亡。一八七八年，当时的俄罗斯人问托尔斯泰："你写《安娜·卡列尼娜》的念头是怎样产生的？"托尔斯泰躺在沙发上回答说："是的，就像我现在独自躺这张沙发上，吸着烟，我不知道我是在极力思索还是在极力与瞌睡作斗争，突然有一条贵妇人的光胳膊在我的面前晃过，我不由得仔细地看着这个怪女人，接着出现了肩膀、脖子，接着出现了一个美丽的女人的形象。她身穿白衣裳，她那双含怨淡淡的眼睛看着我，幻影消逝了，可是我无法摆脱她，她日夜跟踪着我。为了摆脱她，我必须替她找个化身。"

《安娜·卡列尼娜》的扉页上有"申冤在我，我必报应。"明确表达了对安娜命运的看法，既然这个世间的男人和女人没有权力来评判安娜，那就让上帝来评判。《复活》则讲述灵魂的赎罪，两部小说上帝都出场了。《安娜·卡列尼娜》的结局在报纸上发表后，许多人责怪托尔斯泰太残酷了，他对一位朋友说："这件事情让我想起普希金遇到的一件事，普希金对一位朋友说，你想想，我那位卡西杰娜跟我开了多大的玩笑，她竟然嫁了人，我简直没有想到她会这样做。"我们常用心理分析来解释作家控制不了小说的人物命运，其实托尔斯泰不是这样的，我们从托尔斯泰对于安娜死亡的安排可以看出，小说在开始写到了安娜与车站、列车以及死亡时就埋下了一个不安的动机，只是不细心的读者听不见汽笛长鸣的声音，最终安娜葬身车轮下。关于火车改变命运的细节在《复活》中出现,聂赫留多夫同样是一个当过兵的花花公子,玛丝洛瓦怀孕了,有一天,她听说她养母的侄子聂赫留多夫可能要路过这儿——他把喀秋莎诱骗了之后就跑掉了,而喀秋莎已经情窦初开了,日夜等着这一天,好告诉他怀孕的事情。可这天,他却来电报,说有紧急事不能下车了。"这天晚上她跑到车站,找到列车。甚至看到聂赫留多夫坐在温暖的车厢里,在喝着酒,外面下着雨,地上是泥泞,她喊他,可是他没听见,最后车开走了。"他看不见雨中湿漉漉的喀秋莎,也听不到她的呼喊,这是一个残酷的场景,喀秋莎回到家中,由于伤风败俗的怀孕事件被养母赶出了家门,从此她一次一次被骗,最终沦为妓女。

在写安娜死亡时作者常常把它与梦联系在一起。她生小孩难产时做过梦,最后死亡时也梦见一个奇怪的法国老头,面目模糊。假设安娜不死,她会过一种怎样的生活。王安忆曾把爱玛与安娜作比较,她说:"爱玛(《包法利夫人》)与安娜走的是完全不同的路,一个是要逃离这个阶级,一个是要走入这个阶级。但是爱玛的下场非常悲惨,爱玛非常珍惜那次舞会,所以她努力寻找舞会残留下的一切东西,以让她感到她确实参加了这个上流社会的舞会。"安娜抛弃的不正是爱玛的理想吗?假如安娜不死的话,继续下去的无非是爱玛的舞会生活。"真正追求梦幻的是安娜,因她有着特别强烈的热情。这个热情让她远离现实,超凡脱俗。就如她卧轨之后,伏伦斯基母亲说:谁让她有那么多热情呢?她有那么多热情,对谁都没有好处。"

这里提出了一个重要问题,就是现实主义的问题。自然主义不相信生活的偶然性,但安娜相信生活的偶然性,所以生活中有热情,有浪漫,而不是过于忠实"普通生活的平常进程"。自然主义是不主张浪漫主义的,更不喜欢革命浪漫主义,他们认为应冷静,于是,这便失去了超越的可能性。

怎么看待托尔斯泰对十八世纪以来现实主义的超越？我们读托尔斯泰的作品是否只是在他作品的细节上大加称道？诚如伍尔芙所说，托尔斯泰就像上帝之眼，站在制高点看着芸芸众生，看得如此仔细。如果我们从这个层面上阅读托尔斯泰，就与巴尔扎克有了区别，托尔斯泰的现实主义是继承了十九世纪巴尔扎克现实主义传统的，虽然在那个时代，现实主义已经出现溃败的趋势。我们知道，托尔斯泰和陀思妥耶夫斯基生活在同一个时代，是俄罗斯文坛引以为豪的两大巨星。当时以陀思妥耶夫斯基为代表的现代派小说的星星之火已经点燃了，而且有着燎原的生机。在这个意义上，卢卡契认为托尔斯泰的出现通过发展现实主义的角度拯救了现实主义。

托尔斯泰虽然继承了十九世纪伟大的现实主义传统，但这不是菲尔丁和笛福的传统，他是在现实主义传统已经衰落，要将现实主义消灭的一些文学流派已经在全欧洲凯旋的时候站出来的，因此托尔斯泰在他的文学创作中不得不逆潮流前进，这个潮流就是现实主义的衰退。所以卢卡契说："在他手里恢复了已经瓦解的现实主义的活力和独创性，所以在本质上是一个现代作家。"卢卡契用了"散文小说"一个词，认为托尔斯泰的小说不是散文小说，而是戏剧小说，有极端的戏剧冲突，安娜的死就是如此安排的。

有人会问，巴尔扎克以后的现实主义为什么就没有批判力量，乃至穷途末路了？文艺理论中不是说只要客观地再现这些东西，就能达到批判的效果吗？在卢卡契看来，一旦资产阶级占统治地位了，作家的生活方式和写作方式都会被它左右，写作只能成为资本主义文化生产的一部分，不会在内部爆发力量。他在论述托尔斯泰时有一个关键词：整体性，即认为个人的命运和小说的环境、个人生活背景须统一。卢卡契的言下之意就是在现代主义小说中，小说与背景是分离的。"在一个具有整体性的现实主义面前它是史诗，这样的史诗在托尔斯泰这里又恢复了。"之所以说是"恢复",是因为《荷马史诗》中描写的个人命运、细节与整部小说是统一的,具有整体性。不像资产阶级后期小说是支离破碎的经验。巴尔扎克是最后的过渡者,他举例子说在《荷马史诗》中枪只有在决定命运时才会拿来写。现代主义不这么写,自然主义更不这么写,小说中的意象或细节与小说背景往往是分离的,但托尔斯泰的小说恰恰是整体性的,一环扣一环。他自己说他强调建筑美,说他的小说是圆拱形的。谁是小说中的主人公?只是一个安娜吗? 显然不是,它具有整体性,浑然一体。

为什么现实主义到巴尔扎克时期出现了危机? 卢卡契认为在巴尔扎克小说连环相扣无所不包的细节中,绚丽的资本主义制度已经使艺术陷入了危机的开端。巴尔扎克到了后期为了金钱来写作了,从写作的目的上就已经机械生产了。托尔斯泰在情节中往往突然中断,加入一段议论,有纯文学兴趣的人就会跳过,不喜欢,认为它不美。海明威很不喜欢托尔斯泰的议论,而卢卡契恰恰认为议论是小说中重要的元素,并不影响美。

> 只有凭借这种强有力的戏剧性的爆发,一种充满深刻的、丰富多彩的诗的世界就可以从资产阶级生活的肮脏无聊的散文中出现。自然主义作家克服了这种'浪漫主义',他们这样做就是为了让文学降到普遍的水平,在自然主义中,日常生活里平凡的散文,战胜了资本主义生活的诗意。在《安娜·卡列尼娜》中甚至有更浓厚的物欲威胁着乡村牧歌,敌人已经公开显露了他的资本主义面貌,这里不再只是一个财政与灾难的问题,列文的确要处理《战争与和平》中遗留下来的问题,但他不但能够那么简单而轻快地把他们解决,他不但为恢复一个地主在物质上的繁荣而斗争,而且不得不进行无休止的内心的斗争,这个斗争从一个危机过渡到另一个危机,意图使自己相信他作为一个地主的

存在是正当的。在《安娜·卡列尼娜》中这个地主的幻想在《战争与和平》中已经大大地动摇了，虽然安娜的风格依旧有托尔斯泰早期的特征，但他后来危机时期的若干特色也显示了出来。（《卢卡契文学论文选》）

所以和海明威相反，卢卡契认为《安娜·卡列尼娜》更像一部小说。怎么理解事物的整体与个人的命运呢？或者说，小说中的细节描写和整体性是什么关系呢？我们再举例来解释这个所谓的"整体性"，在《战争与和平》中，从宫廷和他们部队到游击队员到战火到生死，一直到私生活的每个阶段，每一个细节都服务于恢弘的场景。我们也可以回忆《安娜·卡列尼娜》中所描写的跳舞的俱乐部、宴会、社交、会议、工作、赛马，这样的细节中，赛马就是为了写安娜的尖叫，写尖叫就是为了写她对卡列宁的摊牌，这样一环扣一环。拿安娜和《娜娜》来说吧，赛马这一情节与整个小说情节是有关的，是有机的整体，而佐拉的娜娜，小说的情节与情节之间没有必然联系，后者代表自然主义写作风格，这种写作风格是资本主义造成的后果，对世界的把握已经失控。自然主义已经不能像托尔斯泰那样站在高山之巅，俯视苍茫大地。在卢卡契看来，前者是叙述，后者是描写。这也印证了威廉斯的判断，《安娜·卡列尼娜》这部小说写的是社会悲剧，而非个人悲剧。

今天来理解托尔斯泰的现实主义小说的最重要的地方，不能仅仅停留在他细节描写的生动方面，他更大的意义是：在现实主义遭遇现代主义之际，他怎么用他的写作实践来发展和丰富现实主义。托尔斯泰之所以在那个时代得以凸显出来，因为在那个"一切都翻了个身，一切都刚刚开始的时代"，坚持了他的现实主义。这和现实主义写作当前在中国的命运也是有相似之处的，卢卡契的观点并完全正确，但字里行间的智慧可以启迪我们思考现实主义的活力在哪里，怎么让现实主义重新焕发史诗的魅力,怎么讲现实主义与整体性的关系,以及个人命运与社会整体命运的关系。

(主讲:孙晓忠。根据课堂录音记录整理改定)

 **课后思考题**

1. 爱情为什么需要热情而持久的关怀?

2. 如何理解《安娜·卡列尼娜》是"社会悲剧"而非"个人悲剧"?

3. 谈谈你对现实主义的理解。

第十一讲 《棋王》:"个人"梦想在乱世中冉冉升起

在人的一生中,"梦想"似乎是一个很特殊的东西。人有了梦想,不见得一定有好处;但是,没有了梦想,人生好像又缺少了一块重要的内容。

那么,"梦想"在现代人生中,到底扮演了什么样的角色呢?

阿城的小说《棋王》,以大变动、大转折的时代为背景,为我们呈现了乱世之中人的"梦想"的萌生、成形与降落的过程。

阿城其人

大家是否熟悉阿城?应该说,他是一位非常有天赋的作家,为什么这么说呢?阿城可以说是中国二十世纪的最后一位"传统"文人,或者说是最后一位通人。这个人对中国的传统文化非常熟悉,比如说琴棋书画,我们现在一提起"琴棋书画无所不精无所不晓",就会想到古代的才子佳人小说,在现实生活当中,现代人与传统文化形式之间的距离其实是非常大的,但阿城恰恰可以做到,这很难想象。

阿城现居纽约,可以说他成为了一个具有世界影响的文化人。举个例子:李安拍《卧虎藏龙》,陈凯歌拍《无极》,之前都要去征求阿城的意见,因为他们对展现中国文化传统的精髓这样的东西没有把握。可以说,阿城基本上已经成为承载着中国最后的传统文化梦想的这样一个人物。

阿城在当代文学史上最著名的作品就是"三王"——《棋王》、《树王》、《孩子王》。《孩子王》后来由陈凯歌拍成电影,取得了世界性的声誉。但是我们普遍认为小说内在的意蕴恐怕比电影展现出来的意蕴要丰富很多。

阿城

讲阿城,可能对于同学们而言,寄托着一种希望:通过《棋王》来看,阿城是怎样来塑造一种梦想的? 我们都知道,梦想不是空想,不是幻想,也不是狂想,梦想的形成应当是一步步的,非常扎实的,梦想是支撑一个人活下去的或者说去奋斗的一个动力或者理由。而阿城通过《棋王》的讲述,给了他的主人公这样一个非常扎实的理由,提供了建立起属于自己的梦想的一种途径。

在进入《棋王》之前,我们先问三个问题:

第一个问题就是:这篇小说的名字叫《棋王》,但是这篇小说中间有很大的篇幅是用来写各种各样的"吃",写各种吃饭的情景,你认为这些"吃"的细节、场景在这篇小说中有何意义? 起什么样的作用?

第二个问题:如何理解王一生母亲的"无字棋"?

第三个问题:如何来理解结尾的地方,王一生的感悟:"人还要有点东西,才算活着"? 人到底有了什么东西才算个"人"?

"王一生"的出场:个人与大时代的关系

《棋王》一共是四节,每一节都有一个鲜明的叙事侧重点。小说是用第一人称叙事的,用"我"来展开这样一个故事,"我"与王一生之间不仅仅是"看与被看"这样一种关系，更大程度上还参与了王一生如何从一开始被人看作精神病最后变成"棋王"的过程，他是一个参与者。所以在这个小说中间，一方面可以看到小说的重点是在讲王一生的故事，但你也不妨把视野稍微荡出去，去考察"我"在王一生的故事中是否也完成了一个心理上的变化，或者说是心理上的一种升华？事实上，对王一生的故事作比较理性的完整的总结，不是王一生作出来的，而是"我"作出来的。"我"和王一生这样一种非常复杂的关系，在这个小说中是比较值得关注的一点。

小说的第一节是讲"我"和王一生是如何认识的，他们的认识是在一个非常动荡的大时代。一开头非常有意思：

> 车站是乱得不能再乱，成千上万的人都在说话。谁也不会去注意那条临时挂起来的大红布标语。这条标语大约挂了不少次，字纸都折得有些坏。喇叭里放着一首又一首的语录歌儿，唱得大家心更慌。

这是一个非常典型的"文革"期间"上山下乡"的一个送别场景，这一场景有典型的细节作支撑，有大条幅的标语，有一行行的语录，有成千上万的人，他们共同组成了这样一个动荡的大时代。在"文革"期间，对于这样的场景的叙事，我们都知道往往是把它搁置在一个豪情壮志的状态下来进行书写的，而在《棋王》中，作者通过"我"的叙事视角看到的一个景观，有非常明显的间离效果，可以让人看到被以往的宏大叙事所遮蔽的一些边缘人的心理状态：只有时代边缘人才会只注意到字纸折得有些坏，而不会看字的内容；他才会注意到这些歌儿唱得不是让人觉得群情激奋而是让人心慌。这样的一种体验，很明显是告别了"文革"中的所谓集体性的一种情感体验，而体现出某种对时代有反省、有疏离的个人的色彩在里面。从新时期文学后来可以概括为"纯文学"的走向来加以反观，《棋王》所体现出来的叙事价值立场是值得注意的。

描写大时代的第二点，是通过"我"对生活的回忆来展开的。"我"是怎样的一个人呢？"我虽无父无母，孤身一人，却算不得独子，不在留城政策之内。父母生前颇有些污点，运动一开始即被打翻死去。家具上都有机关的铝牌编号，于是统统收走，倒也名正言顺。我野狼似的转悠一年多，终于还是决定要走。"这样一种对个人生活的描绘，如果和之前的伤痕文学、反思文学相比，会发现在情感表达上有非常大的差异。伤痕文学、反思文学在描写那样的动荡大时代的时候，往往是用一种非常痛心疾首的情感宣泄的方式来进行的。而在阿城笔下，尽管在短短几句话中可以看出这个人是非常不幸的——父母惨死，家破人亡，连个落脚之处都没有，但作者严格控制自己情感，用一种极其平淡的笔调来写家破人亡的故事，以这样的手法来写，在《棋王》之前是很少见的。这种书写有几个好处。

《棋王》剧照

第一个好处，这部小说是有一种梦想的建构和追寻的意味在里面的，作者很大程度上把苦难当作一种基点而不是当作全部，所以在这个地方如果过多地渲染一种痛苦的经验的话，有可能会妨碍他后面对梦想的追寻。

第二个好处，大家可能注意到一点，这个小说实际上是在道家文化精神的指引下写出来

《棋王》书影

的,而道家的精神的要领就是不以外在世界的变动当作个人悲喜的原因,有这样一种极大的控制力在里面。

第三个好处,可以说中国的小说发展到阿城这个地方就比较成熟了,这种成熟表现在他知道所谓的艺术和现实之间的界限。现实生活中那种非常惨烈的叫声和喊声,在艺术表现中可能就会以一种严谨的控制性的立场来对它进行书写,这是非常难得的,中国当代小说中能做到这一点的不多。举个例子来说,莫言的艺术感觉是很好的,他用一些简单的日常口语,就能够把一个意象、一个故事、一个人物形象塑造得栩栩如生,而这样的一份天才,很少有人能够达到。但是莫言有一个致命的缺陷,就是放纵自己的艺术感觉,在《红高粱》这部小说中,通过渲染红高粱来表现生命的热力,他做得非常成功;但他的另一部小说——一九八七年写的《红蝗》中,就太放纵自己的艺术感觉,所以在里面出现了很多对丑陋现象的夸张性的、非理性的描写,如他把蝗虫成灾的景观写得五彩斑斓,但缺少应有的节制,导致很多的极其丑陋的描写破坏了读者的阅读感觉,让人不忍卒看,而阿城在这方面做得很好。

阿城的这部小说一向被当作是比较成熟的现代白话文来解读的。我们都知道,“五四”以来形成了一种新的文学写作的规范,即现代小说跟传统小说相区别的,在于一个用白话,一个用文言。但用白话进行写作,一向被人所诟病。因为现代白话文往往“粗鄙无文”,过分的粗糙,没有几个人用白话文来创作是做得很好的。而在阿城这里,有一个非常明显的转折——他实现了一种所谓白话文的审美化,《棋王》就是他的典范之作。在小说开头第一、二段关于“我”身世的引文中,可以注意到,他是怎样来使白话文具有某种美感、具有某种耐人咀嚼的想象空间的。在这里面有这样一些词,如“居然就批了”,就将“我”的真实想法和现实之间那种种奇妙的割裂和统一的微妙关系揭示了出来。在"居然"这两个字背后,可以体会到"我"那种喜出望外,意料之外的欣喜,也能让人从中感觉到有些辛酸,因为他的愿望其实是非常微薄的,只不过想自食其力而已,但他又用了"居然"这两个字来形容,你可以感觉到乱世之中小人物的这种喜悦或者说是一种悲凉。

在这样一个叙事人的视野之中,王一生的形象就浮现出来了,王一生的形象比"我"的这样一个形象更具有个人性,"我"的个人性主要是通过审视前面的那些标语、语录歌等所形成的反讽效果展现出来的,而王一生的形象则是以一种特立独行的姿态呈现出来的。成千上万的人都是哭着、叫着离别,而王一生是非常冷静的,一个人非常精瘦地孤独地坐在那里。干什么?找人下棋。这样的一幅图景很容易让我们想起的一句话就是"众人皆醉我独醒",就是这样的一种姿态。成千上万的人都在哭叫的时候,只有这个人是非常冷静的,所以这个人就成为和其他人有着明显区别、明显界限的活生生的个人形象,其他的成千上万的人只是凸现这个人的背景而已。

这在第一节的第四段中表现得最为明显,"车身忽地一动,人群'嗡'地一下,哭声四起。"当人们都在悲伤的时候,"我的背被谁捅了一下,回头一看,他一手护着棋盘,说:'没你这么下棋的,走哇!'"在王一生的视野里,除了棋之外,对周围的世界是视而不见的。不是因为没有人牵挂他,他才沉浸到冷冰冰的象棋世界中去,事实上是因为他的情感完全和棋联系在一起,才排斥了和那个充满人气的外部世界进行交流。接着作者用了几个词语,我们觉得也是非常好的,"我实在没心思下棋,而且心里有些酸,就硬硬地说:'我不下了。这是什么时候!'""硬硬地"这样一个词将人物的一种表情的僵硬,将"我"对王一生这个人物的反感明显地表现出来了。所以作者用了一个对比性的词语,王一生是"身子软下去,不再说话"。一硬一软之间,可以看到现实和理想之间的有一个对峙和置换在这里。大家可以注意到,阿城经常会把一些形容词活化,"身子软下去了","软"在这里是当作动词来用的,实现了形容词的动词化,使这个动词在某种程度上具有了一种非常丰富的意思在里面,"软"不仅仅是一个姿态的变化,而是精神气一下子泄掉了。关于阿城对现代白话语言的贡献,王安忆对此有一个评价,二〇〇一年王安忆应陈思和的邀请到复旦大学给本科生开了一个学期的中国现当代小说的解读课,后来结集成了《心灵世界——王安忆小说讲稿》。王安忆自己是一个作家,她注意到的东西往往是一般的研究者没有注意到的,她就指出在阿城的小说中,写得最精彩的就是动词和形容词,后面我们就会看得非常清楚。

王一生为什么会变成一个心肠非常硬而且能够与世隔绝的人呢?作者用回叙的方式,回溯了王一生和象棋之间的渊源史。王一生对象棋的兴趣很大程度上是自发的、盲目的,只是因为他母亲给印刷厂叠书页子的是一本象棋书,于是他一头就栽进去了,很难苏醒过来。就是围绕着这样的一个历史,小说展现了王一生的真实生活和象棋之间发生的一系列冲突,从而为他到最后仍然坚定地选择下棋寻找一个坚实的理由。作者要把这个曲折史写出来,在进入这个曲折史之前,就要先讲下棋到底和什么发生了冲突。

我们发现,发生冲突的一个主要的东西就是我们的第一个问题——"吃"。现在跟大家讲这个话题,大家肯定会感到一种隔膜。因为现在大家不会把"吃"当作是很重要的事情来对待,因为你每天的"吃"是非常有保障的,剩下的只是想不想吃和吃得好不好的问题,所以在谈这个小说中"吃"为什么扮演了这样重要的角色时,实际上同学们的体会并不会很深刻,因为你已经远离了那样的一个把"吃"当作头等大事的年代。实际上在二十世纪中国文学中,"吃"一直是个非常重要的话题,而这里的"吃"是和饥饿联系在一起的,中国作为一个人口众多的农业大国,"吃"的问题很长时间内一直没有得到解决,物资匮乏一直是困扰中国人民的一个最根本的问题,所以在二十世纪中国文学中,你可以发现"饥饿"、"吃"作为文学的重要主题自始至终存在着。可以罗列一些作品,如上世纪四十年代路翎的小说《饥饿的郭素娥》,六十年代张爱玲的《秧歌》,七十年代台湾李昂的《杀夫》,八十年代刘恒的《狗日的粮食》,可以看到每个时代都会有一些非常著名的作家、作品在关注"饥饿"这样一个主题。如果对于这个问题你无法去正视,无法去解决,你就很难再去想其他的问题,就像鲁迅先生讲的那句话,"人要生存,才能发展"。生存问题解决不了,何谈发展?所以我觉得对于已经不存在"吃"的问题的大家来说,如果不能体验和把握王一生的"饥饿",就不能很深切地理解作品,而王一生的故事恰恰就是建立在"饥饿"体验之上的。

可以来看一段对王一生如何"吃"的完整勾勒,在这段之前有一个前奏,就是王一生和"我"之间的一个对话:

> 他说:"你家道尚好的时候,有这种精神压力吗?恐怕没有什么精神需求吧?"

叙事者"我"还是不能够彻底进入一个"吃"的世界的,某种程度上会为"吃"找一些好的掩饰。比如说,"吃"不仅仅是一种生理上的反应,也是包含精神追求在里面的,这种精神需求就像陆文夫的《美食家》所体现出来的一样。但王一生又知道这是一种家境好的人所说的话,不是他这种人能够体会到的。王一生对"饥饿"的恐惧恰恰是通过他对"吃"的精细甚至达到一种"惨无人道"的程度表现出来的。我们来看这段中的一些动词的描写,在吃饭之前先有一个前奏:

> 听见前面大家拿饭时铝盒的碰撞声,他常常闭上眼睛,嘴巴紧紧收着,倒好像有些恶心。

这里有一种欲扬先抑的结果,实际上是讲一个人极度地渴望粮食,但他就是因为太渴望了,所以才表现出一种"恶心"的感觉,这样就把他内心的一种焦虑、不安、紧张的情绪写出来了。大家在紧张中可能都会有这样的反应,因为你太患得患失了,反倒在得到的时候表现出的不是那种欣喜若狂,而是一种看上去和正常的渴望之间的疏离感觉,阿城就把这种疏离感很贴切很到位地表现出来了。

> (王一生)拿到饭后,马上就吃开始吃,吃得很快,喉结一缩一缩的,脸上绷满了筋。常常突然停下来,很小心地将嘴边或下巴上的饭粒儿和汤水油花儿用整个儿食指抹进嘴里。

大家可以体会一下,你有没有这种"抹"的习惯?为什么要"抹"进去?那就是非常不愿意浪费的人才会有这样一种习惯性的动作。"抹"这个动作照顾到的不是一个点,而是一个面,他把这个面全部照顾到了,从这里可以看到王一生对粮食、油花的一种珍惜。

> 若一个没按住,饭粒儿由衣服上掉下地,他也立刻双脚不再移动,转了上身找。

"按"表示出很紧张的情绪,一个人为一颗米粒而不惜工本,那么你可以看到重和轻之间一个辩证法。接下来,

> 吃完以后,他把两只筷子吮净,拿水把饭盒充满,先将上面一层油花吸净,然后就带着安全到达彼岸的神色小口小口地呷。

在这里,"吮"、"吸"、"呷"把一个人从紧张到放松的一个过程很完整地展现出来了。作者还特别加上了一个细节,描写一颗干饭如何折磨了王一生,形容他和这颗干饭之间的关系简直就是一场非常剧烈的战斗。最后他总结道:

他对吃是虔诚的,而且很精细。有时你会可怜那些饭被他吃得一个渣儿都不剩,真有点儿惨无人道。

在这里,作者用了一句有反讽性的话,不是可怜王一生被饥饿折磨得似乎已经不是一个正常的人了,而是可怜一些饭,这是用反语的写法。这种反语的用法还体现在形容词的活用上,如"惨无人道"原本是个贬义词,形容一种残暴的恶行,但在这个地方通过这样一个词折射出来的是王一生这个人的一种生存的困窘,让你焕发出对他的怜悯。通过反用,作者就把这个词原本蕴含的一种情感消解掉了,转移掉了。

在看完"吃"之后,大家可能会忽略到后面的一段描写——王一生吃的时候是非常"惨无人道"的,但是他下棋的时候恰恰是非常大度的,他会告诉你"你输了",用这种方式来表达他性格另外的一个侧面。在这个地方,你可以看到王一生是分裂的,在现实生活中,他是受到挤压的,因此他是紧张的、焦虑的,已经不像一个人了,但是他在象棋世界当中,我们可以感觉到他恰恰是一个"人",而且是比一般人还要高明得多、大度得多的一个人。这样,王一生形象的分裂性就被展现出来了。

在下面的描写中,进一步通过"吃"刻画王一生的形象。这次更多从精神层面探讨王一生对"吃"的理解,讲王一生对"吃"的独特划分方式,就是把"吃"和"馋"划分开来了。在王一生看来,"馋"是解决了温饱之后的一个更高层次的追求,是文人制造出来的一种美食的幻想,吃了好东西还想再吃,是对好东西的一种向往,而"吃"仅仅是对食物不加挑剔的属于生存层面的追求,两者之间的距离便划分开来了。

完成了对王一生生理层面、精神层面"吃"的描写之后,作者的用意就呼之欲出了,原来他是抛砖引玉,想来讲"为棋"和"吃"之间的关系,他初步建立起了一个所谓的哲学性的理解。这个理解可以用一句话来概括,那就是"何以解不痛快? 唯有下棋。"我们都知道的一句话是:"何以解忧? 唯有杜康。"阿城在这个地方通过对原文的改造,特别和文人的境界划清了界限。"忧"是指"忧患"、"忧愁",有着一种民生社稷关怀在里面,涉及一种大的境界,那是一种能改变一个时代的英雄的境界。但很显然,作者并没有希望把王一生放到那样的一种精神境界当中去,所以他便把"忧"降低了一个档次,就是"不痛快",并不是忧患意识。王一生要做的并不是要拯救这个时代,这个国家,而是拯救自己,这就是一个很典型的道家思想。"何以解忧"是儒家思想,"何以解不痛快"是道家思想;"何以解忧"表达了一种兼济天下的梦想,"何以解不痛快"表达的更多的是独善其身。

这样一个初步的理解其实并不是王一生的发明,而是他棋艺发展的一个副产品,是和那个捡破烂的老头儿联系在一起的。这个捡破烂的老头,可以说阿城是借鉴了民间文学的因素创造出来的。在民间神话、民间故事中经常会发现,故事中的主人公是有奇遇的,而这个奇遇往往是能够改变他的一生的。所以捡破烂的老头儿在某种程度上就是一个风尘中的高人的形象,他的出现完成了王一生对象棋的理解,即从物质到精神的第一步的转换。王一生原来对象棋的理解就是要取胜,打败他人,这是一种非常简单的理解,这也是大多数人都有的。如果王一生仅仅停留在这个层次上的话,他便永远成不了高人,所以必须有人把他从输和赢的简单境界中拔出来,老头首先就是帮他解决了这样的一个问题。老头借书给他看,之后跟他进行交流。在交流时,我们可以注意到有几点是非常有意思的:

第一点就是王一生刚开始是一个普通人,所以他把老头儿给他看的书当作是"四旧",然后

老头儿叹了,说什么是旧? 我这每天捡烂纸是不是在捡旧?

可我回去把它们分门别类，卖了钱，养活自己，不是新？

他的这种"新和旧"观念明显是和"文化大革命"中建立在极"左"政治之下的新旧理论划清了界限的。他的新旧观念是建立在个人对生存需求的前提下的，那种笼罩在阶级斗争理论中的新旧之分对他来说，就变得没有意义了，它的原有内涵被他偷换掉了。"老头儿说我的毛病是太胜。"这是王一生最大的毛病，然后老头就跟他讲棋有棋势和棋运，"这势要你造，需无为而无不为。……棋运不可悖，但每局的势要自己造。"不知大家怎样理解棋的"势"和"运"的关系的？我觉得这个老头儿是用下棋来讲个人与这个时代之间的大的关系，"运"是每个人与生俱来的无法抗拒的东西，举个例子来说，大家现在生活在二十一世纪初期，这是一个商品经济发达的时期，你根本无力去抗拒大的时代潮流对你的影响，这就是"运"。"势"，则是指个人内心的小宇宙，外部的世界你无力对抗、无法改变，并不是说你这个人就是完全只能是随波逐流的，你可以改变你自己，你可以拥有一个完全和外面的这样一个"运"不一样的个人世界、个人内心宇宙，这个宇宙是属于你自己的，可能有一种超越"运"的东西在里面，比如纯洁呀，想象呀，理想呀等等都可以放在你内心世界中间去。你有了这种东西，才不可能完全地成为一个随波逐流的东西，诸如此类。从这个地方开始，就看到了老头儿将下棋和人生联系在一起了。

老头儿传递给王一生的第二点经验教训就是"'为棋不为生'，为棋是养性，生会坏性，所以生不可太胜。""为棋不为生"就是说你选择了"为棋"之后，就不可能在现实生活中同时追求你的生存，因为这两者是背道而驰的东西。"为棋"象征着你个人人性的理想性的东西，而生存层面代表了比如说"饮食男女"这样一种物质性的东西，这两块是无法捏合在一起的。你要使得你的精神境界饱满，则"生不可太胜"，即不能太去追求物质利益，或者也可以这样说，若一味追求物质利益,那么你的棋肯定下不好,你的精神世界肯定是残缺的、不饱满的。

对这样一个高人的意思,王一生有没有理解呢,有没有贯彻呢?还没有。他只是有了这样的一个理论基础,但还没有变成他个人的一种感悟性的东西。高人的点化有它的作用,但这个作用在王一生这个时候的命运中还没有成为一个决定性的因素。

知青王一生:民间文化与知识分子主流文化的对抗

第二节继续写"吃"和"下棋"。"吃"在这里写得也是栩栩如生,只是这里的"吃"发生了转移——从王一生那里转移到了"我"这里。"我"选择插队只是为了找一个吃饭的地方,但到了这个地方后,吃饭的问题还是没有解决。于是他学会了抽烟,抽烟是转移的一种方式,转移的第二种方式就是"精神会餐"——每天躺在床上想什么是好吃的东西,在想象中满足大家的一种生理欲望。要理解这里的"精神会餐"可以借鉴余华的《许三观卖血记》。在《许三观卖血记》中,不知大家有没有注意到这样的细节:许三观和家人都饿得躺在床上不动,为什么不动呢? 因为这样就可以少消耗能量呀,每天只喝一碗稀饭,肚子一天到晚咕咕作响,怎么办呢? 许三观便进行精神会餐,他给家人讲,"我现在做口头上的厨师,你们想吃什么就告诉我。"结果老大、老二、老三都想吃红烧肉,于是他便绘声绘色地说炒这道菜的时候在里面放了多少肉片,放了多少酱油,放了多少盐……过了一会香气就飘出来了。余华在这个地方描写得非常细致,甚至将许三观的儿子们越听肚子越咕咕叫的场景都描写出来了。这是一种荒诞的描写,但这种描写有非常真实的寓意在里面,因为我们都知道建国之后我们一直是在搞精神至上的一套,我们一直追求的就是一种安贫乐道,一种艰苦奋斗的精神。我们会为了追求所谓精神上的高尚而放弃物质生存的一切内容。在小说中,肚子咕咕作响也好,精神会餐也好,在很大程度上就是打破了所谓离开物质的精神性追求的这样一种幻象。

"我"抗拒饥饿的第三种方式就是打野物,连老鼠也打来吃,而且大家都觉得好吃,这样一个本来让人觉得很辛酸的过程,在阿城的笔下却是情趣盎然的。

然后王一生就来了,与他联系在一起的,首先还是一个"吃"的问题,在"我"和王一生的这顿野餐中间,出现了小说中的第二个主人公,即倪斌这个形象。作者在塑造这个形象的时候,可以说是煞费苦心的。我们可以看到,倪斌和王一生之间构成了非常鲜明的对比,王一生每一次出场都是灰蒙蒙的,不修边幅、灰头灰脑的这样一种形象,很干涩。而倪斌呢,则被塑造得很高大,"动作起来颇有些文气,衣服总要穿得整整齐齐,有时候走在山间小路上,看到这样一个高个儿纤尘不染,衣冠楚楚,真令人生疑。"这个人让我们感觉到作者特别赋予了他某种文人的气质,和大多数人不一样的所谓"文化人"的形象。倪斌实际上是作为王一生下棋的对手出现的,这也可以看到作者的一个对比的用意:倪斌代表的是有着文化渊源的所谓知识分子的一种棋道;而王一生象征的是一种完全没有历史、没有传承的所谓民间文化的棋道。所以他们之间的对峙就富有了文化甄别的意思。在这个地方,作者让王一生打败了倪斌,他对于文化生命力的看法就非常明显了,作者其实在暗示:王一生的棋道所代表的一种民间文化在这样的乱世中是更有生命力的;而像倪斌代表的知识分子的棋道已经无法传承下去,已经萎缩了。因此,民间文化对正统文化的胜利是这场棋赛包含的内在意蕴。

第二节中第二个有意思的地方,仍然是对吃饭细节的描绘。王一生的"吃"仍然没有大的长进,倪斌对于"吃"的看法在这个地方就成为了主导,他不仅仅谈吃野食,而且还要讲螃蟹,讲燕窝,这些东西也是和作者对倪斌的定位联系在一起的。倪斌作为一个知识分子、正统文化的象征,是和他对"吃"的那样一种比较高层次的追求内在地联系在一起的。请大家注意一句话,"掀开锅……,两大条蛇肉亮晶晶地盘在碗里,粉粉地冒鲜气。"其中"粉粉"二字,可以仔细体会一下。本来一种气味是虚无缥缈的,轻盈的,加上"粉粉"两个字就使得气味有了质感,将人对荤腥的渴望描写了出来。虽然只闻到了这样一种味道,但似乎有一种东西沉沉地被吸到胃里面去了。这是写得很到位的地方。

在这一节当中,第二个高人出现了,就是王一生的母亲。他母亲和那个捡破烂的老头儿一样,也是点化王一生和棋之间关系的关键性人物。母亲代表了一种现实的力量,这种现实的力量具体是什么呢?"可我妈说,'咱不去什么象棋组,要学,就学有用的本事。下棋下得好,还当饭吃了?'"母亲站在现实的立场上、"吃"的层面上来反对他下棋,母亲象征着现实的清醒的力量,这种清醒是因为看到了物质的贫乏。我们也可以看到母亲某种程度的不"清醒",也就是她没有看到除了"吃"之外人生也许还有另外一些东西,这些东西是她所看不见的,但这个时候王一生也看不见,所以最后母亲留给他一副无字棋。我不知道同学们是怎样来理解"无字棋"这样一个意象的,也许可以引用历史上的一个典故,就是武则天留下来一个"无字碑"——无字比有字更有力量的地方,就是它给你提供了无限书写的空间。"棋"本身象征了母亲对孩子的爱,尽管她不理解儿子为什么那样迷恋象棋。而"无字",一方面可以从表层含义来理解,就是母亲不认识字,所以不能把字刻上去;更为深刻的原因是母亲因为不理解儿子对棋的理解,所以不能写上这样的字；第三个方面的原因是这样的"字"应该浓缩着儿子对象棋的理解，应该是通过儿子自身的生命感悟来完成的，应该由儿子自己刻上去的，而不是由他人帮助来实现的。这里的"无字棋"也与最后一节形成了呼应，车轮大战的时候，王一生把棋交给了别人来保存，当他结束了车轮大战，把无字棋要回来的时候 他才总算领悟到"人还要有点东西，才算活着"，从而完成了对这一副无字棋的书写。

蜕变前的王一生：平静表层下的内心涌动

第三节可以说是一个过场戏。这里进一步来渲染文人的棋道和民间的棋道之间的一种博弈。在倪斌这个人物身上，大家可以感受到，"棋"已经完全成为他的身外之物，成为一种游戏，一种可以进行交易可以换得更好的生存利益的这样一种东西，所以在倪斌身上体现了一种人与棋之间的分裂，或者说是人的物质追求和精神追求的分裂。而在王一生这里，他拒绝了倪斌的美意，恰恰可以看到，他是将原来的由文人承袭的这样一种附着在棋身上的那种超越物质的精神性追求扭结在了民间文化的身上。

第三节有几个写得比较微妙的地方应该引起我们的注意。一是在第一段中写"吃肉"的场景，"一个馆子一个馆子地吃，都先只叫净肉，一盘一盘地吞下去，拍拍肚子出来，觉得日光晃眼，竟有些肉醉。"一个"肉醉"把人的那种极其酣畅的感觉写了出来，我们只听说过"酒醉"、"茶醉"，还没听说过有"肉醉"——一个人沉醉在"吃肉"的满足中，全身鼓胀着一种生理性的需求完全释放出来的飞扬的感觉。这里明显反衬出在肉醉之前的生存情景是相当的憋屈，相当可怜。接着有一段写几个演员："三四个女的，穿着蓝线衣裤，胸蹶得不能再高,一扭一扭地走过来,近了,并不让路,直脖直脸地过去。""直脖直脸"又是形容词动词化,将几个小县城女演员内心的那种骄傲、自满、目中无人以及盛气凌人的姿态通过一个"直"就表现了出来。还有一段风景描写,"这时已近傍晚,太阳垂在两山之间,江面上金子一般滚动,岸边石头也如热铁般红起来。""垂在两山之间"将夕阳西下,太阳那样的一种软弱无力表达了出来,"金子一般滚动",其中光线也被赋予了某种质感,整体上达到了一种油画的效果。

棋王王一生:民间的、道家的文化中的"个人"

第四节写王一生完成了精神升华。这是通过"车轮大战"体现出来的。作者写王一生精神升华的一个前提就是对于倪斌这种人与棋、物质与精神之间的分裂,采取了比较宽容的立场,他通过画家的话将此表现了出来,画家说:"理想没有了,只剩下目的。倪斌,不能怪你。"这个地方代表了一种宽容的态度。这毕竟是一个乱世,在乱世之中为了生存,为了活着,似乎做任何事情都能够被理解,更何况倪斌在他的行为中间并没有伤害他人。但王一生和倪斌的区别在第四节中并没有因为这种宽容而被拉近,相反,却进一步地被拉大了。比如倪斌去送那副象棋是为了参加比赛,为了调动工作,他在体制之内要求生活得更好,遵循的是这个乱世之中荒谬的生存规则。而在王一生这里,他看重的比赛是一种友谊赛,是在比赛之外的一种不可能直接带来生存利益、带来生存改观的民间比赛,他没有去参加由官方组织的体制之内的比赛,这就意味着王一生即使取得了胜利也不可能得到体制之内的荣誉或者好处。这是一个非常大的区别,这个区别仍然体现了一种作者那种与主流体制保持距离的独立的民间化的立场。

在车轮大战中刻画王一生精神的升华,写得最精彩的是几段关于王一生的外貌描写,特别是关于他的眼睛的描写。

第一段:"王一生坐在场当中一个靠背椅上,把手放在两条腿上,眼睛虚望着,一头一脸都是土,像是被传讯的歹人。"注意到这里的"眼睛虚望着",展示了王一生内心没有多少把握而显得内心有些空虚的形象。这让我们感觉到在车轮大战开始的时候,他并不是踌躇满志的,车轮大战对他来说其实意味着一种挑战,一种因为认真而显得没有多少把握的挑战。

第二段:"他的瘦脸上又干又脏,鼻沟儿也黑了,头发立着,喉咙一动一动的,两眼黑得吓人。"眼睛由开始的"虚"变得"黑得吓人",发生了变化。可以看出他逐渐从现实世界中游离出去,进入到那个只有厮杀、只有象棋的这样一个境界当中去了。

第三段:"王一生的姿式没有变,仍旧式双手扶膝,眼平视着,像是望着极远极远的远处,又像是盯着极近极近的近处。"作者对眼睛的把握是非常精细的,写出了从眼睛中所反映出来的王一生和这个世界之间的莫大的距离,"像是极远极远的远处,又像是极近极近的近处",这里很显然是表明他已经完全进入到了象棋世界中去的一种目光,这种目光看起来非常空洞,但又蕴含着非常丰富的内容。

第四段:"我找了点儿凉水来,悄悄走近他,在他眼前一挡,他抖了一下,眼睛刀子似地看了我一下,一会儿才认出是我。"假如有人用刀子似的眼睛看着你,不知你是什么样的感觉? 肯定是觉得这个人非常厉害,觉得这个人像是要疯了。作者由此将王一生进入到象棋境界的癫狂状态——常人无法了解的状态表现了出来。

第五段:"王一生孤身一人坐在大屋子中央,瞪眼看着我们,双手支在膝上,铁铸一个细树桩,似无所见,似无所闻。高高的一盏电灯,暗暗地照在他脸上,眼睛深陷进去,黑黑的似俯视大千世界,茫茫宇宙。那生命像聚在一头乱发中，久久不散，又慢慢弥漫开来，灼得人脸热。"这里写出了王一生由凡人到非凡人的转变，"似无所见，似无所闻"，表明他已经完成了个人宇宙的内化。如果大家有过去拜菩萨的经验，就会发现菩萨的眼睛就是这样的，在你进入到庙堂时就觉得好像她看到了你，但实际上她并没有看到你，这是作者在小说中对王一生的眼睛的描写所借鉴的眼光——一种非常独立于红尘俗世之外的超然的眼光。

所以还有一段就写到了王一生从"似无所见，似无所闻"的状态中松懈下来的过程："人渐渐散了，王一生还有些木。我忽然觉出左手还攥着那个棋子，就张了手给王一生看。王一生呆呆地盯着，似乎不认得，可喉咙里就有了响声，猛然'哇'地一声儿吐出一些黏液，眼泪就流了下来。"在其他的一些文学作品中，如赵树理的《小二黑结婚》、萧红的《呼兰河传》等，里面都有对所谓"跳大神"人物的描写，据说他们的一种癫狂的状态结束之后停下来的时候人一下子就瘫掉了。王一生也是从"神"的境界回到"人"的境界，似乎就变得不认得人了，这是从一个紧张的、另外的世界回来必然会出现的一种表现。

对王一生在下棋中完成的一个心路历程的展现，是第四节写得最精彩的地方。它让我们完整地看到了一个棋手如何从一个"人"变成一个"神"，又从一个"神"跌落到凡世的这样的一个完整过程。

为了使王一生这样的一个转变过程变得可感可亲，《棋王》调动了各种因素，从侧面进行了烘托。从"我"的视野去观看、去切入王一生的精神历程，是其中一个重要的环节。有很多段落对此进行了书写。

第一段：

　　我心里忽然有一种很古的东西涌了上来，喉咙紧紧地往上走。读过的书，有的近了，有的远了，模糊了。平时十分佩服的

> 项羽、刘邦都在目瞪口呆，倒是尸横遍野的那些黑脸士兵，从地下爬起来，哑了喉咙，慢慢移动。一个樵夫，提了斧在野唱。忽然又仿佛见了棋呆子的母亲，用一双弱手一页一页地折书页。

这个地方将联想和想象掺杂在王一生的下棋中间，丰富了王一生的棋道和历史、现实之间的联系。从表面上来看，他是和九个人在进行车轮大战，实际上在下棋的过程中，他是和历史、现实进行对话——到底是什么决定了英雄将相的生活？到底在时代大变革的乱世中，普通人应该怎样去生活？这样的一种联想和想象无疑扩大了王一生执著追求棋道的内涵与意义，以及它对普通人精神定位的某种启发与辐射价值。

第二段想象就是王一生最后和冠军的那盘棋的描写：

> 王一生的黑子儿远远近近地对峙在对方棋格营里，后方老帅稳稳地呆着，尚有一"士"伴着，好像帝王与近侍在聊天儿，等着前方将士得胜回朝；又似乎隐隐看见有人在伺候酒宴，点起尺把长的红蜡烛，有人在悄悄地调整管弦，单等有人跪奏捷报，鼓乐齐鸣。

这一段很大程度上是在暗示最终的结果，而这种暗示是用非常诗意化的方式表现出来的，若是单纯写一个棋谱的变化，对读者来说显然毫无吸引力可言。但中国象棋的一个特点就是，每一个棋子上都有一个名称，而作者恰恰把这个名称进行了拟人化的处理，所以整个下棋的过程就富有了一种诗意，具有了象棋世界与真实的人生之间的某种对应性，某种程度上也是把王一生和棋之间进行了一种人格化的对应处理。

可以说，到了这个时候，"我"也开始理解王一生了，能够理解他为什么这么执迷不悟地去下棋了。所以到了最后，当王一生说"人还要有点东西,才算活着"的时候,他能够非常清楚地总结到:"衣食是本,自有人类,就是每日在忙这个。可囿在其中,终于还不太像人。"我们知道孔夫子有句名言:"饮食男女,人之大欲存焉。"每个人生活在这个世界上终归要和"饮食男女"联系在一起,这决定了这个人是否能够生存,是否能够繁衍后代,这是一个基本的东西,你不承认都不行。但是,人毕竟不是动物,因为人在"饮食男女"之外别有一种精神上的追求,别有一种自己对人生的把握,能够完成一个建立在充盈的精神世界上的"个人"的建构,这里的"个人"是和其他所有的动物都没有的,也不可能建构的。王一生之所以得到"棋王"这个称号,不仅仅是指他在下棋上胜过了他人,更在于他能够在人格的境界上超越仅仅满足于"饮食男女"的庸庸碌碌的俗人。所以他是一个名副其实的"棋王"。

从一个懵懂无知的少年到万人敬仰的"棋王",王一生走过的人生道路是坎坷的,也是奇特的。他之所以能够成为超越众生的个人,原因当然是多方面的,但毋庸置疑,"梦想"是其中一个重要的推动力。

在王一生的成长过程中,"梦想"的表现形态是不一样的。最初的时候,它可能只是一种欲望,一种想要战胜他人的欲望。这种欲望我们每个人都有,但并不是我们每个人都能掌控好这种欲望使之向一个非常远大的人生目标进发。很多时候,也许这种欲望会蜕变成另一种东西。这时候,作为一种参照,我们就要来看一看另一部作品《渔夫和金鱼的故事》。普希金在这部著名童话里,让我们看到了"梦想"的变异形态。渔夫夫妇本来过着贫穷但平静的生活,有一天这一切都改变了——渔夫捕到了一条会说话的金鱼,金鱼有满足人欲望的神奇魔力。渔夫的妻子尽力利用这魔力,一步步地成为了女皇。但她还不满足,甚至想称霸海上……终于成为一枕黄粱。在这个故事中,我们可以看到,尽管梦想的最初形态是一种欲望,但仅仅是欲望,却并不就能构成梦想。渔夫的妻子和王一生最大的区别就在于,她误以为欲望特别是财富、权利等世俗欲望就能代表人的全部梦想,误以为不经过努力、奋斗就能到达梦想的彼岸;却没有意识到,有上进心、想改变现状,只是人有自我意识的开始,但人的自我其实要经过一番凤凰涅槃般的艰苦摸索才能脱颖而出,寄寓在其中的梦想之花才会开放。在这过程中,人也许会收获各种各样的世俗财富,金钱、名声、权力、地位等,但这些并不能代表梦想的获取。而更为重要的是在这过程中人的精神境界的提升,人对生命的独特感悟。

但是,如果在追求梦想的过程中,只追求金钱、权利等外在物质,会怎样呢? 刘震云的小说《一地鸡毛》,也可以说提供了另一种参考。小林夫妇作为年轻有为的大学生,很想做一番事业,但却深陷位子、房子、上学、调动、请保姆等一系列生活琐事中,为了摆平这些琐事,他们使出了浑身解数,最终生活安稳,但却失落了曾经的不落俗套的梦想。在这个作品里,我们可以清晰地看到,梦想与世俗生活之间,是有着很大的反差的。梦想不是为了解决我们世俗生活中的种种烦恼,恰恰相反,梦想所关注的问题,是世俗生活不关心的问题——比如说王一生那样的"个人"问题;反过来,也可以说,世俗生活关心的问题,也是梦想不太涉及的领域——假如王一生和小林夫妇一样,只在吃喝拉撒中兜圈子的话,他也就只能成为小林,而不能成为"棋王",甚至他都不会在高人的点化中收获什么。所以,像《一地鸡毛》这样的作品,我们会认为它反映了老百姓的疾苦,当然也算是一部不错的作品;但是,从考察梦想这个角度,我们却只能认为它只是提供了一个梦想失落的典型个案,并不见得是一个很好的作品,因为没有梦想的生活在世俗的层面上,可以成立,甚至可以活得很好,但却不是一种充实的有质量的生命形态;没有梦想的生活是一种芸芸众生的生活状态,但却不是一种人类应该有的生活状态。

(主讲:董丽敏。根据课堂录音记录整理改定)

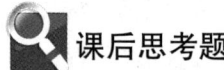 **课后思考题**

1.《棋王》所肯定的是一种传统的道家文化精神,你认为这种道家文化精神在当代社会中是否还有作用?

2.《棋王》所提供的"个人"梦想的实现途径对你个人是否有些启发? 你如何来看待自己的梦想?

第十二讲 《钢铁是怎样炼成的》：

激情燃烧岁月里的爱与恨

对于今天的我们来说，"革命"似乎是相当遥远的事情。这种遥远，不仅是指时间，更是指一种心理距离。当我们被全球化的现实逼迫得只能成为单向度的经济人的时候，我们是否还需要"革命"这样的历史事实与思想资源？

在这样的前提下，我们又必须要来讨论"革命"。事实上，只有建立在对以往革命历史的尊重、理解与认可的前提下，我们才能真正把握今天我们所面临的现实，才能理解所谓社会转型的实质所在。

"革命"本身是复杂的，文学中的"革命"相当忠实地传达出了这种复杂。与今天我们的生存语境相结合，重读革命文学经典无疑是耐人寻味的。这也就是为什么我们要来解读《钢铁是怎样炼成的》这样的作品目的所在。

奥斯特洛夫斯基其人

《钢铁是怎样炼成的》，毫无疑问，是最著名的红色经典之一。它是由苏联作家尼·奥斯特洛夫斯基在上个世纪初创作的。

奥斯特洛夫斯基可以说是一个相当奇特的作家。他于一九○四年十二月二十二日出生于乌克兰一个工人家庭，自幼家境贫寒，只读过

三年书。他做过食堂杂工,当过发电厂助理司炉,一直在生活的最底层辗转。十月革命后,他积极投身于保卫苏维埃政权的斗争。一九二〇年八月,他在战斗中负伤,转业到地方工作。不久,在抗洪斗争中,他得了伤寒和风湿症,导致一九二七年全身瘫痪;一九二八年双目失明。

他开始创作《钢铁是怎样炼成的》,就是在他双目失明之后。这部作品的写作花了整整三年时间。这部作品的出版颇为曲折,一开始交到出版社的时候遭到退稿,后来才勉强在一家报纸连载。结果,却受到读者的热烈欢迎。特别是主人公保尔·柯察金在烈士墓前的那段独白:"生命属于人们只有一次。人的一生应当这样度过:当他回首往事的时候,他不会因为虚度年华而悔恨,也不会因为碌碌无为而羞愧;这样在临死的时候,他就能够说:'我已把自己的整个生命和全部精力,都献给了世界上最壮丽的事业——为全人类的自由解放而斗争。'"成为当时千百万革命青年的座右铭。

奥斯特洛夫斯基还着手写另一部长篇巨著《暴风雨所诞生的》,原计划写三卷,但只写完第一卷,就不幸于一九三六年十二月二十六日去世了,年仅三十二岁。

如何理解与接近"革命"

(1)"革命"的合法性

《钢铁是怎样炼成的》可以说是一部带有自传性质的红色小说。在小说的主体部分,描写了穷人的孩子保尔·柯察金如何一步步走上革命道路,最后成为一个坚定的无产阶级战士的故事。

在进入这个故事的解读之前,我们先来理解一下"革命"。革命作为一种暴力行为,总是与战争联系在一起。也因此,革命总是受到很大的争议:如果认为生命是最神圣不可侵犯的,那么像革命、战争显然都是需要被谴责的、被批判的,因为革命、战争都将会使生命受到戕害。这是我们今天可能更认同的逻辑,但这种逻辑是否具有普泛性,是否放之四海皆准呢?

我们可以先来看看保尔生活的地域、时代的生命景观及由此形成的生命观念。我们可以发现,在小说中,至少提供了两种截然相反的生命景观,一种是上层阶级的生命景观,列辛斯基甚至维克多、冬妮娅等等,都可以归入这个行列。他们富有,受过良好教育,有较高社会地位,也就是他们拥有足够的物质生活条件。由此形成了自己的生命伦理观,那就是冬妮娅一直强调的——生命的价值与生存无关,生命应该是实现自我的价值的。

另一种生命景观是属于底层的,保尔、他的哥哥阿尔焦姆、被欺凌的少女佛罗霞还有那些从来不被当作人的犹太人,他们的生存状况可以说是触目惊心的。某种意义上,可以说他们从来没有过过一天像冬妮娅那样的无忧无虑的生活,他们的每一天实际上都挣扎在贫困线乃至死亡线上。对他们而言,生存是压倒一切的,没有一定的生存基础,根本谈不上个人的发展,谈不上实现个人的价值。小说中最令人触目惊心的一幕是,彼得留拉匪军对犹太人的屠杀。作者对此的描写很是冷静翔实,描绘出了一幅人间地狱的末世图景,其中蕴含着的愤激也是历历可辨:仅仅因为他们是犹太人,他们就要被迫流浪、迁徙,被掠夺、被强奸、被劫杀吗? 这样的“人为刀俎,我为鱼肉”的世界难道是合理的吗?

如果将这两个世界的生命景观放在一起进行比较,那么,我们应该可以得出这样的结论:自由、平等、个人价值这些美好的概念并不是空中楼阁,它是需要有一定的物质生存基础作为支撑的。有了这

《钢铁是怎样炼成的》
俄文版书影

《钢铁是怎样炼成的》插图

个基础,你就可以考虑这方面的问题;如果没有这个基础,自由、平等、个人价值这些东西只是谎言,或者是用来维护这个不平等世界的麻醉剂。也就是说,正是像《钢铁是怎样炼成的》这样的作品,让我们领悟到,自由、平等、个人价值这些东西并不是放之四海皆准的普遍准则,底层的人们、第三世界的人们完全有理由来质疑它存在的合法性。

"革命"的问题应该放在这样的背景下来加以考察。的确,如鲁迅所说,"革命"是充满了"血与火"的,是摧毁和粉碎;但无可否认,"革命"的确也是底层通往自由的必要途径,是底层的一种解放自我方式。可以说,"革命"是符合底层利益伸张需要,得到底层认可的一种价值实现方式,它和自由、平等、个人价值这些东西属于两个完全不同的话语系统,彼此之间是不可互相沟通的,也是不可能成为彼此的评判标准的。这就是说,所谓"革命"的暴力性、革命的对人性的摧毁等等,只是站在上层阶级的立场上评判的结果,但这和底层的评判恰恰相反。

我们说保尔是个成熟的革命者,就包含着这样的一种判断——保尔对革命的本质的看法,是打破了上流阶级的普遍看法的。他的爱与恨,突破了上流阶级意识形态的包围和控制,坚决地站在了革命这一边。

(2)建立在阶级、出身基础上的"红色"英雄

《钢铁是怎样炼成的》较为完整地展现了主人

公保尔短暂而又辉煌的一生。怎么来理解保尔这样的"红色"英雄呢？

大致可以把保尔的一生分为若干阶段，每一阶段打动人的力量是不同的。童年时期保尔相当经典地展开为我们记忆中的俄国底层少年的形象：失去了父亲，寡居的母亲贫穷而慈爱，加上一个强壮而且脾气暴躁的哥哥。在一般的文学作品解读中，很容易让我们形成一个印象，那就是与寡居的母亲相依为命的男孩，似乎很容易被归纳到弗洛伊德的理论中——那是一个恋母的孩子，敏感、脆弱、细心，有一种雌化的倾向。但是，《钢铁是怎样炼成的》这部作品好的一点就是，它并没有简单的折服于这样的理论，而是塑造了一个很难被归入到这个人物类型中的保尔的形象。保尔偏偏是倔强的，不服输的，爱惹是生非的，有强烈的爱憎感，尽管年纪尚小，却似乎很早就走出了母亲的庇护。为什么这个保尔能打破常规的弗洛伊德公式而成为"这一个"呢？

需要注意的最重要的因素就是，保尔来自一个近乎赤贫的家庭，这个出身为他的性格打上了独特的烙印。贫穷的家庭使他过早地走上社会，领略到人世间的世态炎凉；贫穷的家庭使他在性格形成的早期，就形成了一种用以保护自己的傲气。也就是说，和弗洛伊德所谓的恋母的男孩之所以形成差异，就是因为保尔来自于底层，他不能终日依偎在母亲怀中，在天伦、亲情的滋润下，成为一个恋母的男孩，他被迫的社会化，他近乎本能地需要保护自己，使他年纪轻轻就成为了一个性格强悍的人。这样，我们可以清晰地看到，在保尔性格形成的过程中，是阶级、出身成为了他性格的主要来源。

如果读过一些红色经典，大概都会发现，在那些英雄人物的成长过程中，阶级出身毫无疑问都是占据第一位的重要的因素。这是很有意思的，也是值得我们进一步思考的。也许有人会认为，过多考虑阶级、出身等因素，会伤害到人物的独特性的展现，会使人物沦为某一个阶级、某一种类型的传声筒而丧失典型的价值——在二十个世纪八十年代，事实上，我们就是站在这样的理论背景下，去质疑这一类红色经典中的英雄人物的价值。也正是在这样的前提下，我们更推崇的典型人物就应该是像《红与黑》中于连这样的人物，这类人物往往有明确的个人奋斗的目标，以个人主义的方式来实现自我价值。在他们自我成长的过程中，阶级、出身并不太重要；而他们自我确立的标志，正是从脱离自己的阶级、家庭、出身开始的。也就是说，这一类底层人士如果真能走向成功，其故事是以被压迫阶级的成员经过个人的努力，走向上流阶级而告终的。

　　如何来评判这两类人物形象，显然是我们重新进入红色经典必须要面对的问题。今天的中国正处在全球资本主义化的进程中，当财富、成功成为我们社会不言自明的价值指向的时候，不言而喻，我们会认为，于连甚至更鄙俗的《吝啬鬼》中的阿巴贡是我们认同的对象；但我们大概不得不承认，于连这样的个人奋斗者即使在当代社会还存在，成功者毕竟是寥寥无几的。他们的意义更多在于，提供了一种底层人士出人头地的典型个案；而且，如果我们清醒一点的话，更会发现，这种出人头地恐怕更多还是一种幻想——于连最终不是仍然走上了断头台吗？在一个贫富两极分化的时代，其实在类似于"于连"这样的偶像塑造背后，我们应该还能感觉到隐藏着一种上流阶级的意识形态逻辑：当我们被召唤、被牵引着去相信于连这样的个人奋斗者是底层改变自己命运的唯一道路的时候，其实我们已经被上流阶级的意识形态所收编。这怎么来理解呢？也就是，当穷人以富人作为自己的奋斗目标的时候，他实际上已经丧失了自己对于财富、对于社会不公的应有的反省，也就丧失了自己斗争的热情与动力。他只不过是上流阶级为了维护自己的统治而复制出来的一种影子而已。

在这个前提下，我们再来讨论保尔的形象，你就可以发现，正视并且汲取自己阶级出身价值的保尔是多么可贵。至少，他没有被上流阶级的个人奋斗逻辑所同化，也没有被温情脉脉的家庭亲情所弱化。他的出身、他的颠沛流离的经历，强化了他的底层经验，并构成了他于上流阶级的人不一样的价值观念。在小说中有许多地方可以说明这一点。比如说对待火车站食堂的女工弗洛霞，上流阶级的人以一种侮辱的、损害的姿态去对待她，其潜台词就是因为弗洛霞是一个即使受到损害也无法对他们构成威胁的小人物，两者之间不平等的壁垒可谓泾渭分明；而弗洛霞周围的一些人，如普罗霍尔，尽管也是穷人，行为做事却完全就是上流阶级的一个翻版——他会去欺负比他更弱小的弗洛霞来牟利，在他的身上，我们可以看到上流阶级意识形态的强大辐射力。而保尔，不仅本能地感觉到了上流阶级的无耻与腐朽：

> 在那里，他已经窥见了生活的最深处、最底层。看到正直、善良的人如何受欺凌，而那些奸猾狡诈、贪得无厌的人又是怎样的趾高气扬。

而且还感觉到了上流阶级的意识形态的不合情理：

> 你看看，老板雇我们做事情，咱们像骆驼一样的干活，可没人称赞你，反倒经常被欺负。谁高兴了，谁有力气了，谁就可以欺负你，还不准反抗。

在资本的逻辑下，占有资本的人无疑拥有相应的权力；而受制于资本的人，在无形中丧失了基本的人权。这似乎是天经地义的。保尔敏锐地发现了这一逻辑的问题所在，那就是它永久维持了富/穷之间的界限，使穷人永远被束缚于权力机制之下而不得翻身。要想真

正翻身做主,底层需要另一套意识形态——推翻旧世界,建立新世界。作为保尔参加革命的引路人,朱赫来有一段话讲得很好:

> 那时候,家里很穷。我一看到富人家那些养得又白又胖的孩子,就恨他们,常常毫不留情地揍他们一顿。可事后除了换来父亲的一顿责骂和狠打之外,什么也没得到。后来我终于明白,单枪匹马是根本改变不了现状的。现在整个世界都燃烧起来了,革命火种四下传播,奴隶们、穷人们都造起了反,要推翻旧世界,建立新世界。

可以说,朱赫来为保尔这样的穷孩子展开了另一个天地,一个底层穷人如何当家作主的天地。"革命"是在真正解放穷人、激发穷人的主体性的意义上,被引进来的。而作为"革命"的基础,阶级、出身由此也就获得了自己存在的合法性——因为革命需要借助集体的力量,不是单枪匹马、赤手空拳的。

这样的话,我们大概就能理解红色经典中的英雄人物,为何总是要和阶级、出身联系在一起进行塑造。这不仅意味着他们的内涵、价值是与资本主义意识形态所鼓励的个人奋斗式的英雄是不同的,也意味着他们一定要与本阶级的观念、立场联系在一起,才能保证自己的人生轨迹是不变形的,他们的行为做事是有强有力的思想依据的。

所以说,在评价"于连"与"保尔"这两类人物形象的时候,我们恐怕要先确立一个基本原则,那就是,这两类人物无论是从人物本身的价值追求还是从作者塑造的艺术追求上来说,应该置身于不同的文学评价体系中,才能较好地把握他们。我们无法用一种放之四海而皆准的文学评价体系去一概而论。这就是说,保尔和于连本来就是两种人,我们不能用于连的标准去评价保尔,反之亦然。

在今天的语境下,我觉得提醒大家注意这一点是非常有必要的。当大家都在往于连的道路上赶的时候,很容易忽视或者贬低保尔的存在意义。但我希望,我们能在一定程度上,清理出保尔应该有的位置。

革命与爱情之间的抉择

某种意义上,《钢铁是怎样炼成的》不仅仅是一部革命小说,也是一部成长小说,用今天时髦的话来说,还是一部青春小说。

作为青春小说的一个重要特征,就是要处理青春期激情的问题。我觉得《钢铁是怎样炼成的》,在讨论这个问题上相当得充分。

保尔是一个性格倔强的人,也是一个敏感冲动的人。在展现这一点的时候,小说毫不掩饰其作为青春小说的这一面。我们可以看到,保尔可以为了逗英雄去偷枪,为了救心目中的英雄朱赫来而去袭击匪兵,在这些行为中,保尔的热情、执著与正义感,可见一斑。当然,最能体现他青春期特质的,是他和冬妮娅的恋爱。

整个小说中,这个恋爱故事无疑是被叙述得最饱满的,也是最为大家所津津乐道的。它贯穿了保尔的整个青春期,对他的人生道路产生了重要的影响。我们可以来分析一下他曲折的爱情经历。

保尔刚刚遇到冬妮娅的时候,是在一个冬日。带点戏剧性的小争吵,温柔的眼神,两个男生之间的大打出手。这一段描写,的确也非常类似于我们今天的青春小说的类型化写法,各种各样的元素都具备了。而保尔,也和一个情窦初开而又懵懂无知的少年一般无异。在这个地方,小说并没有企图拔高保尔,并没有一开始就把他当作一个革命的符号(作为革命的符号,他本来应该自觉地杜绝这样与本阶级的利益相对立的情感故事的),而是描写除了保尔性格的复杂性。在这个地方,来自于异性特别是优雅迷人的异性的吸引力是无比强大的,是能一度掩盖掉彼此之间阶级的、地位的、身份的悬殊的。小说用这种不自觉的意乱神迷，抒写出了爱情的魅力，这也是我们的文学作品最愿意处理的领域——倔强的穷小子与迷人善良的富家女之间的邂逅，是很容易被演绎成一段跨越门第、地位经典的爱情故事的。如果《钢铁是怎样炼成的》沿着这样的路数往下走，恐怕就会变成一部经典的通俗爱情小说。

而《钢铁是怎样炼成的》的一个好处在于，它并没有简单地泯灭阶级、出身等差异而书写一种超越于一切之上的不食人间烟火的爱情，而是注意在各种关系的交错中，将情感故事的复杂性书写出来。有一个细节值得深究：因为冬妮娅的挑剔，保尔甚至尝试着改变自己的破烂形象，理了发，穿上了干净的衣服，很体面地去见冬妮娅。我对这个细节印象深刻，是因为它让我想起了《青春之歌》。在杨沫的这部小说里，其实我们也会看到横亘在爱情与革命之间的主人公的形象。林道静也会面临选择小资知识分子余永泽还是革命者卢嘉川，在林道静的选择中，一切还是不容置疑的，当她倾向于革命之后，余永泽在她的眼中简直是一无是处，他的安静整洁的书斋，他的埋头

学问的学者形象，都让林道静产生厌恶之感。怎么来理解保尔与林道静的这种差异？一个很简单的说法也许就是，保尔这时候看起来还不如林道静革命，因此他会迁就而不是摒弃小资产阶级的生活方式。但我认为这种说法未免太简单了：难道肮脏破烂就能代表一个人的革命程度，考验他的革命坚定性？人性从来就不只是具有这样一个维度。我到更愿意认为保尔的举动是可信的，也是可以理解的。这是因为，首先，尽管他并不完全认同冬妮娅的生活方式与趣

味,但是作为恋爱中人,梳洗干净体现了保尔对冬妮娅既有生活习性的尊重,从中我们不难窥见恋爱力量的强大;其次,让我们感觉到,保尔精心修饰也是为了表现穷人的尊严,因为像"人"一样生活同样也是革命的目的,是底层的一种最基本的生命渴望。当然,保尔并没有因此变得虚荣起来,要来掩盖自己贫穷的家境。因此,在这样的一个细节中,我们至少能够感到,爱情与革命并不见得就是截然相对的,没有任何的交叉地带的,也存在着一致的部分。但从另一个方面讲,当保尔开始用对方的生活方式标准自觉不自觉地来要求自己的时候,可以感觉到,其实他还是很清楚彼此差异的存在,因而在看似一致的爱情之上笼罩着一层阴影。

这种既一致又存在着差异的复杂性,使得两人的爱情故事有较大的书写空间,存在着多种维度。使我们无论对于"革命"还是"爱情"的想象都不是那么太单薄。这一点,可以在冬妮娅如何救助保尔的事例中得到论证。尽管很清楚保尔是因为袭击匪兵救朱赫来才被捕入狱,冬妮娅并没有因此而与保尔划清界限,而是积极奔走,四处打探消息,试图加以营救,显然这是违反她本人的阶级立场的。在这里,我们可以看到,爱情使得不同阶层的人有越界的可能,爱情不仅仅是一种发生在男女青年之间的一种爱恋,也包含着不同阶级之间的同情、宽容、期待等各种情感因素。在这个意义上,可以说,爱情既被超越化了,也被世俗化了,变得难以一言以蔽之了。

但是,随着保尔继续和冬妮娅见面,两人之间的鸿沟越来越明显。我们注意到,爱情的强大已经不能掩饰彼此的差异,某种变异还是小心翼翼地被剥离出来。在冬妮娅这边,是希望保尔能有一份事业,将来能出人头地摆脱目前的底层地位;而在保尔这里,则意识到冬妮娅的个人主义的梦想已经与这个时代格格不入。在保尔动员冬妮娅参加共青团员们的活动而被冬妮娅搞糟之后,他终于意识到他们已经是两类人了。分手的场景被渲染得很动人：

> 看着金黄色的夕阳，冬妮娅十分忧伤的说："难道，我们的友谊真的就像这落日一样完了吗？"
>
> 他眼睛盯着她，紧皱着眉头，低声说："这件事我们早谈过了。冬妮娅，我已经不是你从前认识的那个保尔了。你知道我曾经爱过你，而且现在，我对你的爱情还是可以恢复，但你一定要跟我们在一起。你应该明白，如果你一定要我把你放在党的前面，我就不会是你的好丈夫。我首先是属于党的，其次才属于你和别的亲人们。"……"既然你有勇气爱一个工人，为什么不能爱工人阶级的理想呢？"

可以理解的一点是，保尔对冬妮娅采取了两分法的处理，一方面，从感情上说，旧情未了，仍有依恋；另一方面，从理性上说，不同的阶级分野，两人已是形同陌路。从结果来看，保尔的理智压倒了情感。这大概也是容易引起争议的，因为爱情本来就不属于理智的范畴，伟大的爱情往往是挣脱理智的束缚的，比如前面讲过的安娜·卡列尼娜和伏伦斯基的情感。那么，如何来评价保尔和冬妮娅的分手呢？

我们应该意识到，奥斯特洛夫斯基的本意并不在于描写一场经典的爱情，自始至终，"爱情"在他这里，是有着丰富复杂的内涵的，它和革命所需要的东西是有交错的成分的。保尔爱上冬妮娅，当然有着青春期的激情，但也有着双方对于对方阶级的看法的克制、压抑乃至超越的意味在里面。而保尔性格的主体部分，我们在前面第一部分已经讲到，不是为所谓个人的家庭的伦理型的因素所主导的，恰恰相反，他之所以是保尔而不是于连，或者他为何最终不能认同冬妮娅，就因为他是依据本阶级、出身而自觉成长起来的。所以，保尔作为"这一个"，作为不同于资本主义现代个人意义上的"这一个"的内涵，就因为他有清晰的阶级意识、集体意识和政治意识，自觉地以党的代表自居。这样的前提实际上会不断地克服属于个人范畴的东西,诸如敏感、冲动等等。当保尔锻炼成为无产阶级中的一员的时候,他必然会把自己定位成是一个阶级的人而不是一个自然的人。这样的角色与身份定位,使得尽管冬妮娅也已经算是一个资本主义意义上的个人,但和保尔"这一个"的意义,是有着天壤之别的。无论是考虑问题的立场、出发点、视野还是资源,他们之间实际上是不可化约的。

在这里,我们很难来判定这场爱情故事中孰是孰非,可能今天大家更理解和同情冬妮娅,会觉得她的所作所为并没有明显的过错,让她来承担爱情的苦果是不合适的。但是否会因此认为,保尔对爱情的处理是失当的呢?或许我们可以有一种换位意识,当我们今天都形似冬妮娅去考虑人生问题的时候,我们是否可以设想,站在保尔的位置上去想象他的"爱情"?如果站在个人主义的立场上,自然,冬妮娅对个人生活的设想是无可厚非的,她最后的中产阶级婚姻家庭生活看起来也是符合一般人对于完满生活的定义的;而保尔的个人生活相形之下是苍白的。但是,假如撇开这样的个人主义的立场,如果要追求更高质量的非同一般的个人生活呢?我们至少可以承认,当保尔把自己的个人生活同千百万人的解放事业联系在一起的时候,他的个人生活是要比冬妮娅更精彩、更有意义的。因为,他并没有站在一般庸众的立场上来设计自己的个人生活,他的个人生活理想是超越丰衣足食、功名利禄这样的世俗生活的,某种意义上,可以说,保尔的个人生活理想是一种真正精英的理想。我也更愿意从这个层次上来理解他的那段经典名言:

> 生命属于人们只有一次。人的一生应当这样度过:当他回首往事的时候,他不会因为虚度年华而悔恨,也不会因为碌碌无为而羞愧;这样在临死的时候,他就能够说:"我已把自己的整个

生命和全部精力，都献给了世界上最壮丽的事业——为全人类的自由解放而斗争。"

这样的话，假如我们不仅仅简单地将保尔和冬妮娅的分手看作是革命与爱情的冲突的结果的话，也可以这样来理解，那就是，他们的分手实际上是精英和庸众不可避免的分道扬镳。我们或许不能成为像保尔那样的精英，但至少，我们应该可以理解他，理解他对代表资产阶级个人生活的爱情的摒弃。

尽管从童年时期，保尔就基于自己的阶级出身，对革命产生了最初的朦胧的向往，但应该说，他对"革命"无论是理论还是实践，都不是特别清楚。他成为成熟的革命者，是经历了漫长的过程，并不是一蹴而就的。和冬妮娅谈恋爱直至最后的分手，只是成为革命者征途上的一个考验而已，在小说的后半部，我们还可以陆续看到其他的考验。

是不是说保尔的成熟就在于他完全摒弃了个人生活呢？从保尔和冬妮娅的分手似乎可以印证这一点，似乎是保尔在革命与恋爱的冲突中，以群体性的革命压倒了个人的生活，所以尽管他令人羡慕地实现了社会价值，但是他的个人生活是失败的，是暗淡的。这样的两分法的分析，是我们在分析普罗小说的时候常常会采取的思维方式。

但是，在保尔这里，我以为他的成熟远远超过了一般的普罗小说中的主人公。小说中除了保尔与冬妮娅的情感纠葛之外，另外还浓墨重彩地描写了保尔与他的同志丽达之间一波三折的爱情故事，而且从小说的篇幅来看，这一部分其实要远远超过前一场爱情。保尔与丽达之间有没有爱情？这段描写的意义在什么地方？可能很多同学会感到困惑，也会轻易地下一个判断——他们之间其实是一种同志式的情谊，谈不上爱情，就如同《激情燃烧的岁月》中的石光荣有婚姻但没有爱情一样。讲到这个地方，我想起在一次讨论《青春之歌》的爱情问题课上，大多数同学认为，《青春之歌》中只有一段爱情是和他们的爱情观念一致的,那就是林道静和余永泽的爱情,其余的只不过是一种志同道合的同志式的友谊。其实认为革命背景下只有友谊没有爱情的说法,很大程度上也蕴含着对革命的一种质疑,一种站在个人主义、个人幸福的立场上产生出来的质疑。

但对保尔与丽达之间的关系这样来进行分析,就太简单了。应该说,保尔与冬妮娅之间的分裂是两个阶级、两类人之间的对立/斗争的必然结果,在他们的交往中,保尔很清楚他们的人生观念是有着巨大的差异的。但是,保尔与丽达之间从交往到最后仍是"无花果",其间的内蕴要丰富很多。

就是因为与冬妮娅的交往,使保尔清楚地看到了群体利益/个人利益、精英追求/庸众追求之间的巨大隔阂,因此在与丽达的交往中,一开始,保尔仍然沿用了这一老模式,即将个人生活处理成与群体生活相对立——如果你想全心全意地投身于革命事业,过真正有意义有价值的生活,那么似乎就应该自觉地放弃个人的幸福,否则就心有旁骛,不够纯粹。当保尔萌生了对丽达的爱慕之情后,就是在这样的模式下,他甚至把这种情感看作是革命对他的一种考验。在这样的二元对立格局中,他当然就选择了革命,选择了挥剑斩情思。

如果小说只是停留在这个地方,当然不算是一个特别好的小说,因为我们在许多"革命加恋爱"的普罗小说中已经看得太多了。《钢铁是怎样炼成的》一个值得称道的地方,就是让保尔在若干年之后重新遇到了丽达,经过了很多坎坷之后,保尔终于领悟到:假如爱情是发生同志之间的话,就不必太排斥它。因为在这样的前提下,个人生活与群体生活、个人的利益与群体的利益是可以重合在一起的,并不一定要以对立冲突的形态出现。应该说,保尔的这个认识非常重要,它可以相当有力地驳斥那种认为革命是一种排斥个人幸福的反人性的逻辑,正是在这样的认识上,我们可以认为革命同样是人性化的,当然如同资本主义的人性论是有阶级性的一样,革命的人性论同样是有阶级性的,它只对原先被剥夺了个人幸福的底层阶级有效。

当然,尽管保尔有了这样的觉悟,我们也应该看到,他并没有以此为依据,重新展开对丽达的追求,其原因就在于丽达已经结婚。这个地方也不能简单地用道德约束这样的逻辑去进行解释,否则又将陷入资产阶级个人主义的死胡同。我以为,在处理爱情关系上,保尔始终是超越单纯的个人主义的,他在意识到自己的个人生活的必要性的同时,也意识到他人的个人生活值得尊重。这使得他在爱情问题的处理上,不会仅仅考虑到个人,也会考虑他人的感受以及集体的利益。正是有了这种对简单的个人主义的超越,保尔与丽达之间的情感是光明磊落的,同样有一种感染人的力量。

也基于这一点,我们才能理解保尔最后为什么找达雅作为归宿了。在一般的意义上,恐怕达雅不能被看作是一个合适的恋爱对象,她不漂亮,胆怯、懦弱,没有多少魅力。但在保尔看来,他们的结合能够使达雅成为一个"真正的人,成为我们当中的一员"。无疑,保尔赋予了爱情以一种全新的诠释,它不再仅仅是两情相悦,也不仅仅是身体的吸引与接触,而是一种塑造新人的有效方式。在全身心地给予而不是单向的占有关系中,爱情能赋予人一种自由、一种释放。就是因为这样的理由,保尔与达雅恋爱了;也正是通过爱情,达雅获得了一种解放,从家庭妇女成长为一个活跃的社会工作者。

这样的爱情关系到底是不是一种更有价值的人际关系或婚恋模式,值得大家好好思索一下。

源泉：参与公共生活的热情

《钢铁是怎样炼成的》另一个很打动人的地方，是保尔忘我的奋斗精神。书中关于保尔参与修筑铁路这一段，将这种忘我的奋斗精神渲染得淋漓尽致，曾经被选入中学课本。

在筑路过程中，保尔们遇到了各种各样常人难以忍受的困难：恶劣的气候，没日没夜的连续高强度加班，完全吃不饱的伙食，还有匪徒不时出没。这是一个非人的生存环境，而保尔尤其显示出了他的坚强——因为他有一双底都已经掉下来的烂靴，在积雪的地上，把脚都冻坏了。然而即便如此，保尔依然坚持着，甚至得了伤寒和肺炎都不屈服。每天出工，而且以惊人的毅力参加劳动竞赛。

革命到底给予了保尔什么，是他能够置个人生活、个人利益于不顾，忘我的进行工作？这恐怕也是今天的我们读《钢铁是怎样炼成的》感觉到困惑的地方。

信仰的力量我们大概已有所领略，但在保尔身上，他的奋斗精神还有着其他来源。也许在一般人的视野中，会把保尔这样的拼命与功名利禄等等联系在一起。在小说中，的确也不乏这样来看待保尔的人，铁路工厂里的团委书记茨维塔耶夫。当他看到保尔率领一帮年轻人在业余时间不计报酬地加班加点的时候，就觉得如临大敌，觉得保尔必有所图。应该说，茨维塔耶夫这样推断是一种正常逻辑，我们都能理解，因为生活在一个建立在利益交换基础之上的市场经济的时代，我们相信，任何付出必须要有回报，否则就是傻瓜。所以当保尔再三表白这些只是他们自愿、没有其他想法的行为的时候，我们会和茨维塔耶夫一样，觉得不可思议。

在我看来，我们应该从别的地方来理解保尔的这种奋斗精神。

这种来源可能是今天的我们特别缺乏因而特别不能理解的,那就是保尔有着作为主人公的自觉参与公共生活的意识与热情。保尔作为底层阶级中翻身的一员,作为扬眉吐气成为这个国家主人的代表,在任何一个他工作的地方,都有一种主体意识在张扬,而这种主体意识又会转化为一种为集体工作自觉奉献乃至牺牲的行为。事实上,唤醒底层阶级身上的国家主人意识、集体生活意识,一直是"革命"所致力动员的主要内容。而这些东西,在今天市场经济大行其时的情形下,在阶级分层重现的社会中,已经被逐步湮灭了。

所以我们今天重读《钢铁是怎样炼成的》,并不是简单地号召大家向保尔学习,希望大家成为活雷锋。而只是希望大家能静下心来想一想,我们为什么已经不能理解保尔和他那个时代了? 在我们的不理解中,我们自己遇到了什么样的问题? 在保尔身上,我们又可以汲取一些什么?

如果我们能想清楚这些问题,那么我想,我们不仅能理解保尔和他的伙伴们,而且还能真正进入我们自己的时代。

(主讲:董丽敏。根据课堂录音记录整理改定)

 课后思考题

1. 你认为我们今天是否还有必要重读像《钢铁是怎样炼成的》这样的"红色经典"?

2. 如何看待"革命"的资源与今天时代的关系?

后　　记

从二○○一年至今,《文学导论》课程的开设不觉已有七年之久,其间,有幸获得了"上海大学精品课程"(2006)、"上海市精品课程"(2007)的称号。作为《文学导论》(课程名现已改作《文学经典与当代人生》)授课记录的讲稿也终于完整成形,行将面世。

回想起来,从课程设置、授课经历到教案整理,还是有一些可说之处。

二○○一年秋,上海大学文学院开始探索通识课程体系。作为这一体系的一种试验,先由几位资深学者领衔开设了一些学科入门课程,供文学院一年级本科新生选修。王晓明教授牵头的《文学导论》、社会学系邓伟志教授的《社会学导论》、历史系谢维扬教授的《历史学导论》是第一批推出的名师通识课程。

最初,由汪跃华博士和我加盟《文学导论》,协助王晓明教授进行授课。后两年汪跃华博士因故调走,孙晓忠副教授参与进来,组成了新的授课团队。尽管人员有所变动,但这个小小的授课团队中那种以学生为本的授课热情、那种集体备课的认真氛围一直令人难忘。

事实上,对我们这些年轻教师来说,"通识教育"在当时还是一个全新而陌生的领域:通识教育落实到文学领域,要实现什么样的目的,需要采取何种教学手段,教师应该具备怎样的知识结构,等等,一切都是未知数。幸好二十世纪九十年代中期以来,王晓明教授相当关注中国的大学教育状况,对国外的通识教育体系也有所了解,在他

的带领下,《文学导论》的课程结构逐渐清晰起来:

——**授课内容以经典作品细读为主。**用原典精读的方式,使学生直接面对人类文化的精华,在阅读古今中外的伟大灵魂的过程中,与古今中外的伟大心灵进行对话,获得对世界大势和人类生存的基本问题的了解,养成开阔的精神视野和人生志向,以进入和应对日益变动的现实世界。

——**作品选择打破原有的文学学科分类方式。**古今中外经典的文学作品皆可进入授课视野,不限一时一地,也不依据文学史线索来安排授课次序;适当倾斜于中国本土与第三世界国家的经典作品。这无疑对授课教师的知识结构提出了很高的要求。

——**授课方式采取讲授与讨论结合的形态。**为了使授课内容有针对性,在遴选学生、教师备课、学生预习、考核方式等诸多环节,我们都进行了一定的探索,努力促使学生去看原典,鼓励学生面对面地讨论与交流。

在几年的授课过程中,我们收获了非常多的困惑:当大量的学生甚至写不出十部经典作品的名称的时候,当越来越多的学生直言不讳地将"八〇后"写手们的作品当作他们心中的经典的时候,我们感觉到当代的文学教育面临着巨大的挑战;当一大部分热爱文学的学生最终还是很现实地选择一些市场热门专业的时候,我们深切地感觉到了文学被边缘化的现实;当学生在上课过程中逐渐质疑自己原本确定的人生理念而感到迷惘、痛苦甚至加以指责的时候,我们也逐步理解了鲁迅先生那种在铁屋里呐喊的苍凉心境……

当然,别样的感受也同样强烈。看到学生们那样认真地讨论、互相争论,我们真切地感觉到了年轻的心灵的无边的潜力;当听到学生在最后的总结课上郑重表示,愿意在毕业以后去中学教书,让学生们早一点接触文学经典时,我们更欣慰地体会到了文学经典的持久的生命力。

　　考虑到种种原因,这本《文学经典与当代人生》未能将教师与学生讨论的内容收入;但作为课堂录音的整理,多多少少反映了上述的一种文学教育的现实。文学领域内的通识教育该如何来实行,像《文学导论》这样的课程只是做了一点尝试,我们期待有意于通识教育的文学研究者的指正。

董丽敏
于 2007 年暑期

图书在版编目(CIP)数据

文学经典与当代人生/王晓明,董丽敏,孙晓忠著.—上海:复旦大学出版社,2008.7
(2023.7 重印)
(通识教育·名校　名师　名课系列)
ISBN 978-7-309-06067-6

Ⅰ.文…　Ⅱ.①王…②董…③孙…　Ⅲ.文学欣赏-世界　Ⅳ.I106

中国版本图书馆 CIP 数据核字(2008)第 075688 号

文学经典与当代人生
王晓明　董丽敏　孙晓忠　著
出品人/贺圣遂
责任编辑/孙　晶

复旦大学出版社有限公司出版发行
上海市国权路 579 号　邮编:200433
网址:fupnet@ fudanpress. com　http://www.fudanpress.com
门市零售:86-21-65102580　　团体订购:86-21-65104505
出版部电话:86-21-65642845
上海新艺印刷有限公司

开本 890×1240　1/32　印张 7.875　字数 190 千
2023 年 7 月第 1 版第 2 次印刷
印数 5 101—6 200

ISBN 978-7-309-06067-6/I·437
定价:35.00 元